騙經

晚明中國的江湖騙術與防騙故事集

杜騙新書 新注校勘全本

〔明〕張應俞◉原著
雷勤風（Christopher Rea）、阮思德（Bruce Rusk）◉編注

目次

導論　原來皆為騙中騙——重讀明代「騙經」　九
雷勤風、阮思德◎著　韋胤宗◎譯
《杜騙新書》卷首插圖說明　雷勤風、阮思德◎著　韋胤宗◎譯　五二
凡例　六七
敘《江湖奇聞杜騙新書》〔明〕熊振驥◎著　六八

江湖歷覽杜騙新書　〔明〕張應俞◎原著

第一卷

第一類　脫剝騙
一　假馬脫緞　七三
二　先寄銀而後拐逃　七七
三　明騙販豬　七九
四　遇里長反脫茶壺　八一

第二類　丟包騙
第三類　換銀騙
第四類　詐哄騙
第五類　偽交騙

五　乘鬧明竊店中布　八四
六　詐稱偷鵝脫青布　八六
七　借他人屋以脫布　八九
八　詐匠修換錢桌廚　九二
九　路途丟包行脫換　九五
十　成錠假銀換真銀　九八
十一　道士船中換轉金　一〇一
十二　詐學道書報好夢　一〇五
十三　詐無常燒牒捕人　一〇七
十四　詐以帚柄耍轎夫　一〇九
十五　巷門口詐買脫布　一一二
十六　哄飲嫖害其身名　一一五
十七　哄友犯姦謀其田　一一七
十八　壘算友財傾其家　一二一
十九　激友訟姦以敗家　一二四

第六類　牙行騙
二十　狡牙脫紙以女償　一二八
二十一　貧牙脫蠟還舊債　一三一
第七類　引賭騙
二十二　危言激人引再賭　一三五
二十三　裝公子套妓脫賭　一三八
二十四　好賭反落人術中　一四三

第二卷

第八類　露財騙
二十五　詐稱公子盜商銀　一四九
二十六　炫耀衣妝啟盜心　一五二
第九類　謀財騙
二十七　盜商夥財反喪財　一五五
二十八　傲氣致訟傷財命　一六〇
二十九　轎抬童生入僻路　一六四
三　十　高抬重價反失利　一六六
第十類　盜劫騙
三十一　公子租屋劫寡婦　一六九
三十二　詐脫貨物劫當鋪　一七二

三十三　京城店中響馬賊　一七四
第十一類　強搶騙
三十四　私打印記占鋪陳　一七七
三十五　膏藥貼眼搶元寶　一八〇
三十六　石灰撒眼以搶銀　一八二
三十七　大解被棍白日搶　一八三
第十二類　在船騙
三十八　船載家人行李逃　一八五
三十九　娶妾在船夜被拐　一八六
四　十　買銅物被梢謀死　一八九
四十一　帶鏡船中引謀害　一九三
四十二　行李誤挑往別船　一九七
四十三　腳夫挑走起船貨　一九九
第十三類　詩詞騙
四十四　偽裝道士騙鹽使　二〇三
四十五　陳全遺計嫖名妓　二〇七
第十四類　假銀騙
四十六　設假元寶騙鄉農　二一二
四十七　冒州接著漂白鏪　二一六

第三卷

第十五類　衙役騙
四十八　入聞官言而出騙　二二五
四十九　故擬重罪釋犯人　二二九
五　十　吏呵罪囚以分責　二三二
第十六類　婚娶騙
五十一　婦嫁淘街而害命　二三五
五十二　媒賺春元娶命婦　二三九
五十三　異省娶妾惹訟禍　二四四
五十四　因蛙露出謀娶情　二四七
第十七類　姦情騙
五十五　用銀反買焙紙婦　二五四
五十六　和尚剪絹調佃婦　二五六
五十七　地理寄婦脫好種　二五九
五十八　姦人婢致盜去銀　二六六
五十九　姦牙人女被脫騙　二六八
第十八類　婦人騙
六　十　哄孀成姦騙油客　二七二

六十一　爬灰復騙姦烟母　二七七
六十二　佃婦賣姦脫主田　二八一
六十三　三婦騎走三匹馬　二八六
六十四　尼姑撒珠以誘姦　二八九
第十九類　拐帶騙
六十五　刺眼刖脚陷殘疾　二九五
六十六　太監烹人服精髓　二九八

第四卷

第二十類　買學騙
六十七　詐面進銀於學道　三〇三
六十八　鄉官房中押封條　三〇六
六十九　詐封銀以磚換去　三〇九
七　十　空屋封銀套人搶　三一一
七十一　詐秋風客以攬騙　三一四
七十一　銀寄店主被竊逃　三一六
第二十一類　僧道騙
七十三　和尚認牝牛為母　三二一

七十四　服孩兒丹詐辟穀　三二六
七十五　信僧哄惑幾染禍　三三一
七十六　僧似伽藍詐化疏　三三三
七十七　詐稱先知騙絹服　三三七
第二十二類　煉丹騙
七十八　深地煉丹置長符　三四〇
七十九　信煉丹貽害一家　三四二
八　十　煉丹難脫投毒藥　三四五
第二十三類　法術騙
八十一　法水照形唆謀反　三四九
八十二　妖術托夢劫其家　三五二
八十三　摩臉賊拐帶幼童　三五五
第二十四類　引嫖騙
八十四　父尋子而自落嫖　三五九
參考書目　三六六
封面介紹　三七七

導論　原來皆為騙中騙——重讀明代「騙經」

雷勤風、阮思德◎著　韋胤宗◎譯

我們生活在一個欺騙的時代。言語和外觀誤導好人；行騙高手坑害粗心大意者；官場中充滿了偽君子；市場上放眼皆是掛羊頭賣狗肉。每個陌生人都是潛在的敵人，走出家門就得自擔風險。在這個騙子橫行的世界，必須依靠自己的聰明才智來生存。然而，怎樣提防笑裡藏刀？留心你的親屬，保管好自己的財物，絕不要相信任何人。

但是，首先，看官請讀這本書。

據所知，《杜騙新書》是中國第一部欺詐故事專集。書中匯集八十四則故事，依照欺詐的方法、地點或行凶者分為二十四類。大多數故事後頭都有作者張應俞（約十六世紀末、十七世紀初在世）的按語，另有五則額外的故事見於作者的按語中。整體而言，此故事集呈現當時社會欺詐行為的全景式觀察，作者是一位對普通人，尤其是行商者，所面對的危險饒有興趣的評論家。

《杜騙新書》中所敘述的犯罪與欺詐行為，主要發生在明代晚期（一五五〇—一六四四）。在此時期，中國國內與國際商業貿易的蓬勃發展，創造了大筆橫財。這些流動的貨幣帶來新的風險和社會變動，張氏此書即把握住了由此而生的偏差風氣。財富在繁榮帝國南部的道路、運河與街市小巷中流動，故事主要關心的是從中獲富的策略。騙子與受害者來自北至北京、西至四川、南至廣東、廣西的地區，但大部分的詐騙行為發生在陪都南京（北京是實質上的首都）與福建之間。

張應俞稱非法侵占財產者為「棍」，本義是「棍棒」，但可用來指代任何靠犯罪為生的人。這些「棍」所使用的方法有時候是暴力，但故事中總是帶有欺騙與狡猾的元素。[1] 張氏稱他們的策略為「騙」，主要關注這些棍在擺布受害者方面的聰明才智和創意。

總之，《杜騙新書》呈現當時社會的暗淡景象。看官，你是否喜歡鄰居背叛、配偶賣淫、旅行者被殺、誠實的商人被騙、有前途的學生墮落、良家婦女放蕩、

1《杜騙新書》中交替使用「棍」和「光棍」。關於明代城市環境中的此群體及其相關稱謂，參見韓大成，《明代城市研究》（北京：中國人民大學出版社，一九九一），頁三四一—五八。

寡婦被下藥的故事？你是否喜歡那些篡改司法制度、違背宗教誓言、矇騙信徒、金銀攙假、慫恿賭博和酗酒、虐待兒童、使用巫術、煽動叛亂，以及趁人脫褲進行搶劫的惡棍故事？

如果是的話，這本書非讀不可。

《杜騙新書》呈現一系列的詐騙場景、動機和原型。行商假冒親屬偷竊對方的貨物；搬運工和船工騙取不知情旅客的財物，有時甚至謀害他們的性命；貨幣兌換商和來客習慣用攙假的銀子互相欺騙；江湖術士催眠無辜的孩童、煽動遊手好閒的富人造反；遊方道士假扮成白無常騙取財物，另一人則佯稱能煉丹以撈取小錢；一人強姦其兒媳，而後在其妻的精心策畫下，又騙姦了兒媳的母親；不止一個流動詐騙犯開設了二十世紀美國騙徒所謂的「大店面」，這種看似合法的生意會令人放鬆警惕進而受騙。[2] 鄰居、官吏、店主、工匠、友善的女子、和尚——無人值得信任。

名義上，書中原標題表明，本書的目的是為了保護讀者免受欺詐之害。本書第一版大約刻於一六一七年或略晚，其書名頁標《江湖歷覽杜騙新書》。誠然，關於詐騙的知識可以幫助讀者對抗江湖上的騙術。然而，杜騙之書同時也

2 關於「大店面」(the big store) 等典型騙術，參見David W. Maurer, *The Big Con: The Story of the Confidence Man* (New York: Anchor Books, 1999), 5–30.

可以是教人行騙的手冊。若單純作娛樂之用，本書提供豐富的故事細節，刻畫了一般讀者不大可能遭遇的犯罪行為，比如被太監烹食。張應俞為故事附上的按語，在堅定反對棍的罪行與帶有鑒賞眼光欣賞其足智多謀兩方面，搖擺不定。這種模棱兩可的態度瀰漫於全書，既肯定人的行為應以普世道德標準來評斷，卻又對此觀念產生動搖，這也許是當代版本之所以同時被稱為《防騙經》和《騙經》的原因。

「經」在古代，專門用來指稱特定知識領域的核心文本：作為正統儒學基礎的古代哲學經典、佛道兩家的宗教經典，或者後來傳入的《聖經》。這個術語最後被用於不那麼嚴肅的領域，有《茶經》、《棋經》以及《嫖經》[3]等。如同這些「經」，《杜騙新書》被認為是一部「經」，是由於針對特定領域提供了力求確定、具權威性、全面性的深入闡述。

在這篇導論中，我們將以不同角度來欣賞這部中國文學史上里程碑式的著作，它為處於危險中的世界提出了警示。

3 關於《嫖經》的詳細分析，參見 Yuming He, *Home and the World: Editing the "Glorious Ming" in Woodblock-Printed Books of the Sixteenth and Seventeenth Centuries* (Cambridge, MA: Harvard University Asia Center, 2013), appendix 2.

作者和他的聲音

張應俞，字夔衷，生平不詳。《杜騙新書》是目前所知他名下唯一的作品，各類傳記性材料中也沒有任何關於張氏的記載。他生活於明代萬曆年間（一五六三—一六二〇）。據本書一六一七年的序，他生於福建省建陽縣。此記載看似較為可信，因本書現存的最早版本就刻印於此地，書中地名可考的故事一半都發生在福建，而且故事中偶爾出現閩北方言。[4]然而，此生平資訊卻與《杜騙新書》本身的內容有所牴牾：明代版本的每卷卷頭表明張氏來自浙江省。其中一種可能是，張應俞祖籍浙江，但定居福建。[5]

張氏的按語是《杜騙新書》的一大特點之一。評論，包括作者的自注或按語，在中國古代許多文學體裁（包括明代通俗小說）中都很常見。早期的史學家創立此作法，他們在所著述的傳記和時文中附上評論，以自己的口吻表達對正文所敘事件的意見。在這之後的作者、編者和評論者往往熱中於藉其澄清故事情節或者解釋詞句，以便故事的寓意能為讀者所理解。[6]

通過評論自己所寫的故事，張應俞扮演了多個角色。他像道學家一般追究

4 據吳朝陽的統計，六十五個故事中可考的地名，其中三十八個位於福建省，三個附加故事的主角來自福建。見吳朝陽，〈《杜騙新書》福建地方屬性考述〉，《明清小說研究》第三期（總第一一三期），二〇一四，頁一七〇—一。

5 關於福建刻本，見Lucille Chia, *Printing for Profit: The Commercial Publishing of Jianyang, Fujian (11th–17th Centuries)* (Cambridge, MA: Harvard University Asia Center, 2003). 關於通俗作品的生產與接受，參見He, *Home and the World*.

6 評點一般有兩種方式，其一為評論，其二是行間注和眉批。張僅使用前者，只有少數幾則簡短的行間注解釋不常見的字詞和概念。他的評論一般在正文後空一行縮排，多數情況下以「按」字開頭。

騙局中各方的責任，有時他把過錯歸咎於受害者的愚笨天真，而非棍的唯利是圖——受害者本應當知道得更多一點以避免陷入不利的境地；他像欺詐與犯罪領域的權威，評價騙子欺騙的技巧、詐騙對象的反擊及警覺、司法干預者的行為以及審判官員的明察。評論的目標之一，就是區分技能和無能。一項特定的能力、洞察力，對世人來說是如此重要，以至於作者甚至寫了一個根本沒有欺瞞或詐騙的故事——〈行李誤挑往別船〉（故事四十二），其標題不言自明，這個故事揭示了無能在一般商業行為中的影響。他也作為見證人發言，根據所謂的一手資料來證實、反駁和提供實際情事，例如〈詐學道書報好夢〉（故事十二）、〈婦嫁淘街而害命〉（故事五十一）和〈地理寄婦脫好種〉（故事五十七）的故事。幾乎在所有例子中，他不僅會評論一個獨立的案例，也推斷出一則普世的道德教訓或一條實用的建議。有時他的按語會包含額外的材料，甚至完整的故事：〈冒州接著漂白鏪〉（故事四十七）與〈地理寄婦脫好種〉（故事五十七）包含篇幅最長、內容最複雜的按語。後一則故事的按語中嵌入了三個附加的故事；張氏在前一則故事的按語中讓我們了解了晚明商業的主要貨幣——白銀——為眾多騙局的目標，有時也是工具。僅有〈因蛙露出謀娶情〉（故事五十四）和〈船載家人行李逃〉（故事三十八）這兩個故事不附作者的按語。

要讀懂《杜騙新書》中的故事，一個明代的讀者應當只須具備閱讀簡易文言的能力並且熟悉基本的社會制度，也就是受過教育的商人應該會掌握的知識。而張應俞的按語則經常使用較為正式的語言，並且引用受過高級古典教育的讀者才能理解的文史典故。張應俞經常提及《易經》，看來他曾在科舉考試中學習這本儒家經典的古代占卜書籍。（熊振驥在其〈序〉中將《易經》當作《杜騙新書》的榜樣之一。）這些典故，有的並沒有明說出處，反而要求讀者自己辨認出來。《易經》由六十四個被稱為「卦」的圖像構成，每個圖像由六條橫線（爻）由下到上排列而成。在占卜過程中，通常會使用拋擲蓍草或者硬幣來得出一卦，並根據結果對應特定的爻象。《易經》的文本包括簡短而隱晦的卦辭、爻辭和多層附加的注解。占卜者為決定如何對待某種狀況來翻看《易經》，並且使用占卜中產生的卦爻辭來解釋它。張應俞也把《易經》看作智慧與見識的寶庫，引用其詞句來指導各式各樣道德與現實的決策。比如，〈帶鏡船中引謀害〉講述忠誠的家僕保護紈絝公子的故事，這位紈絝將商旅變為浪遊。在故事後的按語，張應俞引用了《易經》第五十六卦「旅」卦的爻辭，講述好童僕的重要性。

張並未提到《易經》的名稱，他要麼認為讀者應該了解這個沒有注明出處的引用，要麼不關心讀者是否知道這一點。

詐騙故事

張應俞自己並未給其書命名為「經」，但是他的確認為「棍局中一甜術」（張語）值得我們知悉和欣賞。張認為，棍有自己共享的專業知識，他將具有獨創性的詐騙看作學習和技巧的產物。棍知道自己將得手什麼、誰是目標、在何處以何種方式設置圈套，以及何時著手、何時溜脫。張應俞特別注意那些展現作惡者對特定群體——比如吝嗇的農民或者科舉考生——或者某一個體的心理具有深刻理解的騙局。騙子的天敵是那些張氏所稱的「老客」、「老成客」或「老年江湖」，即具有相似知識基礎的經驗豐富的旅客（通常是商人），他們知道如何識騙和防騙。此兩者持續不斷地鬥智鬥勇，其背後有一個循環不斷的心理，即每一方都可能想向對方說：我比你還要了解你對我的了解。

對於計策和獨創性的關注讓人想起其他關於策略性思考的經典，比如《孫子兵法》（孫子在此書一六一七年刻本的熊振驥〈序〉中被提起）及之後的《三十六計》，此兩者均提倡在戰爭中使用騙術。[7]張應俞還提到了三國時期著名軍事謀略家諸葛亮（一八一—二三四）。戰場上和權力場中成功的計策產自於出眾的洞察力、沉著冷靜的心態和求生的欲望，最終成為歷史的一部分，改變了軍隊、統治者和王國的命運。《杜騙新書》則在商業貿易、社會生活等更加日常的領域中關注類似的規則和方法，只有在〈法水照形唆謀反〉（故事八十一）中出現引起整個帝國回響的騙局。每一個單獨騙局的影響都是局部的，只有整體來看，這些故事呈現出一個罪犯橫行的帝國。

美國二十世紀早期的騙子把自己的騙術分為「短騙」和「長騙」，前者是受害者被騙取隨身攜帶的任何物品的短暫相遇，後者則要經歷一段較長的時間，而且受騙對象被說服動用額外的資源。[8]從簡單的街頭詐騙到煞費苦心、涉及多個演員和多種策略的奸計，《杜騙新書》中騙子的攻略手冊，無所不包。「棍」的所得可以從一無所獲（在陰謀被挫敗的例子中）到巨額的財產不等，有些受害者甚至死於棍之手。如果說那些優秀的美國騙子認為自己的行當比那些一般的暴徒更高名，並盡量避免使用暴力[9]，這些「棍」則將暴力視為眾多手段中的一種。

7《孫子兵法》約作於西元前五〇〇—四五〇年。《三十六計》扼要列舉了從歷史事例中得出的計謀，根據其現行傳本的樣式，只可能成書於二十世紀中期。

8 關於「短騙」(short con)和「長騙」(long con)的概念，參見Maurer, *The Big Con*, 1-4.

9 前注，168-172.

在張應俞的敘述中，這些詐騙故事更像是在表現「犯罪手法推理小說」（howdunit）這一過程，而非如「犯人身分推理小說」（whodunit）一般尋找誰是凶手。我們通常從一開始就知道誰是騙子、誰是目標，然後等著看他們如何交手，有趣的地方在於過程：故事的講述者向我們設下懸念，令我們好奇詭計如何展開以及它是否會成功。運氣扮演了一定的角色——張應俞的按語有時候把結果歸因於命運——但人的才智和經驗才是故事起因和結果的主要推動力。

這是《杜騙新書》和公案小說的一個相似點。公案小說成熟於晚明，剖析對於犯罪活動的偵查和起訴。[10]處於這些故事中心的往往是一位地方官員（知縣或知府），他的英明使得他能夠破案，其調查和推理的高超技術源自對於社會制度和犯罪心理的深刻理解，他能夠巧妙地使那些偽裝之人供認罪行或者不知不覺間露出馬腳。跟公案小說一樣，《杜騙新書》對聰明才智充滿激賞，但是無論這種才能現於守法良民或是違法惡棍，張應俞都能鑒賞。《杜騙新書》中的原則經常與地方官員有所分歧，在重建案例的過程中會披露關於騙局的新資訊。而且，與標準的公案敘述不同，許多故事呈現了法律的負面形象，尤其是那位著名的清廉明察的包公，他在書中作為上當者出現了一次（故事五十〈吏

10 關於《杜騙新書》與公案體裁之間的關聯，參見Daniel M. Youd, "Beyond *Bao*: Moral Ambiguity and the Law in Late Imperial Chinese Narrative Literature," in *Writing and Law in Late Imperial China: Crime, Conflict, and Judgment*, ed. Robert E. Hegel and Katherine Carlitz (Seattle: University of Washington Press, 2007), 215-233.

呵罪囚以分責〉）。

《杜騙新書》與報應故事、神話、傳奇、笑話、掌故等在內的多種體裁有所重合。張從通俗小說與戲曲中吸取常備的情節和人物形象，比如術士騙子、奸詐的掮客以及愚蠢的富家子弟等。從這個角度上來講，他的故事屬於明末文化主流。我們能從馮夢龍（一五七四—一六四六）、凌濛初（一五八〇—一六四四）、李漁（一六一一—一六八〇）等同時代人的小說中找到丟包騙、精妙的偷竊法和欺詐行為。貪婪的和尚與宦官、說謊的老鴇與中間人非常廣泛地出現在通俗文學中，包括當時的小說如《水滸傳》（現存最早的版本刻於一五八九年）和《金瓶梅》（現存最早的版本刻於一六一〇年）。舉例來說，〈尼姑撒珠以誘姦〉（故事六十四）講述富人僱了老婦幫其引誘一位出差商人的妻子，其引誘的過程類似〈珠衫〉，也類似更為著名的、受其啟發而作的〈蔣興哥重會珍珠衫〉，後者收在馮夢龍的《古今小說》（一六二〇）中。這三則故事共享了一些特定的細節，比如年老婦人（在〈尼姑撒珠以誘姦〉中是一個老尼姑）通過講述自己的風塵往事來煽動妻子的色欲。[11]

儘管這些故事充滿了欺騙和謊言，張應俞顯然希望我們相信他的話，即在

11〈珠衫〉的相關討論見 Patrick Hanan, "The Making of The Pearl-Sewn Shirt and The Courtesan's Jewel Box," *Harvard Journal of Asiatic Studies* 33, no. 3-4 (1973): 124-153.

每個案件的事實以及他從中汲取的教訓中都能找到真相。然而書中頻繁使用的陳詞濫調使得本書自稱為犯罪史的說法不攻自破。比如，大多數人物都有姓名，但其中一些是通用姓名或者具有象徵意味的姓名。其中包括兩位姓某名「八」的「淘街」（其中一個是精心設計的文字遊戲的基礎）和三位名叫陳四的牙人。[12]這些老套的姓名、刻板印象、地域轉換以及張應俞根據自己的需要編造熟語的傾向，都讓讀者留心其講故事的模式。對於作者來說，江湖是上演美德與惡行的舞台，其中不乏越軌而刺激的場面，但這些都被框定在道德評價之中。與世界各地用道德故事、民間傳說、類型小說、神話和寓言來講述世界運行方式的說書人一樣，張氏似乎已經意識到，程式化的真理總是有市場的。[13]

許多文化中都有大量民間故事講述那些顛倒社會秩序的騙徒、鑽空子的詐騙犯，以及破壞他人與其財產之間關係的小偷。這些故事不僅反映了社會現實，也創造了一些觀念，改變了人們想像他們生活的世界。舉例來說，詐欺者（confidence man）的觀念在美國南北戰爭之前繁華的城市和迅速發展的邊疆地帶顯得非常突出。在公路、鐵路和內河船隻上，很快便成了廉價報刊、城市導覽和小說中的固定形象，隨時準備向身處陌生世界中那些不知所措的居民下手。

12 兩個名「八」者出現在故事五十一和八十三；諸「陳四」則出現於故事二十七、四十和五十八。

13 李海燕寫到，在二十一世紀初中國和美國的政治環境中，其公民皆受到「渴望無憑無據的真相」的自我中心主義的深刻影響。見Haiyan Lee, "When Nothing Is True, Everything Is Possible: On Truth and Power by Way of Socialist Realism," *PMLA* 134:5 (2019), 1159, 1162; 引入Christopher Rea, "Hoax as Method," *Prism: Theory and Modern Chinese Literature* 16:2 (Oct 2019): 252.

[14]張應俞的騙子故事同樣反映了他所在時代和地域的焦慮與深切關注之事物。然而，他對詐騙案例的匯集、分類和分析並非個例。

由「工業革命」所引起的人口增長、印刷進步和城市化現象，也促進了勸誡故事商品化版本的興起。例如，十九世紀到來之際，去倫敦的旅客可能會買一本理查德・金（Richard King）的《倫敦新騙局現行記：亦作男女必讀都市欺詐與詭計解密，以防杜首府不法行為》（*The New Cheats of London Exposed; or the frauds and tricks of the town laid open to both sexes, being a guard against the iniquitous practices of that metropolis*, ca 1792）。赫曼・梅爾維爾（Herman Melville）的《詐欺者及其偽裝》（*The Confidence-Man: His Masquerade*, 1857）描寫了一名連環詐騙犯的詐騙方法，他偽造了多種身分以詐取江輪上的乘客的錢財。典型的十九世紀娛樂家巴納姆（P.T. Barnum）在大眾揭穿「專家」的興趣方面是一位極具洞察力的開拓者，他用自己的暢銷書《全球大騙局一覽：古往今來的騙局、錯覺、圈套、醫騙、謊言和欺詐》（*The Humbugs of the World: An Account of Humbugs, Delusions, Impositions, Quackeries, Deceits and Deceivers, Generally, in All Ages*, 1866）撒了一張大網。與張應俞大約同時代，《堂吉訶德》（上部）（*Don Quixote, Part I*, 1605）、法蘭西斯科・德・奎維多（Francisco

14 關於美國文學中confidence man這一修辭的有用介紹，參見William E. Lenz, *Fast Talk and Flush Times: The Confidence Man as a Literary Convention* (Columbia, MO: University of Missouri Press, 1985).

de Quevedo）的《騙子》（*El Buscon*, 1626），以及其他西班牙流浪漢小說（picaresque novel）使得無業遊民、少年騙子和行騙的流浪漢這些文學原型變得很流行。[15]欺詐雖具地方性，但是就像他們多變的主角一般，關於聰明才智與狡計的故事表現出極大的變異性。

南騙北詐

「戰無其詐，難以勝敵。」在這條《孫子兵法》的注釋中，唐代（六一八—九〇七）道士李筌稱「詐」在軍事中是必要的。[16]五百多年後，張應俞將「騙」描繪成整個帝國商業和和社會的普遍現象。相關故事出現在各種不同的地點，但整個故事集則具有明確的地域傾向。如果用《杜騙新書》來繪製一張騙子的來源和作案地點的地圖，明帝國的作案中心應該在長江以南。

福建省內的區域相當突出，特別是本書的刊印地建陽。故事主要發生在內陸、城鎮、公路和水道沿線。乘船作為一種旅行方式，更是商人運輸貨物的方式，在書中地位顯著。（如下文所述，出版商在四幅卷首插圖中的三幅之中加入了水的主題。）泉州等沿海城市偶爾會作為商旅的起點而出現。作為大多數

15 見Michael Alpert, trans. *Lazarillo de Tormes and The Swindler: Two Spanish Picaresque Novels*, rev. ed. (New York: Penguin, 2003).

16 《李筌注孫子兵法》卷五〈勢篇〉，〔李筌曰：戰無其詐，難以勝敵。〕「騙」字後出，並未出現在《孫子兵法》中。

故事的主角，行商所行經的路程可能會非常遙遠。〈高抬重價反失利〉（故事三十）講述了一位商人從雲南到四川，再到江西，最後到福建，行程近兩千公里。〈因蛙露出謀娶情〉（故事五十四）中的犯罪者為了得到鄰居的妻子，往返的路程更遠。即使單個騙局所造成的傷害大多是個人的，但騙子的分布範圍卻很廣。

南北交通占據主導地位。北方人南下時都會遭遇不幸，比如山東人，在南京被搶（故事三十三〈京城店中響馬賊〉），以及河南人在福建被劫（故事三十六〈石灰撒眼以搶銀〉）；一個揚州人在遙遠的北京解手時遭到搶劫（故事三十七〈大解被棍白日搶〉），幸得一個專門為幫助家鄉人而成立的機構所助才免於破產。僅有一則以山西為背景的故事（故事十七〈哄友犯姦謀其田〉），完全發生在北方。

除了地名，與地理相關者還包括交易的商品，如絲綢、草藥、棉花、竹筍以及其他農產品。然而，詐騙的行為通常不太取決於地理區域，而較多決定於相遇時的自然或社會條件，比如一艘船的到來或者接近富裕的鄰居所帶來的機會。〈裝公子套妓脫賭〉（故事二十三）的主角先「往縣中」再「投府去」——但哪縣哪府呢？同樣，涉及科舉考試的故事可以發生在任何一個縣。敘述者可能會告訴我們故事發生在「京」（明代有兩個京城），而未言明是首都北京還是陪都南京。

換句話說，張應俞的詐騙地理有時候也是遊移的：時而橫行，時而豎行，甚至時而無形。《杜騙新書》中一些故事發生在虛構的地方——至少是那些未出現在明朝地圖上的地點。在某些情況下，令人費解的地名似乎是誤筆，書中有許多這樣的錯誤。〈冒州接著漂白鏪〉（故事四十七）中三個地名似乎有兩個都是錯的，包括標題中的地名。[17]在其他情況下，比如〈詐無常燒牒捕人〉（故事十三），故事發生在某名為「長源」的大市鎮，作者可能虛構了一個地名來隱去那些容易上當受騙的居民的身分。由於缺少地點標記，這類故事就像寓言，其道德教訓適用於任何地方。

行遍江湖

《杜騙新書》中很多遭遇都涉及了一個特定、而且充滿緊張氣氛的社會情境：在陌生人間旅行。[18]船家僅載科舉考生到一半的路程，便停下來索要更高的費用；女子引誘遠行的商人；使女性親戚淪落到賣淫的境地；陷害老實人；在官道上偷取馬匹；假結婚以行謀殺或敲詐之實；遊覽中的風流文人尋找名妓

17〈遇里長反脫茶壺〉（故事四）的標題似乎也有一個錯誤：這個故事並未寫到茶壺。

18 關於明清文學與戲曲中在帝國中旅行及其結果極端倫理化的情況——比如表面上的陌生人最後發現是自己的親戚——參見Tina Lu, *Accidental Incest, Filial Cannibalism, and Other Peculiar Encounters in Late Imperial Chinese Literature* (Cambridge, MA: Harvard University Asia Center, 2008).

與官員，並以計勝之；借助水路旅行的棍假扮富家子弟、道士、方士和權貴的相識以欺詐商人和科舉考生。《杜騙新書》中，和尚、尼姑、道士與宦官常作為好色之徒、老鴇、假的煉丹士或凶殘的方士而尤其臭名昭著。某些騙局中有家人或家鄉的熟人參與，而大部分發生在外地或者有外來的旅客參與。

就像許多中國古代小說一樣，《杜騙新書》中的故事是被當成歷史來呈現的，但是張應俞的興趣卻不在於歷史性或者傳記性。只有一個故事的標題提到了真實姓名（故事四十五〈陳全遺計嫖名妓〉），然而這個主角並非名人，所以他的名氣看來並非賣點。[19]其他的故事描述了更著名的歷史人物，而其題目僅簡要描述了他們的行為；換句話說，張將他們呈現成了反覆出現的通用範例。基於真實事件的故事，或者那些涉及到特定時間、地點和歷史人物的故事在一定程度上都被虛構化了。張應俞關注的是一般人——包括社會最底層那些人（比如農民、掃街的、小販等）——之間的互動。他們的姓名無關緊要，重要的是在充滿了不可信的陌生人的不利環境中，他們穿行其中的技巧。

張應俞所「歷覽」的是一種想像中的領域——「江湖」。「江湖」一詞出現在這本書的全名中，它是一個地理空間模糊、特性變動不居的過渡性空間，一

19 周暉（一五四六—一六二七後）的《金陵瑣事》提到陳全是一個秀才，寫了很多打油詩。見《金陵瑣事》（北京：文學古籍刊行社，一九五五），第一冊，頁一一〇。

個介於國家秩序和教化未及處之間的社會領域。江湖是政治流亡者、亡命之徒、武林高手、社會邊緣人士和不法分子的避難所，同時也是大小商人、科舉考生、赴任和離任的官員、僧侶、藥商、算命先生、江湖藝人、乞丐和騙子們辛勤勞動的商業領域。在文學、戲劇和流行文化中，「江湖」的人文地理特性不僅由獨特人士所決定，更由那些大概可預測的外表和行為模式所構成。但「江湖」的首要準則是：人往往不是他們看上去的那樣。

離家越遠，上當受騙的可能性越高——利潤的誘惑也是如此。在本書的第一個故事中，一個江西馬販走了千里之遠去南京，結果在那裡碰到了一個騙子，因無意間成為騙子的同伙而被拉入公堂。在「露財騙」一類中，一名來自山東的商人行了大致相同距離的路程去福建販買機布，途中，他渾然不覺地被一個偽裝的棍糾纏。經過江西時，棍令生於廣東而在南方做官的當地知縣錯認自己為一福建巡道的公子。知縣待其甚厚，使得商人相信他是真公子。棍則在商人到達目的地之前將其灌醉並偷去所有財物。有經驗的棍知道，孤雁失群便容易一舉兩得。

晚明社會

《杜騙新書》中大部分故事都發生在它們被寫作的時代，即晚明社會，並位於高度商業化的中國東南部地區。本書首先刊刻於宋代以來一直為主要印刷中心的福建建陽。正如前文所述，本書的作者生於福建或者稍北的浙江。在故事中，這兩個地區都常常作為故事發生的地點或者人物的出生地。這些地方及其周邊區域從十六世紀中期起即經歷了巨大的社會和經濟變遷，商業貿易愈發成為一般民眾生活的中心，而且貿易活動愈來愈多地使用白銀貨幣而非以物易物。複雜的區域內、區域間甚至國際間的貿易網絡將貨物和人口進行長距離運輸，在東南部地區，這些都藉助江、湖、運河以高效的漕運完成。專業化的中介參與其中，並建立信用體系。在故事中，他們的身分是掮客（調解交易事務或者委託保管交易資金）、批發商、客棧老闆以及行商的地方代理（如協家或牙行）。交易獲得的利潤促使財富匯聚在商人或其他人手上，而不是固結在地主、官僚等舊有權力結構中。商業貿易使新的社會群體能夠提高識字率，購買奢侈品與文化產品，參與科舉考試，以此，社會秩序得以重組。[20]

20 關於明史中這些問題的概述，見卜正民著，方駿、羅天佑、王秀麗譯，《縱樂的困惑：明代的商業與文化》（北京：三聯書店，二〇〇四）。

除了龐大但並無權力的皇室支裔之外，明代沒有世襲貴族。然而，世代科舉為官的家族，往往視自身為地方社會的領導。這個傳統菁英團體中的很多人都認為商業的力量侵蝕了合理的社會秩序。同時，商業出版的極度繁榮也刺激了通俗文化的改變。由於出版商、印刷商、書商、作者和編者的大量湧現，晚明的地域通俗文化比中國歷史上任何時代都更容易為一般民眾所接觸。這一時代見證了文學作品、工具書和宗教典籍的快速增長，這些作品更易於被非菁英人士所接受，主要為他們所著，以及在某些情況下由他們所創作。[21]

《杜騙新書》就是一本這樣的著作，它主要為商人所寫，而且是關於商人的書。行商是故事中最主要的角色。在涉及商人與掮客、客棧老闆、換錢者、官員、農民、小吏、娼妓或者其他行當的人員交往的故事中，張氏總是為商人說話。例如〈詐稱公子盜商銀〉（故事二十五）表現了商人在應對官場時所面對的風險：一名布商嘗試向一位看起來像高官之子的同行者履行自己的社會職責，由此遭遇不幸。〈太監烹人服精髓〉（故事六十六）以一個冗長的討論開始，談到當賦稅妨礙了貿易，影響的就不僅僅是商人，而是整個社會。在〈盜商夥財反喪財〉（故事二十七）中，一行客欺詐另一位同行且同鄉的商人，這引起張應俞感嘆那些利

21 關於晚明商業出版如何將經典元素與通俗文化混雜在一起，以及讀者如何以極其不同的方式使用這些書籍，見He, *Home and the World*.

用孤獨行客渴望親戚的心理的行為。這些後附的按語，很多都直接稱讀者為商人，或者假設讀者以經商為業。

棍主外，誰主內

書中故事經常傳遞的一類基本訊息就是人物的家庭背景和關係。這並不奇怪，家庭是明代社會一個關鍵的組織原則，界定了一個人在與他人關係中的定位。就財產（騙子主要追求的目標）而言，其所有權原則上為一個家庭所共有，整個家庭則在一個男性家長的領導之下。在該家長去世之後，財產可能會被劃分，通常是在他的幾個兒子之間。當然，家庭結構也是維持性別角色的手段之一。在父權體制之下，女性角色總是更為脆弱，而且依隨情境而處於從屬地位：女性通常離開自己的娘家、嫁入夫家，但並不完全成為夫家的一員（例如，她保留自己的姓氏）。家庭由父系所界定，在一般情況下，家長是年長的男性，除了一個妻子之外，他可以有多個妾（一妻多夫反而是不合法的）。許多法律義務都以家庭為中心，它是繳納田賦和人頭稅的單位，通過一個地方行政的多級結構（一百十戶為一里，里分十甲），最終向縣一級報告。類似的地方自治結構（保甲制度）負責處理微小糾紛和不軌行為，同時協助國家處理更嚴重的事務，比如追捕逃犯。

明朝政府不僅認為家庭是社會的基本結構，還將家庭規範視為道德秩序的一部分。與中國早期一樣，明朝賦予家庭關係特定的法律責任。例如，在刑法中，一個人在家庭中的地位是評價其行為的基本要素：毆打長輩（比如父母）比毆打陌生人更令人髮指，而對晚輩（比如子女）的暴行則不太嚴重，在很多情況下根本不會受到懲罰。《杜騙新書》中的情節往往展露了家庭內部的權力動態以及父權制秩序所產生的修辭和倫理假設。

在世代交替時，特別容易受到騙子的利用。比如，在〈哄飲嫖害其身名〉（故事十六）中，一名才華橫溢、前途無量的年輕人本可以振興家業，但他卻落入肉體誘惑的圈套，這一圈套為家族另一支的親戚所設，完全是出於對受害者已故父親的惡意。騙子利用了年輕人對族中長輩的信任，他的陰謀不是針對某一人，而是整個家族。在另一個類似的故事〈激友訟姦以敗家〉（故事十九）中，世代間的仇怨導致一個親戚誘騙另一個親戚陷入一場考慮不周的姦情，最終致其破家。[22]

22　這兩個故事在許多方面都頗為類似：都發生在福建省以外的地區；都以一個家族不同分支之間的恩怨為主題；一個用了孔子的典故而另一個用了孟子的典故，結尾都勸誡「士」要自新自立。

明朝國家和大多數傳統家庭倫理觀所偏愛的家庭模式不僅是父權制的，也是父系的。也就是說，假定女性「嫁入」一個家庭，離開娘家而與丈夫同住，並永久留在那裡。即使喪偶，婦女也不應再婚，而是由公婆扶養。這些期待並非總能實現，尤其是在經濟能力有限的家庭。事實上，守寡這一規範很少得到遵守，因此特例會得到朝廷的特別褒獎。在〈媒賺春元娶命婦〉（故事五十二）中，位屬社會上層的寡婦是看似合理的婚配；而〈公子租屋劫寡婦〉（故事三十一）則道出了寡婦當家的家庭的脆弱性。

父權制家庭模式面臨的一個相關挑戰是僅有女兒的家庭。如果她們都出嫁就沒人照顧年邁的雙親，一個解決的辦法就是招贅，即丈夫「入贅」妻子的家庭（有時是在他還是男孩時即被妻家收養）。不僅僅是改變住處而已，這名男子理應承擔贍養岳父岳母的責任，同時也有可能從他們的財產中受益。這對夫婦的子女可能會有複雜的身分，雖然父系的準則將其視為父親的子女並要使用父親的姓氏，但作為婚姻關係的一部分，父親可能會同意其中的一、兩個或者全部成為岳父岳母的後代，讓本來會斷絕的血脈延續下去。這種婚姻偶爾出現在晚明小說中。[23]〈娶妾在船夜被拐〉（故事三十九）呈現出非常規家庭結構的

23 關於明代文學中的招贅婚姻，見 Françoise Lauwaert, "La mauvaise graine: Le gendre adopté dans le conte d'imitation de la fin des Ming," *Études chinoises* 12, no. 2 (1993): 51–92.

結果：一名騙子讓他團伙中的孤兒娶了自己的女兒。這使得騙子家庭的男性家長更容易將夫婦雙方皆捲入騙局之中——在這個例子中，他精心策畫了一起有利可圖的假婚姻，將已婚的女兒嫁給一個有權有勢的人，而這一計畫可能無法得到一個更傳統的丈夫的同意。〈因蛀露出謀娶情〉（故事五十四）圍繞一位年親的寡婦展開：她與公婆同住，公婆既希望她改嫁，又希望她留在身邊，這樣她的新丈夫就可以養活整個家庭。儘管這不是最終結果，但卻是一個合理的選擇，雖然有風險。

對於國家和許多菁英階級來說，招贅婚姻和寡婦再嫁雖不可取，但卻是可以容忍的，因為此二者至少保留了家庭單位的結構。這個單位的界限通過對性關係的限制得到了最積極的維護。性越軌是對以家庭為基礎的社會秩序的破壞。因此，通姦、婚外情、亂倫以及揭露這些行為的威脅經常成為詐騙的籌碼。潛在的法律後果真實存在，根據明朝法律，大多數婚外性行為理論上都是犯罪。[24]《杜騙新書》一貫是從男性的角度來看待性關係。[25]故事的主角（無論是受害者、加害者還是兩者皆有）幾乎總是男性，當性欲推動故事情節發展時，所講述的是他們的性欲，或者至少是從他們的角度來看的。書中假定異性欲望是一

24 參見《大明律例》，一五五四（明嘉靖三十三年），江西布政使司重刊本，卷十八〈刑律八．犯姦〉。

25 故事中的婦女「主要有兩類：一類為設下圈套詐人財物的女棍徒，騙局皆由婦女設計，通常是以身色誘於前，巧計騙脫於後；一類是男棍布局設陷時以女色為餌，其初婦女未必蓄意共同行騙，故多為詐財過程之工具，而非主謀。」林麗月，〈從《杜騙新書》看晚明婦女生活的側面〉，《近代中國婦女史研究》第三期（一九九五年八月），頁九。

種常態，作者譴責他筆下的人物只沉溺於過度的性欲或者與錯誤的人發生性關係。許多故事涉及到歌妓和其他從事性工作的人，而男性與他們的關係並未被認爲本質上有問題。男性與男性之間的性關係出現在少數故事中，有時候會受到譴責，但並未被視為本質上應該受到譴責。

性只是幾種惡習之一，其他的還有酗酒、賭博和貪心。這些惡習會讓一個男人變得揮霍無度，從而毀身破家。性欲雖然推動很多詐騙故事，但性行為的詳細敘述不多。在這一點上，與當時的情色小說如《金瓶梅》等都有所不同。在這些小說中，性與描寫性的語言是社會關係的標誌和社會批判的工具。[26]相反地，就像那些故事中的騙子所追求的白銀、布料和其他商品一樣，性也被商品化了——或者說，當性被商品化時，它便成為情節的轉捩點。在一例〈用銀反買焙紙婦〉（故事五十五）中，有一幾乎不帶詐騙因素的詭計：一名登徒子承諾給一位女子銀子，從而說服她與自己發生性關係。在這筆交易中，唯一需要狡詐的理由就是避免被揭發。

正是暴露的可能和社會或法律制裁的風險，塑造出大多數故事中與性相關的緊張氣氛。例如在〈姦牙人女被脫騙〉（故事五十九）中，一名行商與其貨物

26 相關討論有Keith McMahon, *Saying All That Can Be Said: The Art of Describing Sex in* Jin Ping Mei, Harvard-Yenching Institute Monograph Series 134 (Cambridge, Massachusetts: Harvard University Asia Center, 2023); Matthew H. Sommer, "Sexual Acts and the Articulation of Norms and Hierarchies in *The Plum in the Golden Vase*," in *Approaches to Teaching* The Plum in the Golden Vase (The Golden Lotus), ed. Andrew Schonebaum, Approaches to Teaching World Literature 159 (New York: Modern Language Association of America, 2022), 285–94; Ying Zhang, "Domestic Violence in a Premodern Context in *The Plum in the Golden Vase*," in *Approaches to Teaching* The Plum in the Golden Vase, 230–52.

寄賣的店主之女通姦，店主是一位牙人，他在女兒不知情的情況下，設計誘騙行商，並以報官的威脅來勒索他。在商人識破了這位店主父親的詭計後，官府意識到這種桃色陷阱是牙人的慣用伎倆，非但沒有懲罰這對通姦者，反而令其成婚，並要求商人將其流動資產作為財禮交給女方父母。官府可能認為這樣的判決重新確立了正常的社會關係，但經濟現實卻並非如此：身無分文的新婚商人很快被迫將新妻賣給他人以獲得回家的路費。[27]作者將這一結局塞進了故事的最後一行，強化了他筆下世界中難以抗拒的經濟邏輯。

官場即騙藪

許多故事都涉及到國家制度，特別是司法體系與科舉考試。大明帝國由一套層級分明的制度來管理，其官員由中央任免，具體管理則通過書面的法律規定來進行。中央政府機關設在首都北京，另有一小型的政府機關設在陪都南京。帝國其他區域多數被分成層級化的行政單位：省，省下設有府，府下有縣。每個行政單位至少有一位由中央任免的官員負責管理，其屬下則來自地方，辦公場所稱為「衙門」。最小的行政單位「縣」，可能會非常大：在整個明代，縣的

27 關於明代婚姻與人口販賣的複雜關係，見費絲言 (Siyen Fei) "Trafficking Women in *The Plum in the Golden Vase*," in *Approaches to Teaching* The Plum in the Golden Vase, 263–84. 關於帝制中國晚期複雜的家庭結構，其法律地位以及經濟基礎和影響，見Matthew H. Sommer, *Polyandry and Wife-Selling in Qing Dynasty China: Survival Strategies and Judicial Interventions* (Oakland: University of California Press, 2015).

數量大致維持在一千四百個，然而在這些故事被寫下來的時代，一個縣的平均人口增長到超過十六萬，最多的或許到達百萬。知縣管理的範圍包括其權限內幾乎所有民事行政事務：稅收、公共工程、刑法和民法，以及國家宗教儀式。知府監管府內數縣的相同事務。

這種行政制度的結果是，大多數平民很少有機會，或根本沒有機會接觸其地方長官。鑒於司法體系的不透明性和依賴嚴刑拷打使目擊者與嫌疑犯招供的方式，多數人更喜歡保持這樣的狀態。張應俞稱衙門是「騙藪」，並告誡讀者要不惜一切代價遠離之。在他的故事中，我們偶爾能看到官員，但是更多的是那些在政府中從事一般庶務的人：吏員、差人、捕快、門房等下屬。衙門中的職員一般會僱用當地人，他們有著至關重要的作用，因為他們是平民和國家溝通的媒介。知縣與知府一般只有三年任期，而且禁止在其家鄉任職，他們依靠這些小吏獲取當地資訊，執行決策。

科舉制度

官員由一整套績效考核與推薦的體制來選拔，但在此之前，進入官場則須通過全國級的考試——「科舉」。科舉考試向大多數的成年男性（甚至早熟的男童）開放，但實際上事參加者只有那些有辦法花費數年接受正式教育之人。即便是那些沒有直接參與的人，如果他們稍微接受了一點教育的話，也可能會意識到這一點。很多考生來自商人家庭，若是沒能通過最低一級的考試，他們可能會重返商場。每場考試都持續數日，包括一系列的測驗，每個測驗都要求考生按照嚴格的，常常是公式化的格式來撰寫文章，考試題目則由考官事先選定。儒家經典及其注疏、古今歷史、公文格式和重大政策問題的知識是考試成功的關鍵。在這場高風險的制度中，對作弊的監管非常嚴格——儘管並非萬無一失。考生被安排在一個個單獨的小房間中，出題的考官則從外地調派，以降低舞弊的可能。試卷要糊名，每位考生都會被分配一個號碼，抄手再將答卷進行謄錄，以避免認出考生的字跡。閱卷官閱卷之後對通過者進行排序，張榜通告，未上榜者則未通過。這個程序定期在整個帝國每個縣執行，每一場考試都有數以千計的人參加。

通過了縣試或者府試的人俗稱為「秀才」。這個身分會帶來一些特權，比如免除徭役和避免身體上的刑罰，但通常情況下，並不賦予其持有者作官的資格。秀才可以去每個省的省會參加三年一次的會試，那些極少數的通過者即為「舉人」。舉人有資格作官，但是到晚明時期，舉人的數量極其龐大，因此他們絕大多數都未被任用，或者僅被分配到位分很低的的職位，一般是知縣或者更低。但是他們可以繼續參加每三年一次在北京舉辦的最高級別考試，通過者即為「進士」，高級的官僚機構從進士中選拔人才。在《杜騙新書》中，知縣及以上的官員可以被假定為舉人或者進士。秀才偶爾參與詐騙，但多數情況下他們被塑造成騙子的目標，騙徒欺騙他們以找到賄賂考官的門路。

科舉考試的成功與官位的獲得會為個人及其家族帶來社會聲望、法律保護以及得到實際利益的可能性。官員的俸祿相對來講比較低，但通過例銀（表面上用以抵消司法費用）和貪污獲得收入的潛力極其巨大。家族很希望能保證其子孫取得科舉考試的成功，因此也很容易上當受騙。〈詐學道書報好夢〉似乎是以發生在一六〇〇年的事件為基礎，戲劇化地描述針對此類家庭的「好消息騙局」（good news scams），史料記載，此類騙局一直持續到十八世紀。[28]儘管有各種對策，科場舞弊（特別是涉及受賄或者錄取政治和思想上的同盟之事）仍是一個不斷發生的問題。《杜騙新書》有整整一大類是關於「買學騙」，其中的

28 關於清朝的good news scams，參見Mark McNicholas, *Forgery and Impersonation in Imperial China: Popular Deceptions and the High Qing State* (Seattle: University of Washington Press, 2016), 98, 114.

故事都談到考試過程中的反常行為。

宗教成規與方術騙子

騙子的一個重要的類別是本應摒除一切惡習的人——佛教僧侶。儘管他們發願持戒（戒殺、戒葷、戒酒、戒色），和尚與尼姑仍經常在明代小說中被描寫成淫蕩和變態的人。[29]正如凌濛初的白話小說集《初刻拍案驚奇》中一則故事的題記所寫的那樣：

> 色中餓鬼是僧家；
> 尼扮繇來不較差。[30]

在《杜騙新書》中，情況正是如此。一些僧侶也是引誘者，與他們的俗世同行並無太大不同。在〈和尚剪絹調佃婦〉（故事五十六）中，一個和尚以昂貴的布料來引

29 關於這一傾向的研究有：浪野徹，《中国悪僧物語》（東京：平和出版社，一九九〇）; Stefan M. Rummel, ed., *Der Mönche und Nonnen Sündenmeer: der buddhistische Klerus in der chinesischen Roman- und Erzählliteratur des 16. und 17. Jahrhunderts: mit einer vollständigen Übersetzung der Sammlung* Sengni niehai, Chinathemen 68 (Bochum: N. Brockmeyer, 1992), chap. 6; Vincent Durand-Dastès, "Désirés, raillés, corrigés: les bonzes dévoyés dans le roman en langue vulgaire du XVIe au XVIIIe siècle," *Extrême-Orient Extrême-Occident* 24 (2002): 95–112; 林雅清，〈明代通俗小説に描かれた悪僧説話の由来-仏教における「戒律」と「淫」の問題を手掛かりに〉，《京都文教短期大学研究紀要》四十八期（二〇〇九），頁一—一一；大木康，〈明末「惡僧小說」初探〉，《中正漢學研究》二十期（二〇一二年十二月），頁一八三—二一二；張凱特，〈論明代公案小說集惡僧故事的承衍與改寫〉，《漢學研究集刊》二十六期（二〇一八年六月），頁三五—六七。關於佛教僧侶違犯戒律這一主題的英文著作很少，而陳金華（Chen Jinhua）在談到中國中古時期的惡棍僧侶時指出，「戒律中規定的理想的僧侶行為與僧伽的實際行為之間往往存在者一條真實的鴻溝」。Chen Jinhua, "A 'Villain-Monk' Brought Down by a Villein-General: A Forgotten Page in Tang Monastic Warfare and State-Saṃgha Relations," in *Behaving Badly in Early and Medieval China*, ed. by N. Harry Rothschild and Leslie V. Wallace (Honolulu: University of Hawai'i Press, 2017), p. 222.

誘受害者——與前一故事〈用銀反買焙紙婦〉（故事五十五）非常類似，但是這個故事的背景不同尋常：在當地，寺院中的職位為世襲的掛名職位。這些僧侶不僅享受著寺院豐厚的捐贈所帶來的奢華生活，他們還透過與為寺院耕種的佃農共享妻子來規避禁止性行為以及維持家庭關係的規定。通過這種方式，他們不僅滿足了個人的肉欲，還延續了自己的血脈，將自己的兒子以侍從的身分領入寺廟成為繼承人。無論這個制度是否真實存在，這個故事都反映了人們對僧侶家庭身分和性癖好的擔憂。

僧侶越軌行為的一個極端的例子出現在〈摩臉賊拐帶幼童〉（故事八十三）中。儘管是歸在「法術騙」這一類，但故事的重點更多是在作惡者的身分，而非如何完成。這個惡棍是一名剃度了的和尚，他以妖法迷惑男孩，拐帶囚禁並施以性虐。這是兩起罪行中的一起，這兩起案件的主審官都將罪犯暴露在眾人的盛怒之下，最終致其慘死——嚴格來講，這並非明朝刑法所規定的懲罰。在另一則故事〈刺眼刖腳陷殘疾〉（故事六十五）中，受害者也是孩子，敘述者同樣贊同民眾施行暴力報復。作者在該故事的按語中總結道：「除一棍，勝去一狼虎也，功德高於浮屠矣！」

30 這兩句話引自《初刻拍案驚奇》第六則故事〈酒下酒趙尼媼迷花，機中機賈秀才報怨〉的卷前題詩。在《杜騙新書》的故事八十四〈尼姑撒珠以誘姦〉中，一個尼姑也從事類似的行為。

這一總結不僅表明了對「惡僧」所作所為的憎惡，也表明了對佛教思想和實踐價值的懷疑，這一點在「僧道騙」（包括和尚和道士）這一部分的故事中都有所反映。與其世俗的同行相比，僧道不僅同樣、甚至更容易受到世俗欲望的誘惑，他們還會將佛道教義中的鬼話編入騙術之中。張應俞令讀者疑惑的是，儘管有其過人之處，他是否認為佛教本身具有什麼價值。例如，在〈僧似伽藍詐化疏〉（故事七十六）中，一個富商被一個長相酷似寺廟神像的和尚騙走了一大筆錢，這些錢實際上大部分留用於寺廟，而一小部分被騙子留作佣金。這給按語的作者提出了兩個問題：出於這樣的目的行騙是否可以接受，以及這樣的捐贈是否有任何好處。對於這兩個問題，作者的回答模棱兩可，但傾向於否定：「故富而能捨，本是善行。若謂真佛化緣，而施捨者輒有福報，此兩個裝騙僧，豈能福人乎？吾不信也。」有時候否定的意味更濃。故事七十五〈信僧哄惑幾染禍〉的正文寫到一名和尚吸引了一群狂熱的追隨者，毀害多條人命。故事的最後，作者勸誡道：「此愚人信僧之明鑒也。」作者的按語更為直截了當：「寺門藏姦，僧徒即賊，此是常事。」

儘管作者在這裡與佛教保持距離，但在其他地方使用佛教術語的方式則表明他至少對佛教略知一二——這對當時受過教育的人來講並不罕見。根據〈和尚剪絹調佃婦〉（故事五十六）最後的按語，這個故事的教訓就是教人完全遠離宗教：「人家惟禁止僧道來往，便是好事。若入寺，若拜佛，若子寄僧道姓，此皆恥事，切宜戒之。」尤其戒人勿圖佛教所承諾的「無影福田」。「福田」指的是一系列能夠產生善果的行為；稱其「無影」，這段話將世俗的涵義（「虛幻的、不實的」）強加給在佛教典籍中具有不同意義的詞：在典籍中，它的意思是「沒有誤導性的外相」。同樣的故事還為那些與佃客共享妻子來延續家庭的和尚發明了一個偽佛教的諺語，為這類諺語通常所頌揚的悖理增添了一層諷刺的意味。即使一個與佛教無關的故事〈石灰撒眼以搶銀〉（故事三十六），也不經意間重複了禪宗典籍中的一句箴言，凸顯騙子的狡猾。

道士的表現要好得多，他們因為可以結婚，因此與父權制道德經濟的關係更近一些。他們也會詐騙，在〈詐稱先知騙絹服〉（故事七十七）與〈深地煉丹置長符〉（故事七十八）中，他們自稱具有超凡的法力，以此來矇騙他們的目標。但在這兩個案例中，他們的罪行都是相當傳統甚至平庸的——他們分別騙取了一件絹服和一些銀子，正是一般騙子所追求的那種獎賞。在〈詐無常燒牒捕人〉

（故事十三）中，一個道士詐稱自己是陰曹地府的使者「無常」，可以左右生死，以此從受害人身上榨取錢財。但他的斂財手段並不高明——僅得到了數十兩銀子。道士並不能預測未來，但他可以從算命先生那兒收集到命理訊息。死亡的確可以被預言，陰間也確實存在。江湖騙子剽竊真正能夠預知未來的人，而張氏諷刺騙子的詭計不可信。不過，在這些例子中，作者並沒有提出要警惕所有的道士或者反對在他們的宮觀裡朝拜。

正如這些故事所表明的，宗教人物與我們認為是方術的各種行為相關，這些行為包括算命、風水、煉丹、精神控制、靈魂附體、操控超自然生物以及超越生物可能性的延年益壽。張應俞將這些作法描繪為事實，而非幻想。煉丹術可能是一項失傳的技藝，但它是真實存在的。在張氏看來，所有這些技藝確實都能發揮效用（儘管也可能是假的），而他主要關心的是提醒那些缺乏警惕的人注意這些技藝可能會被拿來作惡。

在〈法水照形唆謀反〉（故事八十一）中，水的法力是真實存在的。兩名有法力的僧人向一位富人展示了宏偉的景象，並煽動他策畫謀反，自立為皇帝。這是唯一一起詐騙事件，其影響超出區域範圍，甚至威脅到帝國的故事。此故事借鑒了佛教僧侶參與武裝叛亂這一有據可查的歷史事件，這些僧侶事後多被譴責為「妖僧」或「惡僧」。[31]故事本身是假的，但多次影射明朝及更早時期真實政變的意圖。

白銀本位

在《杜騙新書》中，錢是大部分詐騙計畫的目標。在晚明時期，錢有兩種形式：銅錢和以未經官方造幣的銀錠或碎銀狀態流通的白銀。（明代早期經使用紙幣，然而到十五世紀中期，紙幣嚴重貶值，因此不再流通。）零散的銅錢用於小額日常花費，而將銅錢用繩子從中間的小孔串起成串、數量能達到一千個銅錢的錢串則用於大額支付。白銀由於購買力更高，因此更適合用於重大交易或者遠距離運輸。私人銀匠把銀錠鑄成各種成色和形狀——最普通的是一種束腰的橢圓形，兩邊較平，邊緣凸起。對於一筆小型交易來說，可以使用一克或者少於一克的散碎銀子，有時候會割碎一個大銀錠。在《杜騙新書》中，除了最小型交易之外，幾乎所有的交易都使用白銀。儘管黃金在明代也很貴重，它卻並未被用為貨幣，而是僅僅作為製造首飾和其他奢侈品的貴重材料。金銀所製

31 陳金華指出早在四世紀中國的佛教「僧侶就帶兵打仗」，強迫其他僧人打仗，從事間諜活動，充當軍事顧問。他們往往因違反佛教戒殺的核心準則而受到後世的譴責。見Chen, "A 'Villain-Monk'" 尤其頁209, 219。

的物品可以被熔掉賣出，因此這兩種金屬都在價值儲備方面起重要作用。到十六世紀晚期，白銀主要被用作交易的媒介和記賬的本位貨幣：很多價格由其決定，大部分的稅收和大額私人支付也使用白銀結算。雙方定價之後就可以稱重，同時也會考慮到所使用的銀子中銀的含量——銀含量從七成以下到十成不等。

因為白銀無處不在而且形態各異，碰到假銀的風險始終存在。一些故事（最明顯的是在「假銀騙」中，但也出現在「強搶騙」中的故事三十五〈膏藥貼眼搶元寶〉）提到了這一問題。白銀的純度主要是透過裸眼觀察來鑒定，而看起來較為可疑、可能含有銅或鉛的銀錠會被用鑿子鑿開。「煉丹騙」中的另外一批故事描述了使用方術把卑金屬化成白銀，甚至是無中生有煉銀術的誘惑（煉化的都是白銀而非黃金）。張應俞似乎相信一些超自然的煉銀方法是真的，儘管他也斷言遇到的多數「方士」都是騙子。在〈冒州接著漂白鏪〉（故事四十七）中，張氏稱「假銀天下處處有之」，並於按語抄錄了一六一一年的一本簡略的手冊，用於區分銀的品相以及識別摻假。這個沒有名稱的小本子是明代同類文本中所僅存者，很可能代表了商人們曾廣泛使用，但短暫流行的手冊類型。[32]其中列舉了二十多種白銀的品級，表明出納銀錢需要專門知識。

32 關於這一文本及其相關材料，參見阮思德著，詹前倬譯，〈價值與效度：識破明清中國的白銀〉，《中外論壇》二〇二四年第三期（二〇二四年九月），頁三六五—八九。

大規模交易可能會有「上封條」和交由第三方保管的程序。商定好數量與成色的白銀被稱好之後，會在交易雙方的面前被放入板條箱、木箱或其他容器中，上鎖，再貼上封條，交易雙方在封條上分別加蓋各自的印章（印章由木、石或金屬製成）。打開或者亂動這個包裹都會損壞封條，因此完好的封條向賣方保證期望的資金是現成的，被完整地保留在那裡，而買方可以在交易完成時再付款。

上了封條裝著銀子的包裹在向官吏賄賂的故事中扮演著重要的角色：受賄者想要事先確定賄款是現成的，而行賄者想要確定交出銀子之前期望的結果已經實現。這個過程的複雜性在科場舞弊的故事中展現無遺。舉例來說，〈鄉官房中押封條〉（故事六十八）講述官員受賄以保證考生順利通過科舉的故事，故事中，官員與考生雙方都非常關心裝銀子的容器、存放的位置以及上封條的時間等問題。當這一程序的完整性受到影響，就像在下一個故事〈詐封銀以磚換去〉（故事六十九）中一樣，其結果看起來像魔術。銀子以「兩」這一重量單位來稱量，一兩大約是三十七克，而準確的重量會隨地區與環境有所不同。（官府的重量與市場中的略有不同。）一兩為十錢，一錢為十分。兩也是包括黃金在內的其他貨物的稱量單位。更重的商品，比如食品，則使用「斤」來稱量，一斤大約是十六兩。另一個重要的單位是「里」，一里約等於五百公尺。

資料來源以及《杜騙新書》的影響

《杜騙新書》一書中，故事之間在內容與風格上的差異顯示張應俞參考了很多超乎自身經驗與想像的材料，包括上文提到的文學體裁、歷史人物傳記、哲學典籍、民間故事、地方傳聞和小道消息等。舉例來說，〈偽裝道士騙鹽使〉（故事四十四）採用了兩則詩人唐寅（一四七〇—一五二四）的軼事來自傳記材料，張氏僅僅對其原文進行了簡單的改編。在其他例子中，那些故事看起來抄自另一部作品，我們目前還不能確定其為何書。一些故事結尾有明確的寓意，而文後張應俞的按語提供了另一種寓意。例如，在〈炫耀衣妝啟盜心〉（故事二十六）中，張汲取了一個與文中所講相矛盾的教訓，這說明他的故事完全抄自其他材料。[33]「買學騙」的六個故事都以「此為……之戒」這樣一個固定的表述結尾，這樣的模式並未出現在本書他處，這一組故事來自同一個單獨的材料的可能性很高。儘管張應俞一般情況下並沒有說明材料的來源，但在一個關於假銀的故事的按語中，他說自己找

33 這個故事也很不尋常地含有解釋性的自注，以定義罕見詞彙，這也暗示其來自其他材料。另一個既有文本內部寓意又在張應俞的按語中有另一個寓意的故事是〈入闈官言而出騙〉。

到了一個小本子，裡面描寫了區分銀子成色的技巧，因此他抄錄了全文。〈地理寄婦脫好種〉（故事五十七）第三則按語後的是「猴種解某」的故事，張稱這個故事是自己從解某一個同鄉的風水師口中聽到的。風格上和互文性的證據都表明這本書更像是一個經過編輯、改寫的故事選集，而非單一作者創作的故事合集。

正如《杜騙新書》經常涉及旅行，這些故事本身也在不同的時空中「旅行」。有些故事的不同版本和相似的情節元素也出現在其他著作中，但材料的原始出處難以確定。比如，書中篇幅最長的故事〈因蛙露出謀娶情〉（故事五十四）[34]是一個道德故事，內容涉及覬覦鄰居妻子以及受害寡婦的非凡美德。這一故事較早的版本可以追溯到宋代（九六〇——一二七九），而明代文人陸容（一四三六——一四九四）所編的《菽園雜記》有另外一個版本，它的歷史背景則是明初洪武期間。陸容也說，「好事者為作《蝦蟇傳》以揚其善，今不傳。」〈因蛙露出謀娶情〉或許可以視之為失傳的《蝦蟇傳》。[35]其他明清時期的版本亦流通於一部川劇及至少三部明代故事集中的章節，其中《歡喜冤家》（約一六三〇年代）版本中的一些段落與《杜騙新書》中的相一致。[36]〈和尚認牝牛為母〉中寫到了一個讓牛舔鹽的詭計，這個詭計在一百多年後出現另一個版本——在偉大的清代小說《儒林

34 〈因蛙露出謀娶情〉一個更長的故事版本是一名富人將鄰居溺死以娶其妻作妾，兩人共度一段美滿的時光，數年後富人向她供認了自己的罪行，結果遭其憎惡。這個故事出現在《歡喜冤家》卷七。

35 陸容，《菽園雜記》（北京：中華書局，一九八五）頁三[illegible]。

36 詹紫葦判斷，《歡喜冤家》的版本「可能直接抄自《杜騙新書》」。見詹紫葦，〈論〈因蛙露出謀娶情〉的故事流變〉，《青年文學家》第十七號（二〇一八年），頁八[illegible]一。

外史》（一七五〇）第二十四回——可能是來自《杜騙新書》，也可能有其他的出處；另一個版本出現在一八〇八年的遊記《雲妙間雨夜月》中，這本書的作者是日本江戶時代晚期作家曲亭馬琴（一七六七—一八四八），他是《杜騙新書》的書迷。[37]〈娶妾在船夜被拐〉（故事三十九）是另一例：一名富人在船上與其年輕美貌的新妾交歡，結果新妾當晚就失蹤了，他也被騙走了幾十兩銀子。類似的桃色騙局也出現在《儒林外史》第五十一回，不同的是，在這部清代小說中，從船上潛逃的女子被抓回，而她的幫凶，戴綠帽的丈夫，則被迫還回了銀兩。[38]

儘管主題豐富，這本書首次刻印後三百年間在中國沒有任何重印再版。而在日本，這本書看來更受歡迎並被廣泛流傳：於一七七〇年在京都出現加了日語注解的中文版，後在十九世紀又有多個版本，包括一八七九年出版的日語翻譯本和一些近期的學術研究。[39]在中國，儘管詐騙一直都是文學和戲劇中頗受歡迎的主題，但據我們所知，一六〇〇年代後這本書就沒有新版刻印，直到二十世紀八十年代末、九十年代初，明刻本才被影印出版，收於一面向研究學者的叢書中。[40]之後，更多更易獲得的排印本在中國各地相繼出版（天津，一九九二；北京，一九九三；廣州，一九九三；鄭州，一九九四；瀋陽，一九九四；

37 除了《雲妙間雨夜月》之外，曲亭馬琴至少還在其他書中採用五個改編自《杜騙新書》的故事。見伊藤加奈子等，〈『杜騙新書』訳注稿初編〉（出版地不明，「杜騙新書」の基礎的研究プロジェクト，二〇一五），頁一三八（以及本書參考的眾多日語研究）。

38 吳敬梓，《儒林外史》（香港：中華書局，一九九六）頁四九五—五〇一。

39 見伊藤等，「『杜騙新書』訳注稿初編」，頁一三八—一四一。

40 明代存仁堂本的影印本被收入台灣一個發行量有限的學術叢書《明清善本小說叢刊初編》中，這套叢書於一九八五年開始由天一出版社出版（每一本書未標明出版日期）。關於本書其他影印本，見〈參考書目〉。

41 關於《杜騙新書》的主要當代版本，見〈參考書目〉。

石家莊，一九九五等）。[41]一個一九九七年的版本既有《杜騙新書》原文，又有其白話翻譯，使得這本書更加便於現代讀者閱讀，但是這個版本的編輯刪除了一些他認為淫穢或者低俗的內容。[42]在西方，對《杜騙新書》的研究非常之少，我們上下兩冊的英譯版之前，僅有兩篇非常有用的介紹性文章。[43]

儘管張應俞的書長期以來備受冷落，但是從更廣泛的意義上說，對詐騙故事的興趣在近代中國則經過多次興起。晚清民國時期（大約一八九〇年代到一九四九年），政局動蕩，現代化面臨失敗，城市化發展加劇，詐騙故事集數量慢慢增多。[44]一九七六年毛澤東去世不久後，中國開始改革開放，在這一段時期詐騙故事又開始流行，其流行程度自此之後愈加強烈。除了張書的新版之外，自一九九〇年代開始，多種詐騙故事集在中國出版，其中一些對新舊故事進行對比或者附加新的評論。社會信任、失信，仍然是中外大眾熱切關注的問題。

騙經「編」術

本書包含八十四個有標題的故事。我們的底本是日本東京大學東洋文化研究所所藏的明代建陽存仁堂刻本的電子本，一共四卷，每卷的開頭都有插圖，

42 丁曉山編，《防騙經》（北京：中國文聯出版社，一九九七）。該版本刪去的具有異議的內容出現在〈地理寄婦脫好種〉與〈太監烹人服精髓〉中。除了有現代漢語翻譯之外，該版本在一些故事後面還附有「今解」，描述了當代中國出現的類似騙局。

43 Youd, "Beyond *Bao*" 和 Roland Altenburger, "Täuschung und Prävention: Ambiguitäten einer Sammlung von Fallgeschichten aus der späten Ming-Zeit," in *Harmonie und Konflikt in China*, ed. Christian Soffel and Tilman Schalmey (Wiesbaden: Harrassowitz Verlag, 2014), 109-127.

44 這些故事集廣泛地參考吸收各種材料。舉例來說，一個更短小、插圖版的〈三婦騎走三匹馬〉出現在雷君曜編《繪圖騙術奇談》（上海：掃葉山房，一九〇九）中，名為「驢夫受騙」。

書中的缺頁有抄補。我們將此本與哈佛燕京圖書館所藏的同版電子本進行對比後發現，此本缺失第七類「引賭騙」中的第三個，即最後一個故事〈好賭反落人術中〉（故事二十四）。我們還參考了日本國立公文書館所藏的抄本，其中含有熊振驥一六一七年的序。[45]這個序看起來抄自於《杜騙新書》最早的刻本「余獻可居仁堂刻本」，余獻可是建陽出版商中最傑出的余氏家族的一員。[46]這個刻本的原本已經不存，但有可能哈佛與東京大學的存仁堂本與之印自於同一套雕版，只是改換了書坊的名字並移除了序。[47]

書中有非常多的小錯誤，比如誤字、前後矛盾（包括頁面格式的變化與正文和目次中故事標題的不一致），說明編書過程中編輯監督的鬆懈。[48]我們也參考了由伊藤等人選譯的日文版本和兩個當代的中文版本：《騙經》與《防騙經》，前者於二〇〇八年由江西師範大學出版社出版；後者則為刪節本，有白話翻譯和丁曉山的評論，一九九七年由中國文聯出版社出版。

致謝

幸好，學術江湖上的志同道合者多，且毫無惡意，正好相反。

45 關於這三個版本的細節，見〈參考書目〉第一部分。

46 關於建陽刻書史上的存仁堂、居仁堂與余氏家族，見Chia, *Printing for Profit*，特別是第八十九頁、第三七七頁的注一四〇。

47 從插圖和熊振驥一六一七年的序來看，這兩個版本的緊密關聯非常明顯。插圖與序中的典故是相配的，這些典故並未出現在其他地方，因此在沒有序的情況下，插圖顯得難以理解。但是沒有任何一個早期版本兩者兼具。我們所見到的哈佛與東京大學所藏的存仁堂本，其卷一到卷四的首頁都有圖像，而兩者都沒有序。相反，日本國立公文書館所藏的抄本有序而無圖，可能抄寫的底本有圖，抄手將其遺漏了。

非常感謝詹前倬、邱澎生教授、何谷理（Robert Hegel）教授、Yuk Yee Marie Hui、雷伊娜（Regina Llamas）教授、Weiwei Luo教授、施珊珊（Sarah Schneewind）教授、司馬富（Richard J. Smith）教授和哥倫比亞大學出版社四位匿名評審對於初稿的意見，同時感謝麥田出版編輯林怡君、林虹汝以及哥倫比亞大學出版社的英文版編輯詹妮弗・克魯（Jennifer Crewe）、克里斯汀・鄧巴（Christine Dunbar）、瑪莉・巴格（Mary Bagg）和萊斯利・克里澤（Leslie Kriesel）。我們從美國亞洲研究協會（Association for Asian Studies）二〇一四年年會的小組成員和聽眾中收獲了很有價值的幫助和反饋；提供幫助與反饋者還有阮思德的學生——他們參與了早期譯稿的翻譯，還有艾媞捷（TJ Hinrichs）、帕特里夏・雷（Patricia Rea）、丁香以及英屬哥倫比亞大學、哈佛大學和康乃爾大學圖書館的館員。非常感謝加拿大社會科學暨人文研究委員會（Social Sciences and Humanities Research Council of Canada）為此研究計畫提供財政資助。特別感謝韋胤宗教授翻譯本書前言、卷首插圖說明和注腳。

48 舉例來說，在日本國立公文書館藏本中，故事集的標題在熊振驥序中是「江湖奇聞杜騙新書」，而目次中是「新刻江湖歷覽杜騙新書」，每一卷卷首的標題又稍有不同，為「鼎刻江湖歷覽杜騙新書」。同樣的前後不一致也出現在存仁堂本中。正文的第一頁還題署了第二個出版商「張懷耿」（字漢冲），這在存仁堂本中被抹掉了。另一個明顯的不一致是二十四個類目的編號：在前兩卷中它們沒有編號，但是從第三卷開始出現編號，而且編號有錯誤（第十四類應該是第十五類）。編纂者編寫目次時顯然意識到有所疏漏——目次的內容是正確的——但是他們沒有改正正文中的編號錯誤。關於各種版本之間的對比，參見牛建強，〈晚明短篇世情小說集《杜騙新書》版本考〉，《文獻季刊》第三期（二〇〇〇年），頁二〇〇—一〇。

《杜騙新書》卷首插圖說明

雷勤風、阮思德◎著　韋胤宗◎譯

明本《杜騙新書》共分四卷，每一卷前都有一幅占據半頁篇幅的版畫。這是晚明書籍，尤其是本書刊刻地福建建陽所刻坊本的常見的特點。小說刻本包含各種樣式的圖像，要麼偶爾在正文中穿插圖片，要麼在每一頁的上端設置連續的插圖，或有單獨的別冊，全由圖片組成。[1]插圖對於讀者和賣家而言具有吸引力，因此出版商在插圖的設計和製作上投入了大量資源，那個時代的書名也往往突出其繪圖內容。

這類樣式在建陽書坊出版的日用類書中更為典型。其中很多書的每一章或每一節的開頭都有類似卷首插圖的圖像，暗示其整體主題，但並不直接涉及具體的文字內容。圖像中多是官員、文人等傳播或使用權威性知識的場景，通常

1 相關事例與分析見何谷理，《明清插圖本小說閱讀》（北京：三聯書店，二〇一九）。圖片僅有的其他說明，見氏岡真士、閻小妹，〈『杜騙新書』の明刊本について〉，《信州大學総合人間科学研究》第十一號（二〇一七），頁一二九—四二。《杜騙新書》的部分版本由陳懷軒（活動於一六一七—一六二八）的存仁堂出版。存仁堂曾刊印過另一部犯罪故事集，其中每頁上端四分之一篇幅為插圖，插圖左右兩側有直行的題注，插圖內容與下頁文本所描述的行為相應，傳陳繼儒撰，《新鐫國朝名公神斷李卓吾詳情公案》（建陽：存仁堂，晚明）。

是在彰顯其權威的環境中，比如地方官在衙門。

《杜騙新書》中的四幅插圖一脈相承，與日用類書的卷前插圖有許多相似之處，刻工對場景和人物的處理也很相似。但是，這四幅圖既沒有說明單個故事，也沒有指涉任何具體的故事情節。目前並無資料顯示這些圖畫是誰設計或製作的，也沒有張應俞參與其中的證據。事實上，其中兩幅圖的佛教色彩似乎與張應俞的反佛教意識相悖。總而言之，它們可以幫助我們了解出版商如何在市場上定位這本書。

四幅插圖的版式大體一致：上方為文字，下方為場景和少量人物。文字呈拱門狀，貫穿整個半頁：頂部中央的橫梁是四字大標題，左右各有兩列由五個小字豎排組成的文字，下行到頁面的四分之一處。如下文所述，這些題注為理解下方的場景提供了背景資訊。在前兩卷中，文字被置於有雙線和斜角的方框之中，與其周圍的圖景隔開。卷三與卷四的標題在圖像上則與周圍圖景的隔離程度較低，文字被較淡的單線圍繞，兩列豎排文字之間用同樣粗的單線相隔。

文本的樣式將四卷分為兩組，而文本下面的圖像則暗示著另一種配對：第一卷與最後一卷相互關聯，中間兩卷則關係更近。

卷二與卷三的畫面顯然是根據同一個模板繪製的，其場景的中央為一位士人的書桌，上有紙筆，中間的男子在一名下屬的陪同下觀察著前面兩個人物的互動。卷三畫面中的桌子上擺著筷子和菜餚，一位相似的男子在兩名僕從的陪同下與一位地位相當的同僚一起進餐。雖然場景不同，但空間是相同的：格子狀的地板、通往露台的台階、桌子的擺放與鋪在上面的桌布，甚至繪製在後方屏風上的雲霧繚繞的島嶼上和落日場景都基本相同，顯然都來自同一個模板。這種重複使用一個圖像模式而僅僅改變一些人物細節的情況，也可以在某些日用類書的插圖中找到。這些插圖的特點，往往是在相同的背景上，重複出現姿態略異或不同衣服圖案的標準化人物形象。只有後續章節所需的額外細節才真正須進行訂製。這就是模組化生產的產物，這種生產方式使得出版商能夠快速、可靠地生產出許多插圖頁面，而幾乎不需要對新設計進行投資。[2]

卷一與卷四畫中的場景差異較大。卷一繪製了兩名身形較大、身著戎裝的男子——右邊為將領，左邊為士兵——站在河岸上，後方可以看到帳篷一角。畫面下方的水面上漂浮著一小隊身形較小的人物，其中兩人在馬背上。醒目的大鼻子、尖尖的頭髮、骨瘦如柴的獸性特徵，使這些長角的類人動物看起來像

2 關於大致同時代的一部日用類書中相似的圖形模式，見武緯子撰，熊振宇編，《新刊翰苑廣記補訂四民捷用學海群玉》明萬曆三十五年（一六〇七年）序，潭陽熊氏種德堂刊本。熊振宇是建陽坊刻世家中的一員，該家族存續了很長的時間，《杜騙新書》序的作者熊振驥雖然生平不詳，但可能是其親戚。刊印《杜騙新書》的存仁堂，出版過另一部可資比較的書，但僅有少量卷前有此種插圖：傳陳繼儒著，《新刻眉公陳先生編輯諸書備採萬卷搜奇全書》（建陽：存仁堂，一六二八）。另有卷前配有整頁插圖、類似體裁的例子，是一部酒令書：《新刻時尚華筵趣樂談笑酒令》（建陽：種德堂，刊刻年不詳）。

是惡魔或者怪獸。畫面兩部分之間的空間關係曖昧不清，河岸下方有一縷裊裊炊煙以示區隔，可將這些惡魔置於遠處或者低於戰士所在的空間。

相比之下，在卷四的插圖中，呈現的是一座雅致的亭台，面向由樹木和假山組成的園林院落。畫面中唯一的「水」是繪製在屏風上、波濤洶湧的大海，而屏風則位於室內空間的後方。坐著的女士和站在其身旁的婢女，向外注視著清掃庭院的少年，少年則轉過頭來看向兩位女子。

這四個場景都沒有出現在《杜騙新書》的故事中，圖中的文字也並非來自書中的文本。因此，想要理解它們在書中的作用，就必須將圖文結合起來仔細考察。

儘管四幅插圖所配的文字長度相當，都是四個字的標題和二十個字的題注，但其節律卻不同：卷一和卷二採用四字—六字—四字—六字的節奏，而卷三和卷四則是五字—五字—五字—五字，而且還押韻（韻腳是第十字和第二十字）。

四個題注都較為隱晦難懂，它們之間的相互關係、與所配圖像以及與《杜騙新書》整部書的關係也遠非不言自明。以下我們將提供標題和題注的闡釋，至少說明其中的一些典故、對圖像的詮釋，以及這些解釋可能為《杜騙新書》讀者提供的指導。

圖片來自於哈佛燕京圖書館所藏存仁堂版，可在線上訪問（見〈參考書目〉）。

第一卷　燃犀照怪

水族多妖，一點犀光照破。
心靈有覺，百般騙局難侵。

據說犀角具有催情作用，但是燃燒這種珍貴物質並不常見。此處的文本涉及東晉軍事家溫嶠（二八八—三二九），當時，溫嶠從京城（今日南京附近）返回武昌，行至長江上游一個名叫牛渚磯（位於今安徽省）的地方：

燃犀照怪
水族多妖一點犀光照破
心靈有覺百般騙局難侵

水深不可測，世云其下多怪物，嶠遂毀犀角而照之。須臾，見水族覆火，奇形異狀，或乘馬車著赤衣者。嶠其夜夢人謂己曰：「與君幽明道別，何意相照也？」意甚惡之。嶠先有齒疾，至是拔之，因中風，至鎮未旬而卒，時年四十二。[3]

從這則軼事可知，「犀角」已成為一個習語，指隱藏的、通常是超自然的現實得以揭露，也用以形容極強的洞察力。（該事件在溫嶠之死中可能起到的作用通常未被提及。）在卷前插圖中，題注和圖像都反映了原本的故事，而不僅僅是習語。圖片描繪了將軍監督燃燒犀角和水中怪物及其坐騎的情境。但題注也將焦點拉回《杜騙新書》的主題：水中的怪物是一個隱喻，本書照破的不是怪物，而是騙局。

河邊的環境並非僅是單純的象徵，如本書全名《江湖歷覽杜騙新書》所暗示，本書的背景是「江湖」，旅行者和以其為獵物的人都在這個世界中活動。水既是這個世界的象徵，也是其液體媒介「錢」——尤其是可被稱為「銀水」的白銀——的象徵。在晚明，有一座亭子據說位於牛渚磯事件發生的地方。[4]這座亭子矗立在長江北岸，距離蕪湖不遠，蕪湖是《杜騙新書》中幾個故事的

3 房玄齡等編，《晉書》（北京：中華書局，一九七四），卷六七，頁一七九五。另有一些資料聲稱，溫嶠之所以去調查不是因為有地方傳說而是因為聽到水中發出的音樂聲；劉敬叔（或卒於四六八年），《異苑》汲古閣本，收入《津逮秘書》卷七，頁6a。

4 《和州志》，萬曆乙亥（一五七五年）序，卷七，頁1b。

主要發生地，因此本書的作者和部分讀者很可能去過圖片中描繪的地方。

《杜騙新書》承諾提供讓讀者用心靈（或聰明才智）識破種種騙局的工具。或者說，把《杜騙新書》當作犀角，讀者便能感知到犀光照見的危險，其心靈也會對類似的威脅保持警覺。關鍵在於心靈，它似乎獲得了——也就是學到了——犀光所賦予的透視能力。這種從外在的輔助工具到內在心靈能力的轉換，是四幅插圖的共有主題。

卷二　明鑑照心

心隱深奸，妄作多端詭道。
手持玄鑑，灼見五蘊奸萌。

與第一幅圖中的將軍不同，這裡的中心人物穿著士大夫的長袍，桌上擺著他的工具（筆、墨和紙），前方有一對身著便衣的年輕男女。女子手持一面鏡子，男子正看著這面鏡子。這個場景幾乎可以用浪漫來形容，然而題注暗

明鑑照心
心隱深奸妄作多端詭道
手持玄鑑灼見五蘊奸萌

示事情並不可一目了然。這段話暗含多重典故。中國文學傳統中，鏡子常能夠展現肉眼看不出來的真實形象，例如鏡子可以揭開惡魔的面具，甚至可以把他們嚇走。這裡提到的「玄鑑」確切地說來自一部西元前二世紀中葉的典籍《淮南子》，此書有時被歸入道家類，但實際上代表了多種思想的交匯。在《淮南子》一書中，鏡子顯然是作為隱喻使用：

> 曉然意有所通於物，故作書以喻意，以為知者也。誠得清明之士，執玄鑑於心，照物明白，不為古今易意，攄書明指以示之，雖闔棺亦不恨矣。[5]

在這段話中，心靈是一個容易被他人意見左右判斷力的所在，但智者卻能免受這些干擾。然而，就像題注中所云，心靈所面臨的危險是「人之初，性本惡」，他們會出於自身利益而具有欺騙的傾向。據此看法，眼前世界不過是幻覺，具洞察力的心靈會運用自身的判斷力來識別他人所構建的虛假結構為表象世界中的附帶現象而已。這些都在題注中用明顯的佛教術語「蘊」（梵文塞建陀〔skhandha〕，意為「積聚」）予以標明。此五蘊者，色、受、想、行、識，後四

5 見劉安，《淮南子》〈脩務訓〉。「執」、「持」同義。

者都是精神層面的。[6]若如佛家所說，心靈的表象只是由這五者構建而成的，那麼心靈對自身的反省就可以成為照見自己和他人心靈缺陷與罪惡的一種方式。

除了「蘊」之外，這段話的語言以及圖像的任何一處都沒有佛教色彩。對於自省的強調與鏡中的圖像，亦在包括儒家在內的哲學傳統中得到廣泛採納。在晚明，特別是在王陽明（王守仁，一四七二—一五二九）心學中，鏡子是「心」的常見比喻，本質上是純淨的，是道德洞察力的源泉，但需要保持清潔和光亮以免邪惡悄悄潛入。

顯然，這裡的寓意是建立在卷一卷首插圖的基礎之上：防範邪惡需要一顆警戒的心。但又增加了一層複雜性：妖怪並非僅在外部的水中而已，妖怪也在內部心裡。但是，在誰的心裡呢？讀者或觀圖之人會與圖中的哪個人產生共鳴呢？是似乎聰明地視察著現場的士人呢？還是會認同看向鏡子的年輕男子呢？還是那個正手持鏡子的女子？那名士人甚至看不到鏡子，因此不能從鏡子的洞察中獲益。年輕男子或許可以——但令人吃驚的是他看到的並不是自己的臉，而是一個女人的臉，有著和他的女伴同樣髮型，然而鏡中的臉又和她的所不同。他看到的是心中的想法和欲望嗎？是女伴心中想法的投射嗎？或是她故意創造

6 見《佛光大辭典》「五蘊」條目。

的形象？這面鏡子是明鑑還是玄鑑？誰在看誰？誰看破了誰？這一頁留給我們很多猜測。

卷三　燭照綺筵

我願君王心，化作光明燭。
不照綺羅筵，偏照逃亡屋。

在一個與上一幅插圖幾乎完全相同的露台上，一位面容稍顯蒼老的男子正在宴請一位客人，旁邊還有兩名僕從。主人與客人皆舉著杯子，應該是在飲酒。但是，這裡的布局與卷二的不太一樣，因為主人身後的屏風進一步環繞著兩人，創造了一個更加封閉、親密的空間（屏風還與拿著扇子的僕人不自然地重疊在一起）。同樣，視覺與照明也是問題所在，不過這裡和卷一同樣是一個燃燒的火焰而非鏡子。文本中所提到的「燭」出現在兩個主要人物之間，漂浮在桌角上方的空間中，在一個沒有任何支撐物、高高

燭照綺筵
我願君王心
化作光明燭
不照綺羅筵
偏照逃亡屋

的燭臺上面。

此處的文本並非典故，而是引自唐代詩人聶夷中（八三七—八八四）的一首五言律詩的後半部分：

二月賣新絲，五月糶新穀。
醫得眼前瘡，剜卻心頭肉。
我願君王心，化作光明燭。
不照綺羅筵，只照逃亡屋。[7]

這首詩哀嘆一個貧苦的農民家庭不得不以未來的產出作為抵押來借貸，哀嘆統治者未能解決他們以及與他們相似的人的困境。聶夷中希望君主將眼光從豐盛的膳食轉移到百姓的苦難上來。可一旦脫離原來的語境，少了前一半的內容，並把最後一句的「只」字改為「偏」，使得這幾句詩所表現的是一個比較籠統的願望，即希望君主的心靈能夠照見那些眼所不見的事物。[8]

就像卷一的插圖一樣，這個圖像呈現了光源與心神之間的轉移，但方向是

7 聶夷中，〈田家〉，《全唐詩》（北京：中華書局，一九八〇）卷六三六，頁七二九六。

8 這首詩至少有三種不同的標題，文本也有所差異，最明顯的是最後一行的第一個字，大多數文本作「只」，但包括《杜騙新書》在內的某些文本作「偏」。《冊府元龜》（見《四庫全書》，卷一〇四，頁33a，卷三一四，頁17b）和《舊五代史》（北京：中華書局，一九七六）卷一二六，頁一六五八等類書也有同樣的異文。

反的。在彼處，燃燒犀角的光焰教導心靈認出妖怪；此處，君主的心靈似乎具有識別不公的判斷力，但缺乏運用這項能力，並將其執行的決心。在聶夷中的詩中，主角無法使皇帝的關心集中在統治的疏漏上。倘若能實現此事，光明便能照亮那些原先隱去的問題。詩中所表現的看來是無望的空願，但是插圖的創作者也許了解到，聶夷中的詩句確實傳到了唐朝宮廷，不只是言了志，還真有人聽。[9]

至於這些問題對解讀插圖有何幫助，仍為難說。詩句中想像的「光明燭」在插圖中被具象化，但兩位用餐者之間的關係以及需要被照亮的東西則並不明顯。其中一人是否在試圖詐騙對方，或許還勾結了僕人？若是如此，那麼本圖可以算是和《杜騙新書》中類似的場景有所共鳴。若更廣泛而言，書中的主旋律經常是揭示人類意志的薄弱和易於分心，尤其是被漂亮的器物、美味的菜餚和令人陶醉的美酒等等誘惑的時候。如不保持警惕與始終如一，即使是帝王的聖明之心靈也毫無用處。

9 儘管聶夷中本人聲名不顯，這些詩句似乎在他的時代便流傳頗廣，亦在後世非常知名：史料記載了其時在位皇帝對詩中政治批評的讚賞。本詩也常被收入詩選之中。見《冊府元龜》，收入《四庫全書》，卷一四〇，頁33a，卷三一四，頁17b；《太平廣記》（北京：中華書局，一九六一），卷一八三，頁一三六五。

卷四　心如明鑑

身似菩提樹，心如明鑑臺。
時時勤拂拭，勿使惹塵埃。

本條題注，與前一卷前插圖一樣，來自著名的詩句，此詩源於禪宗基本典籍《六祖大師法寶壇經》的偈子。[10]作者是高僧神秀（六〇六？—七〇六），他曾與禪宗開山祖師六祖惠能（六三八—七一三）在同一寺廟修行，惠能也是於此處開始修道。神秀在夜間祕密地在寺廟的墻上寫下這幾行偈子，期望能引起五祖的注意並繼承其衣缽。他試圖表達對心性的深刻理解，以及保持心性純淨對真正開悟的重要性，就像釋迦牟尼坐在菩提樹下（又稱覺樹）悟道一樣。他失敗了——惠能以偈子回應，解構了神秀原來的偈子，表達了更高深的理解，並繼承五祖的衣缽。但神秀的原文保留在《壇經》之中，而「明鏡心」的隱喻也一直通用，特別是在被後人歸為心學一派的儒家學者的著作中反覆出現；在明代，心學多指

身似菩提樹
心如明鑑臺
心如明鑑
時時勤拂拭
勿使惹塵埃

10《六祖大師法寶壇經》，收入《大正新脩大藏經》。此經的最早版本可能寫於西元八世紀。

著名思想家王陽明及其後學。[11]因此，明代讀者對鏡子的意象一定不會陌生。

至於圖像，其寓意並不十分清楚。儘管背景不是寺廟，掃地的年輕人也未剃度，但不禁將他聯想成惠能。《壇經》記載，惠能原來是一位不識字的僧人，是負責此類雜役的行者。清掃象徵讓鏡子「勿使惹塵埃」的努力。但軒內兩名女子的身分卻不清楚，顯然她們並非出自經文。桌前坐著一位姿態迷人的女士，站其旁的另一女子手持茶杯。桌上擺放著一個雅緻的茶壺，但更吸引觀看者視線的是其旁邊的圓形鏡子，鏡子的方形底座和和弧形支架異常巨大，這也就是題注中提到的特徵。[12]她是否睿智地在思考使她更接近開悟的鏡中影像，下面的清掃工則提醒她時刻警惕塵埃的污染？抑或她如神秀一樣，過分執著於鏡子本身，而比年輕的僕役離開悟更遠？還有，她的目光是投向鏡中的影像還是與下方園中男子的眼神相遇？花園畢竟是當時小說戲曲中浪漫邂逅的常見場景。畫中的背景和人物的姿勢都暗示了一種調情的目光，可能還有更深的隱意。

無論是浪漫的圖像還是佛教的偈子，都與《杜騙新書》的內容不甚

11 相關通俗易懂的概述，包括禪宗思想的影響的討論，見Philip J. Ivanhoe, ed. and trans. *Readings from the Lu-Wang School of Neo-Confucianism* (Indianapolis: Hackett, 2009)（《陸王心學讀本》）艾文賀（Philip J. Ivanhoe）的導論。

12 一幅極為相似的插圖出現在大約同時代的一部版刻畫冊中，該畫冊由活躍於南京的徽州印書商人黃鳳池所作。該幅圖中，女士獨自一人在花園的亭中，以相同的姿勢坐著，面前的桌上擺著非常相似的鏡架，身後的屏風畫著幾乎一模一樣的波浪。見黃鳳池編，《新鐫五言唐詩畫譜》集雅齋本，頁29a。畫冊未署刊刻時間，但很可能是十七世紀早期的作品，約付梓於一六一七年或更早。見Michela Bussotti, *Gravures de Hui: étude du livre illustré chinois: fin du XVIe siècle-première moitié du XVIIe siècle*, Mémoires archéologiques 26 (Paris: École française d'Extrême-Orient, 2001), 116–18；韓勝，〈明末《唐詩畫譜》翻刻之盛及其文學意義〉，《文藝評論》二〇一二年第二期，頁一四五—八。

相符。根據該書的故事情節和張應俞所提供的教訓，浪漫私情的風險大、收益小。僧侶是書中最惡劣的罪犯之一，不僅犯下最令人髮指的罪行（詐騙、謀殺和性虐待），還以宗教虔敬的名義造孽。《杜騙新書》故事中的兩個掃地者，一位是碰運氣破案的（故事八十三〈摩臉賊拐帶幼童〉），另一位卻心呆如木（故事五十一〈婦嫁淘街而害命〉）。因此，無論如何解讀這一頁都會與本書的內容相悖，跟前三卷卷首圖相比，矛盾更為嚴重。

這四幅卷首插圖確實與書中故事共享一個大致的主題——欺騙與杜騙，但卻提供了不同的看法，涉及的文學和哲學材料和引用方式與《杜騙新書》本文有所不同；張應俞的按語，即使比故事正文顯得更為博學，也很少提及在卷首使用的材料，包括古典詩歌、早期哲學作品、禪宗故事等等。因此卷首插圖似乎不太可能是本書作者的創作，而很有可能是出版商為了增加吸引力和銷售量而添加的，就像許多明代書籍中的插圖一樣。即使沒有提供對本書本身的解讀說明，這些插圖也展現本書的總體宗旨：指出如何防範當代社會的陷阱，讓我們都明明心之鑑，憑其把世界照得更亮。

凡例

一、本書以東京大學圖書館藏明萬曆四十五年（一六一七年）刊建陽存仁堂版為底本。編注者參考的古今版本，皆列於〈參考書目〉。

二、卷首插圖來自於哈佛燕京圖書館所藏存仁堂版，見〈參考書目〉。

三、底本中的故事篇名和騙術類，在目次和正文中，出入百出，本書均用正文中的篇名和類別。

四、底本目次中騙術類的編號不正確之處，本書均已改正。

五、底本異體字、略字、錯字眾多，本書一律改為正字，如「却」改成「卻」、「簥夫」改成「轎夫」等。

敘《江湖奇聞杜騙新書》

嘗聞叔季多弊竇，兵捍東而賊乘西。救挽有良方，般巧攻而墨善守。[1]故維世者不憂江河之下注，而砥柱既倒之狂瀾。立言者不嫌蒭蕘之兼收，而取鑒已傾之覆轍。他石可借攻玉，盤水有資燭眉，[2]是以藥石非能養生，而可代膏粱以攻擊，傀儡何資御侮，而可代干戚以解圍。[3]蓋善用則不龜手之藥，可為將而克敵。[4]纖施則刻棘猴之巧，何有十補于隙罅。[5]世途任爾風波，利涉惟憑寶筏。[6]今之時，去古既遠，俗之壞，作偽日滋。巧乘拙，智欺愚，人含舌鋒腹劍之險；此挾詐，彼懷猜，世無披心吐膽之交。出鬼入神，變幻九天風雨；胸矛意盾，包藏幾部甲兵。黑地布機關，毒蜮射含沙之影；[7]白日

1 魯班，又稱魯般（相傳活動於西元前五世紀），是著名的工程師、工匠祖師和發明家，特別善於製造攻城器械；與其同時代的哲學家墨翟是守城專家。整篇序典故繁多，我們僅注釋附加資訊對於理解文意有用者。這篇序並未出現在目前可見的任何一個明代的刻本中，但被保存在日本國立公文書館所藏的一個抄本中（〈參考書目〉中有詳細資訊）。關於本序的注釋本以及日文翻譯，見伊藤加奈子等，《『杜騙新書』訳注稿初編》，二〇一五，頁一二一—九。

2 因為硬度極高，玉石不能用一般工具來雕刻，而須使用研磨料（通常是濕沙）；盆水則是使用鏡子打扮時，透過燭光反射照亮臉龐。在這兩例，以及文中它處，作者透過舉例說明，人們如何以謙卑或間接的方式達成崇高的目標。他的建議似乎是：對抗詐騙和打擊惡行，需要齊量的足智多謀。

3 後者暗指漢將陳平（卒於西元前一七八）曾使用的策略，藉假人來展現虛假的軍事實力從而解除匈奴的圍困。

4 《莊子》載有一故事，談到這樣的藥膏是戰爭勝利的關鍵。王先謙編撰，《莊子集解》（北京：中華書局，一九八七）頁七。

5 在戰國時期思想家韓非所記載的故事中，在棘刺上雕刻是極其瑣碎甚至不可能的技藝：一個工匠吹噓自己可以在棘刺之端雕刻母猴，因此被養為宮廷侍從，但當被要求展示自己技藝的時候，他就逃走了。陳奇猷編撰，《韓非子集釋》（北京：中華書局，一九五八），頁六二六—七頁。

6 「寶筏」是一個佛教術語，說的是將靈魂渡於彼岸以求解脫的佛法。

現魑魅，狡兔神脫網之蹤。倏陰倏陽，若滅若沒，或反稱鹿馬之狀，[8]或謬托狐虎之威，[9]或詐系肘后之璽，或智脫囊里之錐。相軋相傾，人人斗機鋒之捷；以變以詐，在在起酣戰之場。瞿塘方之，未為險峨；太行比此，還是坦途。智過孫武之選鋒，不止輸一而贏二；巧甚狙公之賦茅，何異暮四而朝三。[10]非燃桓子之犀，莫燭牛渚之怪；即懸秦主之鑒，難照溟海之心。[11]世風于茲極矣，君子睹之惕焉。莒潭張子，[12]憂世哲人，悼虞夏之久逝。觸脫近而心思，身涉畏途，如歷九折之阪；目擊偽俗，擬破百憂之城。乃搜剔見聞，漁獵遠近，民情世故之備書，發匿伏如指諸掌上；奸心盜行之畢述，鉤深隱若瞭在目中。彼翳膜層生，只一金針點破；任伎倆百出，抵以法力澄清。如大禹鑄九鼎之型，而物怪人妖之有備。[13]如神農察百藥之性，而溫涼

7 關於「蜮」這種水妖，參見Carla Nappi, *The Monkey and the Inkpot: Natural History and Its Transformation in Early Modern China* (Cambridge, Mass.: Harvard University Press, 2009), 101-105.

8 奸詐的宦官向秦朝的第二任皇帝（西元前二一〇—二〇七）進獻了一隻鹿，並堅持稱其為一匹馬，並將那些勉強同意者視作同黨，反對這一明顯的謬論者為敵人。（當年晚些秦朝覆滅。）

9 一隻狐狸為從老虎口中自救，聲稱自己是所有野獸最懼怕者；牠讓老虎跟在自己身後前行，老虎看到所有動物都逃走了。老虎被狐狸說服，卻未意識到將其他動物嚇跑的是自己，而非狐狸。

10 這個典故來自中古早期的文本《列子》，講述養獼猴之人通過重新分配，而非提高獼猴的食物供給，來哄騙並安撫那些聰明的獼猴。見楊伯峻編撰，《列子集釋》（北京：中華書局，一九七九）頁八六。

11 據《晉書》本傳，官員溫嶠（二八八—三二九）在牛渚磯燃燒犀角照明，現出一隻藏在水中的怪物。季桓子是一個與之無關的人物，他在井中發現了一隻奇怪的動物。作者之所以將這兩個故事合二為一，可能是因為兩者在十世紀一部著名的類書《太平御覽》文本中的位置接近。見李昉（九二五—九九六）等編，《太平御覽》（北京：中華書局，一九六三），卷八八五。參見房玄齡等編，《晉書》（北京：中華書局，一九七四），卷六七，頁一七九五—六。據載，秦殿中有一全身鏡，如醫學掃描一般，可以照見人的內臟：「人直來照之，影則倒見。以手捫心而來，則見腸胃五臟，歷然無硋。人有疾病在內，則掩心而照之，則知病之所在。」（《西京雜記》卷三。）《杜騙新書》明代刻本每卷開頭的插圖是基於這一段中的典故而繪製的。

甘苦之悉諳。[14]昔西周伯，罹衰世而憂危，實系易卦彖辭之旨；[15]若韓公子，感縱橫而發憤，乃陳《說林》《說難》之篇，皆不得已而後言，豈無所激而陳詞？故孟子欲絕鄉愿，其要惟在反經；歐公思辟佛氏，其用婦子正本。[16]維世之苦心雖殊，立言之大綱則一。是集之作，非云小補，揭季世之偽芽，清其萌蘗；發奸人之膽魄，密為關防。使居家長者，執此以啟兒孫，不落巨奸之股掌；即壯游年少，守此以防奸宄，豈入老棍之牢籠。任他機變千般，巧不越奚囊一卷書，故名曰《江湖奇聞》，志末世之弊竇也；曰《杜騙新書》，示救世之良策也。其裨世也甚大，其流后也必遠。邇為數語，聊敘其概。

萬曆丁巳年（一六一七年）春正月之吉

三嶺山人熊振驥撰

12 莒潭是福建建陽的地名，在宋代（九六〇—一二七九）一座書院曾建於此。此處稱其為張應俞的祖籍，與卷首標題有所齟齬，書中稱張祖籍浙江。有多種可能的解釋。熊氏有可能是從《杜騙新書》的一份草稿，甚至他僅僅聽過關於該書的描述得知的張氏傳記資料，於此處並未提供任何證據表明他對張氏掌握更多資訊；因此他可能誤認為張氏從建陽請序，那麼他就是建陽人。同樣也可能，儘管張氏出生於建陽並在建陽生活，但其祖上是從浙江移居而來，並保留了這個名義上的地望稱呼。更具說服力的可能性是，出版商猜測稱張應俞為浙江人會增加這本書的吸引力。

13 禹是傳說中遠古時期的聖王以及夏代的創建者。據說他鑄九鼎，代表天地山川名物之創始，九鼎最後成為國家合法統治的象徵。

14 神農被認為是一部早期藥典的作者，其書記載藥品，特別是草藥的營養與治療性能。

15 西元前十一世紀時周代第三任天子的攝政王周公，被認為是《易經》部分內容的作者。

16 戰國時期的哲學家孟子（西元前三七二—二八九）和宋代的思想家歐陽修（一〇〇七—一〇七二）都批評其所屬時代中所看到的為異端邪說。

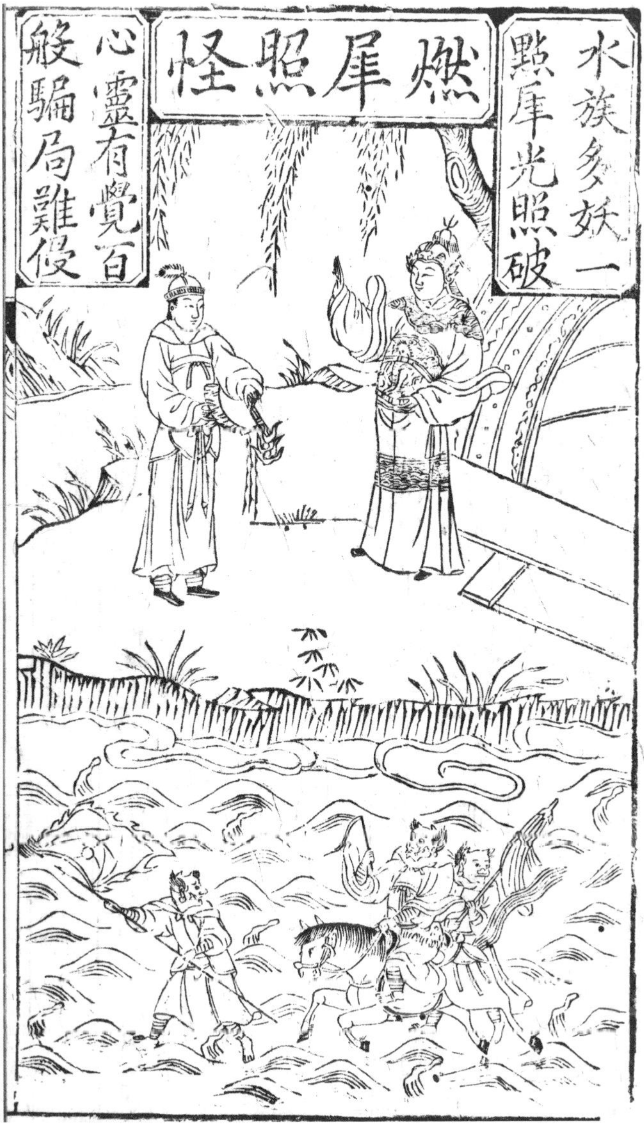
燃犀照怪
水族多妖一
點犀光照破
心靈有覺百
般騙局難侵

第一卷

第一類　脫剝騙

一　假馬脫緞

江西有陳姓慶名者，常販馬往南京承恩寺前三山街賣。[1]時有一匹銀合好馬，價約值四十金。忽有一棍，擎好傘，[2]穿色衣，翩然而來，佇立瞻顧，不忍舍去，遂問曰：「此馬價賣幾許？」

慶曰：「四十兩。」

棍曰：「我買，但要歸家作契對銀。」

慶問：「何住？」

棍曰：「居洪武門。」

棍遂騎銀合馬往，慶亦騎馬隨後。行至半途，棍見一緞鋪，即下馬放傘於酒坊邊，囑慶曰：「代看住，待我買緞幾疋，少頃與你同歸。」

慶忖：「此人想是富翁，馬諒買得成矣。」

棍入緞鋪，故意與之爭價，待緞客以不識價責之，遂佯曰：「我把與一相知者看，即來還價何如？」

1 南京三山街是很多書坊的所在地。
2 傘是在外巡遊的政府官員的標準配備的一部分，但是本故事並未暗示此棍想要假扮官員。

緞客曰：「有此好物，憑伊與人看，但不可遠去。」

棍曰：「我有馬與夥在，更何慮乎？」

將緞拿過手，出門便逃去。緞客見馬與夥尚在，心中安然。慶待至午，杳不見來，意必棍徒也。遂舍其傘，騎銀合，又牽一馬回店。緞客忙奔前，扯住慶曰：「你夥拿吾緞去，你將馬往。」

慶曰：「何人是我夥？」

緞客曰：「適間與你同騎馬來者。你何佯推？定要問你取。」

慶曰：「那人不知何方鬼，只是問我買馬，令我同到他家接銀，故與之同來矣。他說在你店買緞，少頃與我同去。我待久不見來，故騎自馬回店。你何得妄纏我乎？」

緞客曰：「若不是你夥，何叫你看傘與馬？我因見你與馬在，始以緞與他。你何通同粧套，脫我緞去？」

二人爭辨不伏，扭在應天府理論。[3]緞客以前情直告。

慶訴曰：「慶籍江西，販馬為生，常在三山街翁春店發賣，何嘗作棍？竟遇一人，問我買馬，必要到他家還銀，是以同行。彼中途下馬，在他店拿緞逃

3 應天府是南部的陪都南京的所在地。

去，我亦不知，怎說我是棍之夥？」

府尹曰：「不必言，拘店家來問，即見明白。」

其店家曰：「慶常販馬，安歇吾家，乃老實本分人也。」

緞客曰：「既是老實人，緣何代那棍看傘與馬？此我明白聽見，況他應諾。」

慶曰：「叫我看傘，多因為他買馬故也，豈與之同夥？」

府尹曰：「那人去，傘亦拿去否？」

緞客曰：「未曾拿去。」

府尹曰：「此真是棍了。欲脫你緞，故托買馬，以陳慶為質，以他人之馬，賺你之緞，是假道滅虢術也。[4]此你自遭騙，何可罪慶？」

各逐出免供。

按：吾觀作棍亦多術矣。言買馬非買馬，實欲假馬作囮，為脫緞之術，故先以色服章身，令人信其為真豪富。既而佇立相馬，令人信其為真作家。迨入緞鋪，誑言有馬與夥，令人信其為真實

4 這個術語的意思是藉助同伴的資源來攻擊自己的真正目標，衍生自西元前六五八年的事件。

言。至脫緞而走，以一傘貽慶，與緞客爭訟，此皆以巧術愚弄人也。若非府尹明察，斷其為假道滅虢，則行人得牛，不幾邑人之災乎？[5]雖然，慶未至混跡於縲紲，緞客已被鬼迷於白晝矣。小人之計甚詭，君子之防宜密，庶棍術雖多，亦不能愚弄我也。[6]

5 出自《周易》無妄・六三的爻辭：「无妄之災：或繫之牛，行人之得，邑人之災。」

6 張應俞在此處和其他按語中暗示其讀者都是君子，即具有較高的文化水平和道德修養的人。

二　先寄銀而後拐逃

通州有姓蘇名廣者，同一子販松江梭布，往福建賣。[7]布銀入手，回至半途，遇一人姓紀名勝，自稱同府異縣，鄉語相同，亦在福建賣布而歸。勝乃雛家，途中認廣為親鄉里，見廣財本更多，乃以己銀貳拾餘兩寄藏於廣箱內，一路小心代勞，渾如同伴。後至日久，勝見利而生奸。一夜佯稱瀉病，速起開門，出去數次。不知廣乃老客也，見其開門往返，疑彼有詐謀，且其來歷不明，彼雖有銀貳拾餘兩寄我箱內，今夜似有歹意。乘其出，即潛起來，將己銀與勝銀，並實落衣物，另藏別包袱，置在己身邊，仍以舊衣被，包數片磚石，放在原箱內，佯作熟睡。勝察廣父子都睡去，將廣銀箱，夤夜挑走。廣在床聽勝動靜，出門不歸，曰：「此果棍也。非我，險遭此脫逃矣。」

次日廣起，故驚訝勝竊他銀本，將店主扭打，說他通同，將我銀偷去。其子弗知父之謀，尤怒毆不已。父密謂口：「此事我已如此如此。」方止。

早飯後，廣曰：「我往縣告，若捕得那棍，你來作證，不然定要問你取矣。」

7 通州和松江都隸屬於南直隸。通州（州是行政單位，下轄數縣）隸屬於揚州府，靠近大運河與長江的交匯點；松江在其稍南的區域。

廣知勝反中己術，徑從小路趲歸。勝自幸竊得廣銀，茫茫然行至午，路將百里，開其箱內，乃磚石舊衣也，頓足大恨。復回原店，卻被店主扭打一場，大罵曰：「這賊，你偷人銀，致我被累。」

將繩繫頸，欲要送官。只得吐出真情，叩頭懇免。時勝與廣，已隔日日程途，追之不及，徒自悔恨而已。

按：紀勝非雛客，乃雛棍也。先將己銀，托寄於廣，令其不疑，後以詐瀉開門，候其熟睡，即連彼銀共竊而逃。彼之為計，亦甚巧矣。蓋此乃欲取姑與，棍局中一甜術也。孰知廣乃老客，見出其上，察其動靜，已照其肝膽，故因機乘機，將計就計。勝已入厥算中，而不自知矣。夫勝欲利人之有，反自喪其有，雛家光棍，又不如老年江湖也。待後回店，被其扭打、捻頸，哀告以求免，是自貽伊戚，又誰咎也？天理昭昭，此足為鑒。

三　明騙販豬

福建建陽人鄧招寶者，常以挑販為生。一日，販小豬四隻往崇安大安去賣，行至馬安嶺上，遇一棍問他買豬。寶意此山徑僻嶺，無人往來，人家又遠，何此人在路上買豬？疑之，因問其何住。

棍曰：「即前馬安乖也。」

寶曰：「既要買，我同你家去。」

棍曰：「我要往縣，你拿出與我看，若合吾意，議定價，方好回家秤銀。不然，恐阻程途矣。」

此棍言之近理，寶即然之，遂拿一豬與看。棍接過手，拿住豬尾，放地上細看，乃故放手，致豬便走，佯作驚恐狀，曰：「差矣，差矣。」即忙趕捉。不知趕之正驅之也。

寶見豬遠走，猛心奔前追捉，豈知已墮其術也。棍見寶趕豬，約離籠二、三百步，即旋於籠內，拿一豬在手，又踢倒二籠，豬俱逃出。大聲曰：「多謝你，慢慢尋。」

寶欲趕棍，三豬出籠逃走，恐因此而失彼，況棍走遠難追，但咒罵一場。幸得三豬成聚，收拾入籠，抱恨而去。

按：吾觀棍之脫豬也，一邂逅相逢之頃，賊念即生，乃以詭言相哄，致寶深信，所謂君子可欺以其方者也。乃始也放豬佯逐，以誤其遠趕之於前，繼也擒豬踢籠，以制其不趕之於後，使人明墮其術而不自知。倉卒粧套，抑何譎也。商者鑒此，勿謂暗機隱械，宜為慎防，即明圈顯套，尤當加謹。

四　遇里長反脫茶壺

趙通，延平府南平縣人也。[8]家世積善，錢糧頗多，差當七圖一甲里役。[9]其甲首林錢一者，機智過人，不務生理，第飲賭宿娼。後來家業蕭條，無處棲身，只得逃外。通亦不知其向往。一日，通與僕往杭貿易，經過浦城，[10]憩息於亭，適見錢一，通遂罵之曰：「這奴才，你逃外數年，戶丁不納，糧差累賠，是何理也？今你見我，你何以說？」

錢一被罵不甘，心生一計，向前賠笑曰：「我每欲回，送條編[11]與里長，奈我家中欠人財物甚多，難以抵償，故不敢回矣。今幸遇里長，如天降下，敢再推辭？況這幾年，賴里長福庇，開店西關馬頭，家中稍裕，新娶邑人徐某之妾為妻，被人欺姦。我乃孤身一人，出外獨居，無奈伊何。今幸遇里長，則有主矣。里長往杭州，亦經門處過，即到我家暫歇。自當算還編銀，又煩代我作主。」

通聽其言，私心喜曰：「今日得此，可作往杭盤費，誠可謂出門招財也。」遂與同行。

8 延平府始建於十四世紀，位於今日福建省南平市延平區境內。

9 在明代，里甲是一種以家庭為單位的鄉村社會的組織形式以及管理納稅和徭役的制度。一三八〇年之後，一百戶為一里，從名門望族的男性中選出的里長所領導。一里分為十甲，每甲十戶，所轄戶中出一甲首（每年輪換，十年一輪），負責確保每戶繳納規定份額的稅收並完成指派的徭役。里甲制度與保甲制度相結合，將社會秩序和公共安全的主要責任下放戶群。見卜正民（Timothy Brook）著，陳時龍譯，《明代的社會與國家》（合肥：黃山書社，二〇〇九），頁二五—六六。

10 浦城位於福建省，大約在南平北兩百公里。

11 條編，同條鞭，指的是多種財政責任的欠款，包括土地糧食稅和家庭人頭稅。根據十六世紀末的一條鞭法，許多之前以實物或勞務形式繳納的稅款皆需折算成銀兩來繳付。

至一店所，錢曰：「里長今朝起早，又路行半日，肚又餓矣，上店沽酒濕口，何如？」

應曰：「可。」

遂入店，叫店主暖酒，切豆腐與通食，便問店主曰：「這裡有好紅酒豬肉否？」

店主曰：「市前游店，肉酒俱有。」

錢一曰：「可借壺秤一用？」

店主拿壺秤出，錢接過手，直望游店，轉彎抹角，潛躲而去。通與僕吃酒一壺將盡，乃對僕曰：「錢一去許久不來，莫非與人爭鬥？不然，此時當來矣。汝往看之。」

僕即往酒肉店去問，說並無錢一，待欲尋他，又不知他去向，只得秤銀還酒。店主收銀，索取壺秤。

通怒曰：「酒是我吃，我還你猶可；壺秤是你自交錢一，何干我事？」

店主曰：「人同你來，你在我店飲酒，故把壺秤借他。不然，我曉得甚麼錢一？」

言來言去，兩下角口大鬧。眾人來勸，問其來歷，始知甲首騙里長入店，更脫店主壺秤。

眾大笑曰：「是他自錯，賠他也罷。」

不得已代賠，嘔氣抱忿而去。

按：林錢一始說家頗充裕，妻被棍姦，欲投里長作主，致人不疑。繼也入店借壺秤，[12]沽酒肉，以敘間闊之情，使人不備，玩通於股掌之中，術亦巧矣。然錢一狡猾有素，通亦知之，乃一卒遇之，須遂信其言，而入店飲酒，更欲沽紅買肉，皆非款待之真情。在通，當燭其偽而止之，曰：「店中不便，有酒有肉到家食之未晚也。」則錢一奸無所施，將道旁脫走不暇，何至賠壺秤，而受嘔氣也？故錢一狡也，而通亦欠檢點焉。嘻！

12 茶壺並未出現在故事中，但是這個術語出現在了所有版本《杜騙新書》中本故事的標題中。故事中提到的容器只是一個盛酒的壺。如果標題指的不是「茶壺」而是「壺秤」，則可以更準確地描述故事情節，同時保留其一貫的七言格式。

五　乘鬧明竊店中布

吳勝理，徽州府休寧縣人，在蘇州府開鋪，收買各樣色布。[13]揭行生意最大，四方買者極多，每日有幾拾兩銀交易。外開鋪面，裏藏各貨。一日，有幾夥客人湊集買布，皆在內堂作帳對銀。一棍乘其叢雜，亦在鋪叫買布。勝理出與施禮待茶畢，安頓外鋪少坐。勝理復入內與前客對銀。其棍驀其鋪無守者，故近門邊詐拱揖相辭狀，遂近鋪邊拿布一綑，拖在肩上，緩步行去。雖對鋪者亦不覺其盜。

後內堂諸商交易畢，勝理送客出外，忽不見鋪上布，問對門店人曰：「我鋪裡一綑布，是何人拿去？」

對門店人曰：「你適間後來那客人與你拱手作辭，方拖布去。眾皆見之，你何佯失布？」

勝理曰：「因內忙，故安他在外鋪坐，候前客事畢，然後與他作帳，何曾賣布與他。」

13 休寧縣現為安徽省的一部分，在蘇州西南約四百公里，是重要的絲綢生產和集散中心。

鄰人呀曰：「狡哉此棍！彼佯拱手相辭，令我輩不敢說他是賊。緩步而行，明白脫去矣，將奈何？」

勝理只得懊恨一場而罷。

按：棍之竊斯布也，初須乘其叢雜，入其店中，尚未定其騙局之所出也。至勝理待其茶，而安之外鋪少坐，左顧右盼，而奸謀遂決矣。故拱揖而辭，而明脫其布，如荊州之暗襲，[14]不甚費力，真可謂高手矣。在勝理店積貨物，宜不離看守，方可保無虞。關防不密，安知無棍徒混入行奸乎？待布既失，而後扼腕，何益哉！大凡坐鋪者當知此而謹慎之可也。

14 《三國演義》第六十六回，關羽得知自己將在魯肅安排的宴會上遭受伏擊，關羽假意醉酒，挾持魯肅，從容走回船上並順利逃脫。關羽臨危不亂，躲過了對手魯肅設下的圈套。

六　詐稱偷鵝脫青布

有一大鋪，布疋極多，交易叢雜，只自己一人看店。其店之對門人，養一圈鵝，鳴聲嘈雜，開鋪者惡其聒耳，嘗曰：「此惡物何無盜之者？與我耳頭得沉靜些。」忽棍聞之。

一日，乘其店中閒寂，遂入店拱手，以手按櫃頭一綑青布，輕輕言曰：「不敢相瞞，我實是一小偷，愛得對門店下一隻鵝吃，只大街面難下手。我有一小術，只要一個人贊成。」

店主曰：「如何贊成？」

小偷曰：「我在這邊問曰：『可拿去否？』汝在內高聲應曰：『可。』又再問曰：『我真拿去？』汝再應曰：『說定了，任從拿去。』我便去拿，方掩得路人耳目。托你贊成，後日你家不須閉門，亦無賊入矣。但你須在內去，莫得竊視，視則法不靈。你直聽鵝聲息。我事方畢，你可出來。」店主然之。

小偷高聲問曰：「我拿去否？」

內高聲應曰：「憑你拿去。」

又再高聲問曰：「我真拿去？」

內又高聲應曰：「說定了，任你拿去。」

兩旁店人皆聞其問答之語，小偷遂負其櫃上一綑青布而去。人以為借去也。其店主在內，聽得鵝聲鶂鶂，不敢出來。其盜布者匆匆行之久矣。何之多時，鵝聲不絕。其店主恐店內久無人守，只得外出，看鵝尚在，自己櫃頭反失一綑青布，顧問兩旁店曰：「適才誰上我店，拿我一綑布去？」

左右店皆答曰：「是那個問你買的。你再三應聲，叫他只管拿去。今拿去已久矣。」

店主撫心自悔曰：「我明被此人騙了，只是自己皆死說不得也。」

事久，眾憐覺之，始笑此人之痴，而深服此棍賊之高手矣。

按：君子仁民愛物，而仁之先施者莫如鄰。物之愛者，即鵝亦居其一。何對鄰人養鵝，惡在嘈雜之聲，必欲盜之者以殺之，愛物之謂何哉？利失對鄰之鵝，而贊成棍賊以盜之，仁心安在？

是以致使棍聞其言，乘機而行竊，反贊成其偷，亦是鼠輩也。欲去人之鵝，而反自失其布，是自貽禍也，將誰怨哉！若能仁以處鄰，而量足以容物，何至有此失也。

七　借他人屋以脫布

聶道應，別號西湖，邵武六都人。[15]家原富厚，住屋宏深，後因訟耗家，以裁縫為業。

忽一日往人家裁衣，有一光棍見客人賣布，知應出外，故領到應家前棟坐定。竟入內堂，私問應妻云：「汝丈夫在家否？」

其妻曰：「往前村裁衣。」

棍曰：「我要造數件衣服，今日歸否？」

對曰：「要明日歸。」

棍曰：「我有同伴在你前棟坐，口渴求茶一杯吃。」

應妻即討茶二杯，放於廳凳上。棍將茶捧與布客飲。飲罷，接杯入，方出揀布四疋，還銀壹兩，只銀不成色。

客曰：「此價要換好銀。」

棍曰：「我兒子為人裁衣，待明日歸換與你。」

15 邵武縣位於福建省北部。具編號的都，是某些省分（包括福建）縣以下的行政單位。

言未畢，棍預套一人來問：「針工在家否？」

棍應曰：「要明日歸。」

其人即去。

布客曰：「你收起布，明日換之與我。」

客既出，少頃棍亦拖布逃去。

次早，布客到應家問曰：「針工歸否？」

應妻曰：「午後回。」

布客次早又問針工歸否，應妻又曰：「今午回。」

布客午後又來問，應妻曰：「未歸。」

布客怒曰：「你公公前日拿布四疋，說要針工歸來還銀，何再三推托？你公公何去？」

應妻道：「這客人好胡說，我家那有公公？誰人拿你布？」

二人角口大鬧。鄰人辨曰：「他何曾有公公？況其丈夫又不在家，你布不知何人拿去，安可妄取？」

布客無奈，狀投署印同知鐘爺。狀准，即拘四鄰來審。

眾云：「應不在家，況父已死，其布不知甚人脫去。」

鐘爺曰：「布在他家脫去，那日何人到他家下？著鄰約為之窮究，必有著落矣。」[16]

鄰約不能究，乃勸西湖曰：「令姪不合被棍脫茶，致誤客人以布付棍，當認一半。布客不合輕易以布付人，亦當自認一半。」

二家諾然，依此回報。鐘爺以鄰約處得明白，俱各免供。

按：布入人家賣，又飲人家之茶，則買主似有著落矣，誰不肯以布與之？詎料此棍借其屋，賺其茶，以為脫布之媒，又還其銀，止爭銀色而許換，誰知防之？今後交易惟兩相交付，彼雖許換銀，布只抱去，明日重來，則無受脫之事矣。

16 鄰約一詞他處不可考，但很有可能是一種鄰里層級的自治組織，類似於負責監督地方事務和鄉里關係的鄉約。鄉約既可以指該組織，也可以指其負責人。

八　詐匠修換錢桌廚

建寧府，凡換錢者皆以一椅一桌廚列於街上，置錢於桌，以待人換。午則歸家食飯，晚則收起錢，以桌廚寄附近人家，明日復然。有一人桌廚內約積有錢五六千，其桌破壞一角。旁有一棍，看此破桌廚內多錢，心生一計，待此人起身食午，即裝做一木匠，以手巾縛腰，插一利斧於旁，手拿六尺，將此桌廚橫量、直量一次，高聲自說自應曰：「這樣破東西，當做一新的來換，反叫我修補，怎麼修得？真是吝嗇的人。」

自說了一場，一手拿六尺，將桌廚錢輕輕側傾作一邊，將桌廚負在無人處，以斧砍開，取錢而逃。時旁人都道是換錢的叫木匠拿去修，那料大眾人群中，有棍敢脫此也？

午後，換錢者到，問旁人曰：「我桌廚那裡去？」

眾合答曰：「你叫木匠拿去修，匠還說你吝嗇，何不再做新的，乃修此破物？彼已負去修矣。」

換錢者曰：「我並未叫匠來，此是光棍脫去。」急沿途而訪問，見空僻處桌廚剖破，錢無一文，悵恨而歸。

按：此棍裝匠而來，大舉大動，大志大言，人那知他是脫？只匠人修舊物，須在作場內，何須帶斧、帶六尺而來？裝為匠，便非匠矣。但他人物件，他人為修，何人替他盤詰？此棍所以得行其詐也。然因此以推其餘，凡來歷不明，而裝情甚肖者，倍宜加察也。

第二類　丟包騙

九　路途丟包行脫換

江賢，江西臨川縣人，錢本稀少。[17]每年至七月割早穀之後，往福建崇安地方，以鞝鞋為生。積至年冬，約有銀一拾餘兩，收拾回家。中途偶見一包，賢撿入手，約有銀二、三兩，不勝喜悅。

從前一人曰：「見者有分，不許獨得。可藏在你箱中，待僻靜處，拿出來分。你撿者得二分，我見者得一分。」

賢意亦肯，況銀納置彼箱，心中坦然無疑。行未數十步，忽一人忙趕到來，啼哭哀告曰：「我失銀三兩，作一包，是揭借納官的。你客官若拾得者，願體天心還我，陰功萬代。」

前見者故作憐憫之容曰：「是此鞝鞋財主拾得，要與我均分。既是你貧苦人的，我情願不分。你可出些收贖與他，叫他把還你。」

賢被此人證出，只得開箱，叫失銀者將原銀包自己取去。但得其二錢收贖，亦自以為幸，不知自銀已被棍將偽包換去矣。

17 臨川位於福州府治之南。

至晚到烏石地方，取出收贖銀還酒，將剩者欲併入大包，打開只見銅鐵，其銀一毫也無，只得大哭而罷。

按：賢所攢銀，必早被棍覷見，故先偽設銀包套合一棍，在賢之先，於荒僻處，俟賢來，投銀包於地，彼必撿之，乃出而欲與之分，令藏彼箱，則與彼銀共一處矣。其後棍裝情哀取，賢自應開箱還之。何自開箱，使棍手親取其原包，則棍得以偽包換賢之銀，賢豈知防其脫換哉！故撿銀之時，即以其撿者與前棍均分，勿入箱中，則彼窮於計矣。然二棍亦必於僻處再搶之矣。故客路不在慮得人之有，而在密藏已之有也，斯無所失矣。

第三類　換銀騙

十　成錠假銀換真銀

泉州府客人孫滔，為人誠實，有長者風。帶銀百餘兩，往南京買布。在鉛山[18]搭船，陡遇一棍，名汪廷蘭，詐稱興化府人，[19]鄉語略同，因與孫同船數日甚歡，習知潘樸實的人，可騙也。因言他故往蕪湖起岸買貨[20]，舟中說他尚未傾銀，有銀一錠細絲十二兩重，若有便銀打換為妙，意在就孫換之。孫因請看。汪欣然取出真銀。

孫接過手曰：「果是金花細系。」

汪欲顯真銀，因轉在孫手接出，遍與舟中客人看問好否，都道是細系。遂因舟上有筆硯在，汪微微冷笑，將此銀寫「十二兩足」在風窠底。孫心中道：此人輕薄，有銀何必如此翻弄。

因潛對汪曰：「出來人謹慎些。」

汪曰：「無妨。」

孫因問要換折多少？

18 鉛（ㄧㄢˊ）山（此處原誤書為「沿山」），位於江西省東北部。

19 興化緊鄰泉州以北，二者皆位於福建省的東海岸。鉛山在江西省以北約一千公里，臨近連接著長江的鄱陽湖。

20 蕪湖在鉛山下游五百公里處，通往南京的途中。

汪曰：「弟只零買雜貨，憑兄銀色估拆便是。」

孫因取出小鏪八九錢重的，只九一、二成色。

汪看喜曰：「此銀九四、五傾來麼？俱一樣如此，即好矣。」

蓋汪重估孫銀水，使孫樂換。孫取天平兩對，估折明白。汪即箱中取出白綿紙，與孫面包作兩包。

汪因佯起轉身一回，故意誤收原銀入袖，曰：「此包是我的了。」

孫曰：「不是，這包是你的。」

汪即替出那假鏪，亦綿紙包與真銀一樣，交與孫收。孫接過手，亦微開包緊，見銀字無異，慨不深省，即鎖封笥篋中。汪須臾起岸分別。孫一向到南京，取出前銀，乃是錫鏪，懊恨無及，始知被他替包騙去矣。

按：孫滔，樸實人也！其看銀時但稱彼輕薄，不知此人輕薄處，正要如此，人方不疑，後方好用假。不然待打換之後，或有人從旁取視，豈不敗機。故坐舟冷笑，為書銀摹樣，無非為眩視計耳，向後誰復細認哉！說者曰：「假令包銀時，孫即取真銀入手，後令汪收銀，則汪不窮乎？」曰：「雖然彼棍者變計百端，即令真銀入手，彼又別有脫法。但各守本分，各用己財，勿貪小可便宜，則不落圈套矣。」

十一　道士船中換轉金

賁監生在南監，期滿將歸，欲換好金數十兩，歸遺妻妾以將遠敬。同鄉鄧監生阻之曰：「京城換金者，屢被棍以銅鏪脫去。金非急用，何必在此換為？」賁曰：「京城方有好金。若有棍能脫我者，亦服他好手段。」數日內換金十餘兩，皆照金色交易，都是好金。後有一後生，以金錠十二兩來換。賁生取看，幾有足色金。問其換數，後生曰：「某鄉官命換的，要作五換。」賁遞與鄧看，而此金可有六換，若五換價公道矣。鄧看曰：「果好，可將此金對明收起，勿過他手，然後對銀六十兩還之。」賁依言，先收入此金，然後還其銀。後生不得展轉，只得領銀歸。見其父云：「兩監生如此關防，不能再脫出。」父頓足曰：「一家生意在此，把本子送去了，何以為生？速去訪此監生何時歸。」

回報已討定船，某日刻期登舟矣。體探已的。

至期，兩監生到船坐定。老棍裝為一道士衣冠淨潔，亦來搭船。柁工收之在船中共談處。道士言詞雍容，或談及京中官民事體，一一練熟。兩監生及同船諸人亦樂與談。兩日後將近晚間，道士故提及辨珠玉寶貝之法。諸人閒談一番，又說到辨金上去，道他更辨得真。賁監生因自誇彼在京換一錠足色金，換數又便宜，諸人中有求看估色數者。賁生誇耀，取出與諸人遞觀，皆誇羨好金。遍觀已訖，時天色漸晚，復付還賁生。

將收入箱際，道士亦曰：「願借觀。」

接過一看曰：「果好真金。」

隨手即付還訖，又道及別新話上去。賁監生收入金，晚飯已熟，各散而餐。次日道士以船錢還柁工，與諸人別，而登岸去。及賁監生歸，以金分贈妻妾。數日後叫匠人來打釧鈿。先以小錠金打，匠皆稱金好。

賁誇曰：「更換有一錠十二兩的，更好。」

匠曰：「大錠金，京中光棍多以銅鑄脫人。」

賁曰：「取與你看，有何棍能脫我乎？」

匠接過手笑曰：「正是銅鑽也。」

賁怪之，急取回看，曰：「果銅也。我與鄧相公看定是上好金，又同船諸人看皆是好金，何都被瞞過。」

忽猛省曰：「噯！是也。最後是一道士看，付還時天色近晚，我未及再檢視，即收藏箱中，是此時換去也。此道士何得一銅鑽如此相似，又早已在手，如此換得容易。想京中換金後生，即老棍之子。彼換時未能脫，故來搭船脫歸也。」

按：老棍子脫賁生金也，人謂其棍真高手矣。吾曰：「不然。設若賁生韜藏不露，則老棍雖有諸葛神機、莊周妙智，安能得其金而窺之？[21]何以脫為？故責在賁生，矜誇炫耀，是自招其脫也。噫！」

21 諸葛亮（一八一—二三四），為三國時期蜀漢政權的丞相，在歷史上，尤其是歷史小說中，是著名的戰略家。莊周（即莊子，西元前三六九？—二八六）是思想家和作家。二者皆與道家有關，莊子是道家哲學的奠基者之一；諸葛亮是道上的學生，其通俗的形象一般身著道袍，手執由仙鶴的羽毛所做成的羽扇。

第四類　詐哄騙

十二　詐學道書報好夢

庚子年，福建鄉科上府所中諸士，多係沈宗師取在首列者，人皆服沈宗師為得人。[22]十二月初間，諸舉人都上京矣。省城一棍，與本府一善書秀才謀，各詐為沈道一書，用小印圖書，護封完密，分遞於新春元家。

每到一家，則云：「沈爺有書，專差小人來，口囑付說你家相公明年必有大捷。他得異夢，特令先來報知。但須謹密勿泄。更某某相公家與尊府相近，恐他知有專使來，謂老爺厚此薄彼。故亦附有問安書在，特搭帶耳，非專為彼來也。」

及到他家，所言亦復如是，謂專為此來，餘者都搭帶也。及開書看，則字畫精楷，書詞玄妙，皆稱彼得祥夢，其兆應在某當得大魁。或借其名，或因其地取義，各做一夢語為由，以報他先兆之意。

曾見寫與舉人熊紹祖之書云：「閩省多才，甲於天下，雖京浙不多讓也。特閱麟經諸卷，無如賢最者，以深沉渾厚之養，發以雄俊爽銳之鋒，來春大捷

22 文中提及以六十年為一週期的干支紀年法中的庚子年，在萬曆年間，應為西元一六〇〇年。故事中提到了兩個歷史人物，其中，沈宗師可能是沈儆炌（一五八九年登進士第），萬曆年間曾為福建的督學副使。故事中張應俞引用了一封寫給熊紹祖的信，熊氏是福建建寧府一六〇〇年中舉的四人之一，這四人都未通過一六〇一年的會試。吳朝陽推測熊紹祖可能與《杜騙新書》一六一七年刻本序的作者熊振驥有關係，見吳朝陽，〈《杜騙新書》福建地方屬性考述〉，頁一六八—一七〇。

南宮，不卜而決矣。子月念二日夜將半，夢一飛熊，手擎紅春花，行紅日之中，止有金字大魁二字，看甚分明。醒而憶之，日者建陽也，熊者君姓也，春花者君治春秋經也，紅亦彩色之象，大魁金字，則明有吉兆矣。以君之才，葉我之夢，則際明時魁天下確有明徵。若得大魁出於吾門，喜不能寐，專人馳報，幸謹之勿泄。」

熊舉人之家閱之大喜，賞使銀三兩，請益，復與二兩。曰：「明年有大捷，再賞你十兩。」及他所奉之書，大抵都述吉夢都是此意。人賞之者，皆三、五金以上。

至次年，都鎩南翮而歸。諸春元會時，各述沈道之書，敘夢之事，各撫掌大笑曰：「真是好一場春夢也！此棍真出奇絕巧矣。以此騙人，人誰不樂與之。」算其所得，不止百金。以上聊述之，以助一笑。

按：此棍騙新舉人，騙亦不痛。雖賞他幾兩銀，亦博得舉家人肚中歡喜四個月。惜此棍不再來。若再為之，人亦樂賞之矣。此騙局中最妙者。

十三　詐無常燒牒捕人

長源地方，[23]人煙過千，亦一大市鎮也。有一日者，推命人也，[24]至其間推算甚精，斷人死生壽夭最是靈驗，以故鄉里之老幼男女，多以命與算。凡三年內，有該病者、該死者，各問其姓名，暗登記之，以為後驗。晝往於市卜命，夜則歸宿於僧寺。

有一遊方道士至寺，形容半槁，黃瘦黧黑，敬謁日者曰：「聞先生推命極驗，敢求此地老幼，有本年命運該死者、當有疾病者，悉以其姓名八字授我，我願以遊方經驗藥方幾種奉換。」

日者曰：「你不知命，要此何幹？」

道士曰：「我自有別用。」

日者悉以推過之命，本年有該病者、該死者，盡錄付之。道士後乞食諸家，每逢痴愚樣人，輒自稱是生無常，奉陰司差，同鬼使捕拿此方某人某人等，限此一季到。痴人代之播傳。人多未信。又私將黃紙寫一牌文，末寫陰司二大字。

23 明代並無「長源」這一地名，因此可能為虛構。

24 這是唯一以日者為主角的故事。這種以算命為生的職業至少可以追溯到漢代。《史記》中有〈日者列傳〉，主要講述一位日者的故事，其技藝就包括推演日月五星之運行。見《史記》，卷一二七。有關占卜實踐的歷史發展，見Richard J. Smith, *Fortune-tellers and Philosophers: Divination in Traditional Chinese Society* (New York: Routledge, 1991).

中間計開依日者所授之老幼，命該死者寫於上半行。又向本僧寺問本地富家男女及人家鍾愛之子姓名，寫於後上層。夜間故在社司前，將黃紙牌從下截無人名處焚化。其上半有人名處打滅存之。次日人來社司祈筶。見香爐上有黃紙字半截未焚者，取視之，都是鄉人姓名，後有陰司字。大怪異之，持以傳聞於鄉。不一月間，此姓名內，果死兩人，遂相傳謂前瘦道士，是生無常，此陰司黃紙牌，彼必知之。凡牌中有名者皆來問，無名者恐下截已焚處有，亦往問之。道士半吞半吐，認是己同鬼使焚的。由是畏死者問陰司牌可計免否？

道士曰：「陰司與陽間衙門則同，有銀用者計較免到，或必要再拿者，亦可挨延二、三年，奈何不可用銀也。」[25]

由是富家男女，多以銀賄道士，兼以冥財金銀，托其計較免到，亦賺得數十金去。其後牌中有名者多不死，反以為得道士計免之力也，豈不惑哉。

按：陰司拘人何須紙牌？即有牌票亦何必焚？即焚矣，何為故留殘紙餘字，以揚於眾？此必無之理也。觀瘦無常一節，則惑世誣民昭昭矣。人之信鬼幻者，鑒此可以提醒。

25 此處「奈何」似暗示「奈何橋」，即逝者靈魂跨過的不歸橋。

十四 詐以帚柄要轎夫

城西驛上至建溪陸路，一百二十里，常轎價只一錢六分，或路少行客，則減下一錢四分，或一錢二分亦抬。但先邀轎價入手，便五里一放，略有小坡，又放下不抬。大抵坐轎兩分，步走一分。凡往來客旅，無不被其籠絡者。或當考期，應試士子歸家，轎價便增至二錢四分，至少者二錢。不先秤銀不抬。若銀攬到手，不抬上二十里，便轉僱上路夫去，把好價尅減，只以一分一鋪，轉僱他人抬之。其下手抬者，仍舊五里一放，動曰：「我未得時價。」士子不得已，又重加之。但士人往來簡少，都無與校。

有一提控，不時往來於路，屢被轎夫刁蹬。一日，復要上縣，先把兩條紙題四句嘲詩，以方紙包之，再用敝帚柄兩個截齊，以綿紙封之，如兩疋緞樣。次日自負上路，轎夫爭來抬之。

提控曰：「吾為一緊急事回家，身無現銀。有能送我直到家者，議轎價二錢，又賞汝今晚、明早酒飯。若要現銀，及轉僱則不能也。」

內有二轎夫願抬。遂以兩封緞縛於轎，叮嚀曰：「善安頓之，勿損壞。」

才升轎，又曰：「我到回窯街，要寄一急信與人，你等到那裡慎勿忘也。」

未半午後，已到回窯。

提控曰：「你在此暫等，我去寄信便來。」

其實抽身從小路歸家。一飯久不來。

兩轎夫曰：「他坐話不覺久，有此兩疋綢緞在此，我與你奔回，何須等他？」

二人疾行，近晚歸家。一日各執一疋去，一曰倘有好歹須相添貼。兩人扯開綿紙，只是兩截敝帚柄，重重封裹。又各有一方包，疑是書信，開之見有紙題大字云：「轎夫常騙人，今也被我騙。若非兩帚柄，險失兩疋緞。」

二人在家大罵曰：「光棍！精光棍！」

鄰家轎夫聞之，入問何故各罵光棍？二轎夫敘其緣由如此。鄰轎夫大笑而出，將兩帚柄半封半露掛於排柵邊，以兩紙詩貼於旁。見者誦其詩，又看其帚柄，無不大笑曰：「此提控甚善騙。只你二轎夫亦不合起歹心，早是敝帚柄，故敢揚言罵人。若果是綢緞，你尚恐人知，那相公能尋汝取乎？此是你不是，何罵相公為？」

後三日，提控回，見此詩尚貼在排柵，故問居旁人曰：「前日人寄我兩疋緞，被兩轎夫抬走，你們亦聞得乎？」

人知是此提控弄轎夫，曰：「你也勿尋緞，那轎夫亦不敢出索轎錢矣。」

提控亦大笑而去。

按：提控騙轎坐者，非棍也，此兩轎夫則棍耳。不然，何提控再回詢問，而轎夫不敢出也？此謂借棍術，還馭棍徒，亦巧矣。然凡遠出，若僱轎夫、挑夫，須從店主同僱，彼知役夫根腳，斯無拐逃失落之虞矣。

十五 巷門口詐買脫布

建城大街中，旁有一巷，路透後街。巷口為亭，旁列兩凳，與人坐息，似人家門下一樣。亭旁兩邊，俱土城，似入人家之門，路稍轉則見前大路矣。忽日有一棍在亭坐，見客負布而來，認非本城之人，心知其可哄，即叫曰：「買布。」客人入亭來，棍取其布，反覆揀擇，拿六疋在手，曰：「要買三疋，我拿六疋入內去揀。」即轉入巷路，從後大街逃矣。

布客在巷凳坐許久，時有一、二行路者過此。心疑之，因隨其後而入，轉一曲牆路，見兩旁並無人家，直前則出大路，心方知是被棍脫出。

只問街兩旁人曰：「方才有一人拿布六疋而來，兄曾見否？」

旁人曰：「此巷往來極多，那知甚人拿布？」

布客道其哄買之由，旁人曰：「此是棍明騙去矣。」

布客只得大罵懊恨而去。

按：賣物者，雖入人門卜，亦必跟至其家，見其人居止實落，方可以物付與。不然，雖公共之門，裡面人煙叢雜，亦未可輕易信也。商者可以鑒此。

第五類　僞交騙

十六　哄飲嫖害其身名

石涓，湖廣麻城人，[26]富而多詐，負氣好勝，與族兄石澗嘗爭買田宅致隙。澗男石孝，讀書進學，人品俊秀，性敏能文，人多擬其可中。石涓嘗懷妒忌，思：吾生平發財，被澗兄所壓，今其子又居士列，是虎而傅翼也。因思計暗傷澗、孝父子。

不數年，澗故，石孝居憂，無人檢束。涓思孝年少不羈，或可誘以酒色。因偽相結納，孝趨亦趨，孝諾亦諾，終日遊戲相徵逐，數以麴櫱為歡。或時有美妓，涓邀孝飲其邸；或有好戲婦，涓每搬戲邀孝飲，又令戲婦曲意奉承，務挑其淫蕩之心。

孝墮其術中而不覺。玩日愒月，荒廢詩書。及服闋補考，竟列劣等。孝因發奮，往寺讀書。涓輒拉友挾妓，載酒至寺歡飲。孝見妓，不覺有喜心，故態復萌。涓又勸孝娶美妾二人，朝夕縱淫。內荒於色，外湎於酒。手沾戰瘋，不能楷書。道考被黜，家業凋零。[27]石涓撫掌大笑曰：「吾生平之恨泄矣，計亦遂矣。」

26 湖廣省主要包含現在湖北和湖南的大部分地區。麻城位於今湖北省北部。

27 通過道考的學子可獲得最低階的科舉考試身分「生員」並可進入府、州、縣學就讀。

28 石涓將原本用於孔子的形容用在自己身上，孔子曾笑著接受「喪家之犬」這個稱呼。見《史記》（北京：中華書局，一九八二）卷四七，頁一九二一—二二。

乃呼其子而訓之曰：「澗兄在日，家富於我。因生孝不肖，酷好飲酒宿娼，不事詩書，致令喪卻前程，身如喪家之狗。[28]爾輩宜以為鑒，慎勿蹈其覆轍。」

未幾，其子亦被人引誘賭嫖，所費不訾。涓因年老，無如之何，惟付之長嘆而已。

按：石涓奸巧百端，匿怨友人，使孝淫溺酒色，名利俱喪。彼雖自謂得計，足以快其宿忿。殊不思殺人之父，人亦殺其父；殺人之兄，人亦殺其兄。天網恢恢，報應不爽。安能保他人不襲彼故智，而子孫不蹈其覆轍乎？垂戒二子，所繇殆與義方之訓異矣，又何怪其子之復然耶？然孝亦自愚也。使孝稍有心智，宜忖父在之時，與彼有怨。今父已即世，得彼不念足矣，顧安望深交乃爾，此其中情叵測可知。由是以怠惰荒淫為戒，勤勵不息自強，則石涓雖詐，安能中自立之士哉？

十七　哄友犯姦謀其田

畢和，山西人，心術狡險，陰悍暗毒，鄉人無不被其害者。族弟畢松，有田一段，價值五十餘金，與和田毗連。和屢謀不遂，因詐與交好，屢席相款，旦夕遊戲，即同胞不啻焉。同鄉有林遠者，性剛而暴。其妻羅氏貌美好淫，與夫反睦。和乘隙挑之，遂通往來，情甚密。假意不令松知，實欲使之知之，故遮頭露尾，為松覷破。

松乃怪和曰：「枉自與你相知，有此美婦人，何不引我一宿，豈便奪你愛乎？」

和遜謝曰：「此婦極有情，若引你去，必深相憐愛，恐你往來無節，事機不密，其夫若知，有誤身家不便矣。」

松只疑其專寵，乃私往挑之，羅氏遂允。後來情更綢繆，每候其夫出外，非和往則松往，甚且三人同床，情如一體。

將及月餘，和密報其夫，曰：「松弟與我至知，今聞與令正有情，我屢諫不聽。聞你欲捕之。若捕得，可輕打些，彼必叫我解交，我諭他多送你些銀，以絕他後日妄為，慎勿害他性命。」

林遠聞言，怒氣填胸，次日即托言外出，須三日後方歸。松專瞰遠去，向聞其出外，即往其家摟羅氏，入房調耍。林遠從密處突出，打入房中。二人已解衣在床。遠揪松於床下兇打。羅氏拚命拿住夫手，遠不能多打。

松求放，曰：「願以銀贖免。」

遠曰：「要何人來保認。」

松曰：「叫我和兄來。」

遠正合意，即遣人呼和至。

和曰：「不行正路，以至於此，須召你親兄來。」

松曰：「勿召我兄，只你代我出銀與之，後日即還。」

和曰：「我代議事，怎好出銀？但今事急矣，我若不出銀，此事無由解釋，然必有實物相當方可。」

松因寫前毗連之田契賣之。

和曰：「只可少作價，多則亦為林遠所得。」

遂止作價四十兩。

和歸，取銀三十兩相付，遠曰：「須六十兩。」

和曰：「姦情被獲合輸婦價一半。縱令正美貌，可值六十金，此已一半矣。」

遠再三不肯。

和曰：「彼田價四十兩，我手中無現銀，不如約一月後再在我手接十兩。」

遠要約批。

和曰：「若他人議事須加二抽頭，我已該八兩矣。今為你息事，何逼我約批乎？」

遂無約批，放松同歸。

數日後，松備本息四十四兩贖前田，和不肯退。一月後，林遠向和取約銀。

和曰：「指示你撰銀三十兩，二兩謝我，豈為多乎？」

遠後對人說出和教捉姦之由，松方知為和所賣。然已墮其詭計，悔無及矣。

按：和欲謀松田，先引之姦；欲誘其姦，先與之友。且其姦也，非彼明引，而令其自入。其要之田也，俟其有急，而為之解紛，以徐收之，計亦巧矣。向非賴後約銀，則林遠必不言其所由，彼和之深情厚毒，疇能測之？故人而素行不端者，彼雖與我交密，亦須提防之者也。

十八　壘算友財傾其家

金從宇、洪起予，俱是應天府人，相隔一十餘店，皆開大京鋪，各有資本千餘金。但從宇狡猾奸險，起予溫良樸實。時常販買客貨，累相會席，各有酒量，惟相勸酬。

從宇思曰：「人言：『慈不掌兵，義不掌財。』[29]我觀起予慈善好義，誠直無智，何彼鋪賣買與我相並也？當以智術籠絡之。」以故偽相交密，時節以物相饋送，有慶賀禮皆相請召。起予只以金為好意，皆薄來厚往以答之。

從宇曰：「此人好酒，須以酒誤之。」乃時時飲月福，打平和，邀慶綱，招飲殆無虛日，有芳晨佳景，邀與同游，夜月清涼，私談竟夕。起予果中其奸，日在醉鄉，不事買賣。從宇雖日伴起予游飲，彼有弟濟宇在店，凡事皆能代理。起予一向閒遊，店中虛無人守，有客來店者尋之不在，多往濟宇鋪買。由是金鋪日盛，洪鋪日替。起予漸窮於用，從宇隨

29 另一略有不同的版本出現在楊慎（一四八八—一五五九）的《古今諺》中，是一部收錄古諺、偽古諺和民間諺語的集子。楊慎，《古今諺》，收入《四庫全書存目叢書》，卷一，頁19ab。此處的版本也作為一則「古諺」，於馮夢龍（一六二四年出版的小說集《警世通言》中所引用。

取隨與之。每一半九成，一半七、八成銀，又等頭輕少，不索其借批，但云須明白記帳也。不四、五年間，陸續借上六百餘兩，乃使濟宇往取之。起予別借二百兩以還。後算過帳，尚欠四百餘兩，逼其寫田宅為當，方思還債取田。起予一皆從言。再過兩年，本息合四百五十餘兩矣。濟宇力逼全收。

起予求從宇稍寬，從予曰：「吾銀本與舍弟相共，彼在家嘗怨我不合把銀借你，今我不理任你兩下何如？」

此時金宅有新立當契在手，起予推延不過，只得將產業盡數寫契填還之。他債主知其落寞，都來逼取。千餘金家，不兩、三載，一旦罄空，皆金從宇傾陷壘算之故也。洪已破家之後，從宇全不揪彩。雖求分文相借，一毫不與矣。從宇又用此術再交楊店之子。

有識者笑楊子曰：「汝是洪起予替身，何不取鑒前車乎？」[30]

楊乃漸疏絕之。

按：以銀借人，收其子利，未為壘算。特洪本富賈，從予誘其游飲，不事生理，致貲本消折，而以銀借之。其間以八當十，加三算

30「前車覆，後車誡」是《後漢書》中的諺語，略同的諺語最早可追溯到《荀子》（西元前三世紀）。

息，虧短田價，稍蠶食之。從宇之奸貪極矣。『為富不仁』，[31]從宇其何說之辭。

31 這句話引自《孟子．滕文公上》第三章，出自奸臣陽虎之口。

十九　激友訟姦以敗家

馬自鳴，浙江紹興人，狷巧小人，柔媚多奸。族弟馬應璘，輕浮愚昧，家更富於自鳴。其父素與鳴父不睦，兩相圖而未發。自鳴見應璘愚呆，性又嗜酒，故時時與之會飲。亦連引諸人，共打平和。惟此兩人深相結納，人多厭之，不與共飲。二人乃對斟對酌，此唱彼和，自號為莫逆交。應璘有事，多取決於自鳴，鳴亦時獻小計以效忠款。

應璘素與親兄不睦，數揚其短，欲狀告之。自鳴假意勸阻，實於當機處反言以激之，益深其怒。應璘遂先往告兄。經官斷明，擬應璘毆兄之罪，又投分上解釋。此為破家之始。又屢屢唆其與人爭訟，家日破敗。

後自鳴往小戶人家取債，見其婦幼美，歸向應璘前誇曰：「我今往某家取債，其媳婦生甚美貌，女流中西施也。我以目挑之，俯首而過。其屋只一植，數往來於前。我神魂飄蕩，不能自禁。又以笑語挑之，此婦亦笑臉回答，似亦可圖。只怕其夫姑有礙，未敢施為。至今掛戀在心，寤寐思服。」

應璘曰：「此家是我甲首，[32]又係佃戶，圖亦何難？我必先取之。」

自鳴激之曰：「汝若能得，我輸你一大東道。依我說，勿去惹此愚夫，若捉住，彼粗拳真打死也。」

應璘曰：「未聞佃客敢毆主人者。」

次日，即往其家收條編，一見其婦，即挑之。遣其婆出外，曰可外去覓菜來作午。婆方出，璘即強抱其婦入房。婦在從否之間，見隔壁一婦窺見躲開，婦指之曰：「某姆在隔壁窺見你，勿為此。」

璘那肯休，只以為推托也。相纏已久，婆在外歸，婦只得叫媽媽曰：「主人如此野意。」

婆作色叱璘。璘怒，先往縣呈其拖欠條編，反兇毆里長。其佃人以強姦訴。官拘審鄰婦，窺見親姑捉獲。其婦又貌美傾城，滿堂聚觀，嘖嘖嘆賞。因審作強姦，應擬死罪。後投分上，改作戲姦未就，而家業盡傾，田宅皆賣與自鳴。反責璘曰：「我當初叫你勿為，你不聽吾言，以至於此。」

應璘曰：「你口雖叫我勿為，先已造橋，送我在橋中去矣，難回步也。今欲怪你，又怪不得。孟子謂：『非之無可舉，刺之無可刺。』[33]正你這樣人也。」

32 關於里甲制度，參閱〈遇里長反脫茶壺〉的注。在本故事中，馬應璘是里長，負責十個甲，佃農是馬應璘下轄十甲之一的甲首。

33 略作轉述《孟子．盡心下》第三十七章：

萬子曰：「一鄉皆稱原人焉，無所往而不為原人，孔子以為德之賊，何哉？」

曰：「非之無舉也，刺之無刺也；同乎流俗，合乎汙世；居之似忠信，行之似廉潔；眾皆悅之，自以為是，而不可與入堯舜之道，故曰德之賊也。孔子曰：『惡似而非者：惡莠，恐其亂苗也；惡佞，恐其亂義也；惡利口，恐其亂信也；惡鄭聲，恐其亂樂也；惡紫，恐其亂朱也；惡鄉原，恐其亂德也。』君子反經而已矣。經正，則庶民興；庶民興，斯無邪慝矣。」

璘田賣盡，自嗚絕不與往來。朝夕相借，璘惟干謁親兄，方知親者終是親。彼酒肉朋友，真偽情也。

按：應璘被自嗚籠絡，家破產業，盡嗚收之，反與之莫逆之交，何其愚也！苟有心智，人之處世，內而兄弟、叔姪，外而朋友、親戚，皆不能無。與兄結訟，而求暱與友，是其所厚者薄，而薄者反厚也。何不觀孫榮之間革孫華，而亦暱於友。使非楊氏賢德，[34]後始有悔悟，而璘能以是而自新之，彼雖有百般巧計，安能中自新之士哉！

34 在南戲《楊德賢婦殺狗勸夫》（更廣為人知的題名為《殺狗記》）中，楊德無法勸服丈夫孫華與兩名酒友絕交，於是殺了一條狗並將其扮作人屍。當孫華在家中發現屍體時，僅其弟孫榮願意幫他，而所謂的朋友則試圖勒索錢財。隨後楊氏說明了自己的計策，其丈夫也改過自新。該劇歷來認為是徐畛（約十四世紀）所作。有注釋的現代版本之一，見徐畛《殺狗記》。一部佚名的元代雜劇《殺狗勸夫》講述類似的情節和關於「酒肉朋友」的道德教訓。

第六類　牙行騙

二十 狡牙脫紙以女償

施守訓，福建大安人，家貲殷富，常造紙賣客。一日，自裝千餘簍，價值八百餘兩，往蘇州賣，寓牙人翁濱二店。濱乃宿牙，疊積前客債甚多。見施雛商，將其紙盡還前客，誤施坐候半年。家中又發紙五百餘簍到蘇州。濱代現賣，付銀訖，托言係取舊帳者。復候半年，知受其籠絡，施乃怒罵毆之。濱無言可應，當憑鄉親劉光前，議諭濱立過借批銀八百兩，勸施暫回。

次年，復載紙到蘇州。濱代現賣，只前帳難還。施又坐待半年。見其女雲英有貌，未曾許配，思此銀難取，乃浼劉光前為媒，求其女為妾，抵還前帳。濱悅許之。其女年方十五，執不肯從。

濱與妻入勸曰：「古有緹縈，願沒官為婢，以贖父罪。[35]今父欠客人銀八百兩，以汝填還。況福建客家多鉅富，若後日生子，分其家財，居此致富，享福非小。」女始允諾。

時施已六十餘矣，成婚近四載，施後回家身故。未及週期服，濱將女重嫁

35 緹縈（約活動於西元前一六七年）是著名的孝女，她願意沒為官婢以贖父罪，從而救其父親免於刑戮。

南京溧水縣梁恩賜為妾，重受聘禮一百兩。守訓男施欽知之，為本年亦裝紙到蘇州，往拜翁家，呼翁為外祖。翁不揪採他；請庶母出見，亦拒不出。

眾客夥皆怒而嗾曰：「你父以八百兩聘禮，止成親四載。未期服，又重嫁他人。今一出見何害？情甚可惡，汝何不鳴官？」欽乃告於巡街蔡御史。

時翁濱二得施為婿，復振家風，又發貲金千餘，見告毫無懼意。兩下各投分上，訐訟幾二年。各司道皆納分上，附會而判。

後欽狀告刑部，始獲公斷曰：「翁濱二以女抵償八百兩，幾與綠珠同價矣。[36]但守訓自肯其財禮勿論。今夫服未滿，重嫁梁客，兜重財物，是以女為貨，不顧律法，合責三十板，斷身貲銀一百兩，併守訓為雲英置衣資首飾銀五十兩，共與施欽領之。」

因此積訟連年，濱二之家財盡傾，仍流落於貧矣。

按：脫騙之害，首俠棍，次狡儈。俠棍設局暗脫，竊盜也；狡儈騙貨明賣，強盜也；二者當與盜同科。凡牙儈之弊，客貨入店，彼背作綱抵償，又多竊取供家。每以後客貨蓋前客帳，此窮牙常

36 綠珠（？—三〇〇），一名以才華和美貌而著稱的女子，西晉官員石崇（二四九—三〇〇）以三斛明珠聘之為妾。〈傲氣致訟傷財命〉中也提到石崇。

態也。施守訓在，不早審牙家，致落此坑塹。只可小心逼取，或繼以告，不當圖其女為妾。夫以六旬上人，歲月幾何，納妾異地，能無後患乎？貽子後訟，所費不貲，雖終取勝，得不償失矣。獨恨翁濱二，負心歹漢，以一女而還銀八百兩，得已過分。又得婿扶以成家，後女雖再嫁，當以身資還施之男，永可無患矣。乃貪心不滿，再致傾家，真可為欺心負義之鑒。

二十一　貧牙脫蠟還舊債

張霸，四川人，為人機關精密，身長力勇。一日，買蠟百餘擔，往福建建寧府丘店發賣。此牙家貧徹骨，外張富態，欠前客貨銀極多。霸蠟到，即以光棍頂作鬼名來借蠟，約後還銀。數日後，霸往街遊玩，其蠟遍在諸鋪。及問其姓名，皆與帳名不同。霸心疑必有弊，故回店訊問牙人曰：「你脫我蠟去還前帳，可一一實報帳來。若不實言，你乘我幾拳不得。」

丘牙啞口無應。霸輪拳擒打，如鷹擒雀，如踢戲球。

丘牙連忙求饒，曰：「公，神人也。此蠟真還前客舊帳，並家用去矣。何能問各店重取？」

張霸曰：「你將還人的，及各店買去的，都登上帳，只說他揭借去，俱未還銀。我將帳去告取，你硬作證，怕他各店不再還我。」

丘牙依言，一一寫成發貨帳。張霸即具狀告府。署印梅爺看狀，擲地不准。霸心傷失本，兩眼自然垂淚，再三哀告。梅爺乃准其狀。先差皂隸往查各店蠟。

霸以銀賄公差，回報曰：「各店果有張霸印號蠟。」

梅爺曰：「那有揭借客蠟，都不還銀者？」即出牌拘審。

各店在外商量曰：「我等買張客蠟，俱已還銀，牙家收訖。又牙人自用蠟還我者，是他所合抽得牙錢，何得今更重告？吾與汝等斂艮共用，投一分上，先去講明，然後對審。」

斂銀已畢，即將銀一百兩投梅爺鄉親。梅爺剛正之官，弗聽，即拘來審。內有江店客人，乃慣訟者，先對理曰：「蠟乃丘牙明賣，與我公平交易，張霸安得重取？即未全交付，亦牙家刻落，與我輩何干？」

丘牙曰：「蠟非賣他，是小人先欠諸店舊帳，張霸蠟到，他等詐言揭借，數日後即還銀。及得蠟到手，即坐以抵前帳，非小人敢兜客銀也。」

梅爺曰：「丘牙欠債，須問彼自取，安得坐客人貨，以還彼債？你眾等可將債還張霸，免你等罪。」

江店時有分上，再三辨論，說是明白交易，並無對債之事。梅爺觸怒，將江店責十板。江又辨論不已，又被責二十板。後諸人驚懼，皆稱願賠求饒，以江店監禁，諸人討保，斷蠟銀，限三日不完再重責。三日果追完。

霸領銀訖，深感梅爺恩澤，頂戴香爐，到於堂下，叩拜而去。

按：出外為商，以漂渺之身，涉寡親之境，全仗經紀以為耳目。若遇經紀公正，則貨物有主。一投狡儈，而抑貨虧價必矣。是擇經紀，乃經商一大關係也。可不慎哉！如其人言談直率，此是公正之人。若初會晤間，上下估看，方露微言，則其心中狡猾可知。若價即言而不遠，應對遲慢，心必懷欺。若屋宇精緻，分外巧樣，多是奢華務外之人，內必不能積聚。倘衣補垢膩，人鄙形猥，肩聳目光，巾帽不稱寒暑，此皆貧窮之輩。若巧異妝扮，服色變常，必非創置之人，其內必無財鈔。若衣冠不華，惟服布衣，此乃老實本分，不可以斯之曰貧。商而知此，何至如張霸被牙所脫也？況非剛正之梅爺肯聽分上，幾乎素手歸矣。故錄之以示為商者：當貨物發脫之初，細審經紀，對手發落，方可保無虞矣。

第七類　引賭騙

二十二　危言激人引再賭

張士升，莒溪人，膏粱子弟也。父致萬金，均分於士升兄弟，田園膏腴，坐享成業。一旦，父卒，時初行萬曆錢，[37]被棍徒引其賭博。彼富豪雛了，惟見場中飲酒豪放，可輕狂快意，那知財帛當惜？不數月間，輸去銀數百兩，尚欣欣喜賭，未肯休也。

鄉有陳榮一者，乃士升父在日所用做中保供呼喚者。人雖微賤，卻有忠義之心，不忍士升之被棍誘引也，乃備一盛筵，單請士升一人。酒筵中慢慢緩談，將其父在日始終生財緣由、愛惜錢米實事，一一從頭細講，且讚羨其能，慨嘆其苦。後又談及民情世故，及錢米難得之狀、窮民無錢之苦。因勸之曰：「令先尊發此巨富非易，你須念先人勤勞，保守基業，切不可去賭。前者雖賭去數百金，已往勿咎。但從今改過，依舊坐享福澤矣。」

士升見榮一詞情懇切，一時良心發動，曰：「吾依你言，從今誓不賭矣。」次日棍徒引之，果不去賭。眾方怪異，後知出於榮一所勸，無可奈何，商議

37 其時應該在一五七三年萬曆年號開始使用之後。

曰：「誰能引其再賭者，眾斂十金與之。」

有柴昆者曰：「我能引之。」眾將銀十兩封在。昆見士升在路亭閒坐，挨近其身，先閒談他事，後問曰：「聞汝今收手不賭乎？」

士升曰：「然。」

昆曰：「賭非好事，今能自知回頭，真是豪傑。盛族富豪子弟，果有智識高人，我真羨服。只外人都傳是榮一老勸你而止，果是他勸否？」

士升曰：「的是得他勸。」

柴昆嗟嘆曰：「榮一小輩，奔走下賤之流，豈是你父兄？豈是你叔伯？何禁止得人？你名門子弟，聰明男子，何待賤人訓誨？使路人傳你聽下賤人主使，皆暗中非笑，謂你無能為。依我所見，還當暫出小賭，過了半月、一月，自己收手。人便說你是自不愛賭，非關聽下輩命令也。如此方是大丈夫所為，不羞了故家門風。」

士升是無識雛子，聞此佞言，心自猜曰：「果是我今若便止，人道是榮一之功，須再去賭一月，然後自止，豈不挺豪傑哉？」隨即入場復賭。

柴昆暗領眾銀而去。士升賭了一月，野心復逞。後榮一雖言，亦不見納。終至於盡賭傾家，皆柴昆一激之也，其禍烈矣。

按：士升惑柴昆之瞽說，拒榮一之忠言，徒以其人卑微，謂受其諫為恥。不知堯清問下民，舜下詢芻蕘，周公走迎乎下士，韓信乞策於左車，彼帝王將相，猶俯聽微言。[38]若是，豈以人之賤，而可廢其言之善乎？惜士升黃口之子，目不知古今，故中讒言而不察也。噫！

38 堯是遠古時期的聖王；周公（約西元前一〇四五—七七一）是西周初年盡職盡責的攝政王；韓信（約西元前二三〇—一九六）是漢朝開國功臣。

二十三　裝公子套妓脫賭

王荻溪，萬金之子，好賭無厭，多被賭朋合謀，盡傾其家。後收拾餘貲，止得三百兩。乃帶一僕，復往縣中賭。眾棍複合本迭來與賭。時荻溪家已盡破，而賭亦學得甚高，雖未能勝眾棍，亦不至為棍所勝。相持半月餘，無好子弟到，無雛家可網，乃投府去；更無大賭場可快意者，遂往嫖李細卿家。

有二、三賭夥尋至府，聞荻溪已入妓家，眾即畫計曰：「如此如此籠絡之，可盡奪其金矣。」

次日，候荻溪出外尋賭夥，即入對細卿曰：「荻溪只好賭，不好嫖，彼無厚物與你，今依我如此如此行，先送你二十兩人事，後賭得的，每一百兩復許加二抽。」細卿許諾。

午設盛饌，方與荻溪入席，飲數杯。忽二家人來送禮物，輝煌熿爛，皆上好物件，約值二十餘金，曰：「公子命送此薄儀，少頃便到。」細卿逐一看過，盡數收起，以茶待二家人於外，復來席陪荻溪，且喜且作懊惱之意。

荻溪曰：「是何人送你厚禮，你反似憂悶，何故？」

細卿曰：「不問，正難開口。此是黃公子送的，舊年在此賭錢，輸去銀千餘兩，我亦得他厚惠。今日將到，望相公赦我，索須出去迎他，容後日多陪相公幾日以補罪。」

荻溪曰：「即是公子，我便出外讓他。」

細卿喜曰：「相公如此寬容，是妾有二天也。」

荻溪將拂衣起，細卿挽住曰：「少坐不妨。更有一件，此人極活潑，無崖岸。少間乘機提起，若請相見，或在此同話為我陪客，得借重高賢，亦為我增聲價也。」

荻溪本欲避席，只聞公子舊在此賭，心中早已喜十分。使一僕服侍，在內獨酌，叫細卿出外迎客。須臾公子到，細卿從容奉茶，敘寒溫訖。公子徑起，欲入內遊玩，細卿慌忙請止曰：「適有一外親遠來，在內留一水飯，恐無處可避也。」

公子笑曰：「孤老便是孤老，何須托外親也。既是你情人，我生平不吃醋，便請相見何妨。」

即遣二僕入請，尚未出，又促細卿曰：「汝去請之。」

細卿入內邀出。公子張看荻溪，一表非俗，呵呵笑曰：「細卿妙人，果會擇好才子。」即降前敘禮。

院內備筵已到，公子坐上，荻溪前，細卿左陪。席間談笑，並不及賭中去。至晚，索骰仔行令，公子耍曰：「只恐卑人未曉好色。」

細卿曰：「公子有一擲百萬之豪，荻卿亦有呼盧賜緋之興，愧小婢未足當好色耳。」

公子曰：「荻溪亦作家乎？略賭，明早一東道何如？」

荻溪曰：「東道當小弟奉，何勞賭也。」

公子曰：「空食未佳，須贏得為奇。」先取擲之，無色，荻溪一擲即勝。公子須再加一台戲，又輸。熱性一起，曰：「荻溪有此妙手乎？與汝再決輸贏。」

荻溪曰：「不敢，扳高耳，亦願陪兩下。」

賭起互有勝負。至一更，公子輸上百金，細卿亦抽頭十餘兩矣，即將骰子收起，曰：「今日乘轎勞頓，夜已深矣，須去睡。明日看戲時，酒席中再翻稍，抬舉我抽頭。」

公子以輸多，發怒要賭。荻溪亦發大言曰：「若再來，須百金一堆，不然且罷。」公子先取定銀，在以一百為堆，細卿故執骰不與。

公子大怒曰：「只憑一擲，隨有無便罷。」

細卿付還骰，公子一擲即勝，得百金，曰：「更照前一堆。」又勝。曰：「吾生平好大不好細，須二百為堆。」

方發性間，門外火把轎來，慌入報曰：「老爺跟尋至急，可速回去。」

公子曰：「我色方來，奈何阻我興？」

其後一擲又贏，二百為堆。

家人催如星火，公子曰：「我明日晝間不來，夜定來矣。」

荻溪留之不能得，細卿亦驚作痴呆樣，慌忙送別。

歸怨荻溪曰：「人無全勝，你先贏許多，須當知止，奈何公子欲翻，你更出大堆，是不曉避色也。空作慣家，不及我婦人見矣。」

荻溪曰：「吾萬金賭盡，何數他三百兩，有甚大事，空怨恨為。」

在細卿家留宿數日，再留之，堅辭而去。

按：公子是裝來的。先以厚禮送妓，令荻溪信為真公子，後來圈套，皆是裝成。其藥骰已先藏在細卿手，故令其搶起真骰，然後以藥骰付還之，使其不疑。三執皆勝，套定催歸，其誰防之？然荻溪雖作家，安能測其弊哉？吁！凡賭博者，弊處生弊。鑒此而知機，收手勿賭，真良策也。莫如彼之一旦，盡囊而空矣。

二十四　好賭反落人術中

閩人徐華勝，號含秀，為人矜誇驕亢，酷好賭錢。一日，買紙往京賣。有張鄂號叔真者，先富因賭傾折，後有餘囊數百兩，亦買紙往京賣。二人同縣異鄉，托處共店。鄂心懷一術，每在店中與華勝着棋，[39]或賭東道，或賭時菓。鄂棋本能讓華勝一車。鄂乃孤客，徐姓眾多，鄂每詐輸東道，暗結華之鄉親，使鉗其口無得而謙論之，[40]故輸五而贏二，而華勝不知鄂懷鋒而圖之。

一日，鄂已睡，華勝邀起而賭東道。鄂心喜曰：此夜機會可矣。故推不起，又強之。

鄂曰：「我不賭東道。要賭銀。」

勝心暗忖：我棋高他，何懼之有？連聲應曰：「更好。」

不知已墮其術矣。且素性亢傲，鄉親咸憎之，大家贊成其賭。

鄂曰：「先以銀對定，輸即收去，無得抵賴。要一兩一局，每兩與眾抽頭，二錢作東道，並做戲。」

39 「着棋」一詞可以指下圍棋、象棋，或者其他的棋類遊戲。

40 「謙論」當作「議論」。

勝曰：「雖二兩無妨。」

未幾，輸數局，心中熱起，說要十兩一局。客中老成者曰：「不可，且休矣。」其後生輩，反以言激之。勝心益熱，再對銀十兩而賭。不數局，共輸數十餘兩。時天色已曙，鄂將勝銀捲入囊中而起，勝邀再賭，鄂堅持不許，二人相扭甚熱。

鄂曰：「是你邀我賭，非我邀你賭，我若輸，你肯饒我否？我家財數千，因賭而傾，你輸此些小，何得鼻血，好不為男子也！任你經官不還。」

客中老成者曰：「是我輩無見識，不阻你，以致覆敗。但張兄說得是，倘他輸你，你必不放他，不如我輩抽頭者盡還你罷。俗云：『豪傑對豪傑，鹵打落，吞肚裏。』」[41]

鄂曰：「眾既以抽頭者退出，我亦退銀三兩做戲，更出一兩作東道，內抽五錢換金一錢，打一戒指，與徐兄作好賭之戒。」

眾曰：「張兄之言大有理，乃豪傑惜豪傑，真慷慨丈夫也！」華勝默然。

真箇是：「安分不貪難誘引，貪心萌內必遭殃。」

41 這句諺語有數種變體，既暗示了衝突中不可避免地有贏家和輸家，也暗示了輸家應該忍氣吞聲並毫無怨言地接受失敗。

按：好賭者，落人圈套，何止若是？鄂猶是有本富商，故不盡取，而又善處於終，致戒其後。若賭場中光棍，何怕你萬貫家財盡落伊手乎？覩徐華勝之輸而返悔者，後人鑒之，可勿蹈矣。

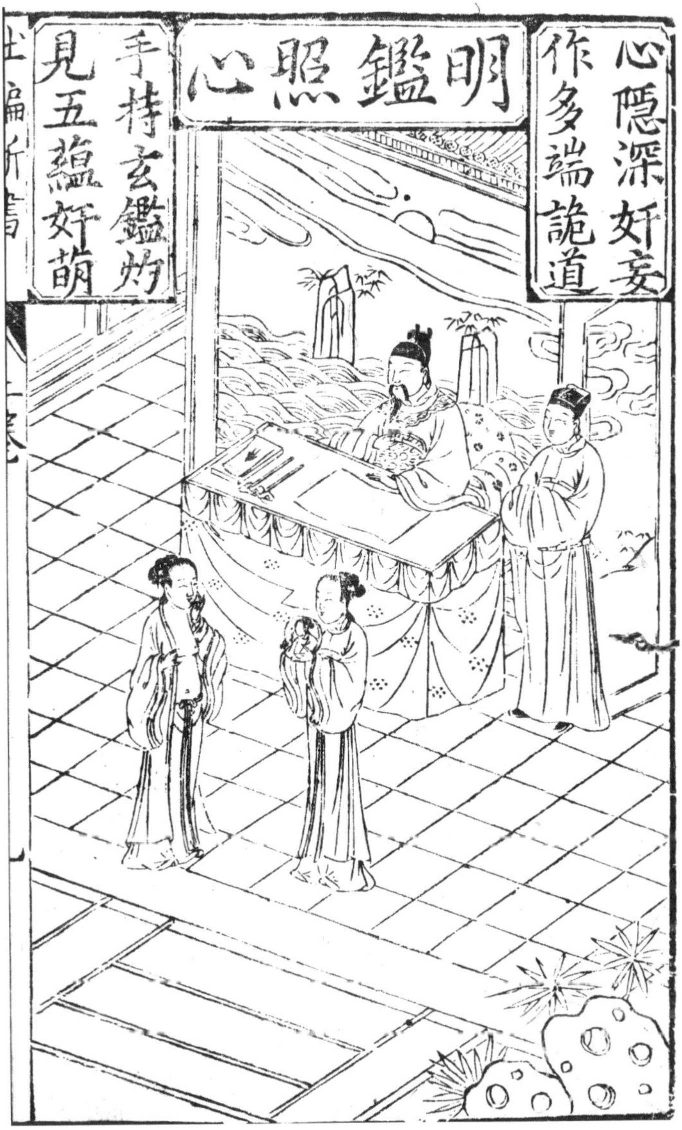
明鑑照心
心隱深奸妄
作多端詭道
手持玄鑑灼
見五蘊奸萌

第二卷

第八類　露財騙

二十五　詐稱公子盜商銀

陳棟，山東人也，屢年往福建建陽地名長埂販買機布。萬曆三十二年季春，同二僕帶銀壹千餘兩，復往長埂買布。途逢一棍，窺其銀多，欲謀之。見棟乃老練慣客，每遲行早宿，關防嚴密，難以動手。詐稱福建分巡建南道公子，甚有規模態度，乃帶四僕，一路與棟同店。棍不與棟交語，而棟亦不之顧也。

直至江西鉛山縣，其縣丞姓蔡名淵者，乃廣東人也，與巡道同府異縣，素不相識。[1]棍往拜之。縣丞聞是巡道公子，待之甚厚，即來回拜，送下程。棟見縣丞回拜，信其為真公子。是夜，棍以下程請棟。棟歡領之，而中心猶謹防他盜，不敢痛飲。棍猶動手不得。次日，經烏石宿。其地非大口岸，棟欲辦酒回禮，以無物可買而止。又次日，到崇安縣宿，棟心謂此到長埂舊主不遠，猶其外之故家也。且來日與公子別矣，不答敬，殊非禮也，遂買肴饌請之。

棍謂棟曰：「同舟過江，前緣非偶。與君一路同來，豈非偶乎？明日與君分路，燕鴻南北，未知何日再會。」

[1] 縣丞是縣中的二把手，被指派到人口及戰略上難以管理的縣。江西廣信府潛山縣的縣誌中列出了此職位的歷任官員，蔡淵之名並未在其中。

各開懷暢飲，延至三更。其僕皆困頓熟睡。棟醉甚，亦伏桌睡。棍遂將棟之財物悉偷去。待棟醒覺，不知棍何處去矣。即在崇安縣告店家通同作弊。隨即往江西廣信府告其縣丞勾引光棍，而以原店家作證。

縣丞訴曰：「福建巡道實與我同府異縣，其人姓氏我素知之，但公子並未會面。他稱其姓氏來拜我，我乃縣丞小官，安得不回他拜，不送他贐？今至崇安已經數日，盜你銀去，與我何干？」

棟曰：「那棍一路同來，我防之甚切。他來謁你，而你回拜，我方信是真公子，故墮其術。今其人係你相識，安得不告你？」

本府不能判斷。棟又在史大巡處告。史爺判是縣丞不合錯拜公子，輕易便送下程，致誤客商，不無公錯，諒斷銀壹百兩與棟作盤纏之資而歸。

按：噫！棍之設機巧矣。一路裝作公子，商人猶知防之。至拜縣丞，而縣丞回拜送贐，孰不以為真公子也？又先設機以請商人，則商人備禮以答敬，亦理所必然也。乃故纏飲，困其主僕，則乘夜行竊易矣。故曰其設機最巧也。使棟更能慎防一夜，則棍奸無所施。故慎始不如慎終。日乾更繼以夕惕，斯可萬無一失。不然抱甕汲井，幾至井口，而敗其甕，與不慎何異？吾願為商者處終如謹始可也。

二十六　炫耀衣妝啟盜心

游天生，徽州府人，豐彩俊雅，好裝飾。嘗同一僕徐丁，攜本銀五百餘兩，往建寧府買鐵。始到崇安縣，搭一青流船。[2]稍公名李雅，水手名翁迓。雅先以嫖賭破家，後無賴而撐船。

其時船至建陽縣，天生起岸，往拜鄉親。將衣箱打開，取出衣服鮮麗，所帶用物俱美。雅一見生心。至晚，天生叫稍公買些酒饌，雅暗將陀陀花入酒中。陀陀花者，乃三年茄花也。人服此則昏迷不能語。[3]是夜天生主僕中了此毒，醉不能醒。三鼓時候，雅邀水手行謀。

水手曰：「錢財有命，不可逆理妄求。倘若事泄，罪將安逃？吾不敢為也。」

雅狼心一起，不聽水手之阻，將其主僕推入深潭。天生淹死；徐丁幸飲酒少，入水復甦，頗識水性，浮水上岸。

次日，搭後船往建寧府，即抱牌告於王太爺。當差捕兵六名，同徐丁到臨江門去緝拿。臨江門乃建寧往來諸船湊集之口岸也。是時李雅謀財在手，正買

2 「青流」讀若「清流」，據宋應星（一五八七—一六六六），後者是一種淺水船的名字，此船在長安和福州之間運送貨物和乘客：宋應星，《天工開物》（一六三七年刻本），卷二，頁36b。

3 陀陀花在〈公子租屋劫寡婦〉中被用以同樣的目的。

酒上船，思量作樂。徐丁認得，即引捕兵擒鎖，搜其贓物，尚在船中。遂並人贓俱拿到府。王爺審問，雅見事露，難以推托，一概供招，攀及水手同謀。

徐丁曰：「我當中毒時，酩酊不能言，如夢中聞得水手勸阻，不與同謀，已先逃去。今若枉及此人，令後人不肯向善也。」

王爺即將李雅責四十板，收監，依律擬斬。其行李並原銀，差防夫二名同徐丁直解至天生家去。

李雅次年冬季處決。後水手翁迓，棄船歸農，頗致豐足。雅以謀人而促死，迓以阻諫而全家。諺曰：「善有善報，惡有惡報。」信不虛也。

按：游天生之召禍，良由衣服華麗，致使賊稍垂涎。大凡孤客搭船，切須提防賊稍謀害。晝宜略睡，夜方易醒。煮菜暖酒，尤防放毒。服宜樸素，勿太炫耀。故老子曰：「良賈深藏若虛。」孔子曰：「以約失之者鮮。」[4]此誠養德之言，抑亦遠禍之道也。

4 引語來自《史記》與《論語》。見司馬遷，《史記》（北京：中華書局，一九八二），卷六三，頁二一四一；《論語》，第四篇，第二十三章。

第九類　謀財騙

二十七　盜商夥財反喪財

張沛，徽州休寧人，大賈也。財本數千兩，在瓜州買綿花三百餘擔。[5]歙縣劉興，乃孤苦煢民，一向出外，肩挑買賣，十餘載未歸家，苦積財本七十餘兩，亦到此店買花。二人同府異縣。沛一相見，鄉語相同，認為梓裡，意氣相投，有如兄弟焉。花各買畢，同在福建省城陳四店賣，房舍與沛內外。數日後，興花賣訖；沛者只賣小半，收得銀五百餘兩。

興見其銀，遂起不良念，與本店隔鄰孤身一人趙同商議：「我店一客，有銀若干。你在南臺討盪船等候，待我拿出來即上船去，隨路尋一山庵去躲，與你均分。」趙同許諾。

興佯謂沛曰：「我要同一鄉親到海澄買些南貨。[6]今尚未來，要待幾日。」

一日，有客夥請沛午席，興將水城挖開，將沛衣箱內銀五百餘兩，悉偷裝在自己行李擔內。倩顧一人，說是鄉里來催，欲去之速。

興佯曰：「行李收拾已定，奈張兄人請吃酒，未能辭別。」

5「瓜州」這裡指的應該不是甘肅的瓜州，而是瓜洲鎮，是京杭大運河與長江交匯處一個商業城鎮。

6 海澄是位於福建南部漳州的海港。

沛家人曰：「相公一時未歸，我代你拜上。」

興即辭人主陳四。陳四亦老練牙人，四顧興房。興所挖水城，已將物蔽矣。僱夫伴擔海口去，旋即賣蹤轉南臺，乘蕩船上水口。

及沛回，陳四曰：「貴鄉里已去矣，托我拜上相公。」

沛開房門，看衣箱挖一刀痕，遂曰：「遭瘟。」

待開看，銀悉偷去，四顧又無蹤跡。陳四入興房細看，見水城挖開，曰：「了事不得，今無奈了。但相公、主僕二人可僱四名夫，直到海澄，我同一大官，更邀七、八人討一蕩船到水口。」

於是陳四往上尋。船至半午，後有船下水來者，問曰：「你一路下來，見一蕩船載二人，有行李三擔上去，趕得著否？」[7]

稍子曰：「有三人，行李三擔，在水口上岸去矣。」

蕩船趕至，將晚，到水口，並未見一人來往。少頃間，見二牧童看牛而歸，問曰：「前有三人，行李三擔，小官見否？」

牧童曰：「其三人入上源壠去矣。」

問曰：「那山源有甚鄉村？」

7 陳如何得知他在追趕三個人？可能追趕的這一夥人在問詢的過程中獲知。

曰：「無。只有一寺，叫做上源寺。」

陳四將銀五分，僱一牧童引路，逕至其寺。時將三鼓矣。

陳四曰：「我等叫他開門，他必逃走。我數人分作兩半，一半守前門，一半守後門。天明，僧必開門，我等一齊擁入。彼不知逃，方可捉得。」

眾曰：「說得是。」

及僧開門，眾等擁入。

和尚驚曰：「眾客官那裡來的？」

陳四乃道其故。即問那三人是甚時候到寺。

僧曰：「到時天色已晚，在那一樓房宿。說他被難至此逃難。」

僧引入，齊擁擒獲。見其將沛之銀，裝作一擔；白銀七十餘兩，以鼠尾袋裝，另藏在身，悉皆搜出。

三人跪下求饒：「是我不良，將他銀拿來。他者奉還他，我者乞還我。」

眾等不聽他說，將石頭亂打半死，行李盡數搬來。三人同繫至陳四店內。沛時往海澄，尚未歸矣。是日，客夥與地方眾等，豈止數千人看，興之廉恥盡喪。

後數日，沛歸，謂興曰：「為你這賊，苦我往返海澄一遭。今幸原銀仍在，我也不計較你。今後當做好人。若如汝見，定要呈官究治。」

興曰：「須念鄉里二字。」

曰：「若說鄉里，正被鄉里誤矣。我念前日久與之情，不計較你，你急前去。」

興曰：「我銀乞還我。」

但興銀卻被眾等拿去。沛因叫眾等拿還他，我自謝你。

眾人曰：「這賊若告官論，命也難保。今不計較，反敢圖賴。」

眾人又欲毆他，沛勸乃止，謂興曰：「你心不良，所為若此，今反害己，不足恤也。但我自推心，將銀五兩，與你作盤纏。」

興且感且泣，抱頭鼠竄而去。

按：噫！久旱甘雨，他鄉故知。客於外者，一見鄉里，朝夕與遊，即成綢繆之交，有如兄弟者，人之情也。沛之與興，以同郡鄉人，又同茲貿易，與之共店托處，亦處旅者之勢然也。何興之包藏禍心，同室操戈，利其財而盜之？彼之暗渡蕩船，自謂得計，豈知天理昭彰，奸盜不容？卒之擒獲叢毆，噬臍無及。數十年苦積七十金，一旦失之。圖未得之財，喪已獲之利，何其愚也！予深有慨焉，故筆之以為奸貪喪心者戒，而因告商者之宜慎，勿如鄉里之為盜者誤也。

二十八　傲氣致訟傷財命

魏邦材，廣東客人，富冠一省，為人驕傲非常，輒誇巨富。出外為商，無人可入其目。一日，在湖州買絲一百擔，轉往本省去賣。在杭州討大船，共客商二十餘人同船。因風有阻，在富陽縣五、七日。[8]其僕屢天早爭先炊飯，船中往來，略不如意，輒與眾鬥口。眾皆以夥計相聚日短，況材亢傲而相讓之。其僕亦倚主勢，日與眾忤。在邦材，當抑僕而慰同儕可也，反黨其僕，屢出言不遜，曰：「你這一起下等下流，那一個來與我和。」

動以千金為言。又曰：「一船之貨，我一人可買。」如此言者數次，眾皆不堪。

大恨之時，有徽州汪逢七，乃巨族顯宦世家也，不忿材以財勢壓人，曰：「世長勢短，輒以千金為言。昔石崇之富，豈出公之下哉，[9]而後竟何如也？」

材怒其敵己，曰：「船中有長於下流者，有本大於下流者，竟無一言。你敢挺出與我作對，以絲一百擔價值數千金統與你和。」

8 富陽是杭州府內臨錢塘江的內陸縣。

9 以富有和傲慢而著名的石崇因為拒絕向當權者獻贈美妾綠珠而獲罪被殺。

逢七罵曰：「這下流，好不知趣，屢屢無狀，真不知死小輩也。我有數千金與你和，叫你無命歸故土。」

二人爭口不休，眾皆暗喜。汪魏角勝，中心大快。有愛汪者相勸，各自入艙。[10]

次日李漢卿背云：「幸得汪兄為對。」

材聽之，乃罵漢卿而及逢，語甚不遜。大都材出言極傷眾，眾不甘而忿恨曰：「一船人卻被一人欺，我等歃血為盟，與他定奪。」

逢七曰：「眾等幫我，待我與他作對，以泄眾等恨也。他有絲一百擔，眾助我打他半死，他必去告狀。我搬他絲另藏一處，留一半方好與他對官，將其底帳滅之。他若告我，眾不可星散，堅言證之。即將他絲賣來與他使，俗云：『穿他衫，拜他年。』鬥毆之訟，豈比人命重情？」

眾曰：「說得是！我等皆欲報忿。」戒勿漏泄。

布謀已定。逢七乃與材在船中相毆數次，材極受虧，奔告在縣。狀已准矣。逢七將材絲挑去一半，藏訖，以材貲絲底帳、各處稅票悉皆滅矣，自己貨發落在牙人張春店內。材上船，見絲搬去，乃大與逢毆，即補狀復告搶絲五十擔，以

10 原本寫作「倉」，此處已改為正字「艙」。

一船客夥稍公作證。逢七以豬血涂頭，令二人抬入衙內，告急救人命事抵，即將銀一百兩，投本縣抽豐官客，係本縣霍爺母舅。材將銀一百五十兩，投本縣進士魏賢及春元九位。逢七又將銀二百兩，亦投此數人。進士魏賢等，先見本縣為魏，又後催書言辭支離，兩下都不合矣。及審一起干證，稍公齊說相毆是實，未見搬絲。

本縣判斷，擔絲情捏，只以爭毆致訟，俱各不合。材不甘，又赴本道告，批與本府推官陳爺。審問二人，俱有分上，依縣原審回招。材又奔大巡軍門各司、道告，及南京刑部告，然久狀不離原詞，皆因原斷。

二人爭訟一年許，材前餘絲皆已用盡。材叫一親兄來幫訟，帶銀五百餘兩，亦多用去。材又患病店中。家中叫一親叔來看。其人乃忠厚長者，詢其來歷，始知侄為人亢傲，乃致此也。眾客商出說，此事要作和氣處息，各出銀一百兩，收拾官府，內抽五十兩，與材作盤費之資而歸。材歸，自思為商之日，帶出許多財物。今空手回家，不勝憤鬱，且受合家訕詈，益增嘔氣。未幾數月，發疽而死。

按：噫！邦材以巨富自恃，想其待童僕與鄉人也，酷虐暴戾，人皆讓之，釀成桀傲之性，是亢極而不知返者也。一旦出外為商，井蛙痴子，眼孔不宏，呶呶貫錢，知有己而不知有人。口角無懲，致逢七等忿而布謀，搬絲詰訟。始自挾其財多，可投分上凌人。意謂逢七等，皆在其掌股玩弄矣。殊知縣、府、道、司、刑部遍告，財本俱空，皆不能勝。斯時也，羝羊觸藩，[11]抑鬱成疾，悔無及矣。非伊叔見機收拾歸家，幾鬱死於外，作他鄉之鬼矣。「謙受益，滿招損。」自古記之。[12]故匹夫勝予，無以國驕人，聖人之訓三致意焉。[13]即王公大人，矜驕貫滅，比比皆然，況夫么麼之輩乎？即庭闈密邇，傲惰而辟，已為非宜，況處羈旅之地乎？為商者寄寡親之境，群異鄉之人，剛柔得中，止而嚴明，尚恐意外之變，而可以傲臨人乎？故曰：「和以處眾，四海之內皆兄弟；滿以自驕，舟中之人皆敵國。」[14]商者鑒此，可以自省矣。

11 「羝羊觸藩而不能進退」之象，出自《易經》第三十四卦．大壯，爻辭九三。

12 這則著名的格言（在此以相反的語序出現）出自《尚書．大禹謨》。

13 這條勿以政治權威驕人的告誡，可以追溯到《史記》記載的言論，相傳為周公所作，見司馬遷，《史記》卷三三，頁一五一八。

14 「四海之內皆兄弟」的觀點出自《論語》第十二篇第五章（儘管是在不同的語境下）；「舟中之人皆敵國」見司馬遷，《史記》，卷六五，頁二一六七。

二十九　轎抬童生入僻路

趙世材，建陽人也。年方垂髫，往府應茂才之選，未取而歸。以行李三擔，僱挑費大，乃寄船中，命僕護之，己獨於陸路轎行，只一日可歸。在路僱轎時，打開銀包取二錢碎銀與之。兩轎夫從旁看窺，有銀一大錠。不行上三十里，扛入山僻路去。

趙生曰：「我昨從船往府，此陸路雖今日初行，但官路須是往來通途，不當在此偏僻去處。」

轎夫曰：「正是此去，望前便大官道矣。」

又行，更入山徑。

趙生心悟，即呼曰：「我知此不是大路，你們不過是要銀。我身上只一錠銀三兩。我家富萬金，止我一人，便把此三兩銀子，送你不妨，何必要起歹意？」

二轎夫放下曰：「如此，便把來與我，免你一命。」

趙生笑解付之，曰：「此何大事，而作此舉動，好小器。可送我還大路？」

二轎夫不顧，得銀了，徑從山路奔去。趙生自還，尋大路行至路邊店舍，問此處有某縣人開店否？人指示之。即入對店主曰：「我係趙某家。因僱轎夫，被其謀去盤纏銀，又不能徒步走路。汝若識我家，托代僱兩轎夫送我到家，加還其工錢。」

店主曰：「尊府大家，人皆聞名，我豈不知。」即奉上午飯，命兩轎夫送回。歸家言被謀之事，及某店送歸之情，家中大喜曰：「得不遭不兇手幸矣！三兩銀何足惜？」因厚款二轎夫，仍專人往謝其店。

按：趙生初未曉此路程，但見扛入山僻，即知非是大路。察兩人謀害之情，便捐銀與之，免遭毒手。不然，命且不保，安能存銀？又知尋本鄉店主，托僱轎送歸，方保泰然無危。此其年雖幼稚，而才智過人遠矣。詩曰：「書顯官人才，書添君子智。」[15]令趙生非讀書明理，幾何不蹈於陷阱。

15 這兩句詩是從傳為王安石（一〇二一—一〇八六）所作《勸學文》的擴展版中修改而來的。

三十　高抬重價反失利

于定志，雲南西河縣人，[16]為人心貪性執，冒昧於利。一日，買梔子往四川處賣，得銀八十餘兩，復買當歸、川芎，往江西樟樹賣。[17]每擔[18]止著本腳銀二兩六錢。到時歸芎雖缺，然比前價稍落些，牙人代發當歸十兩一擔，川芎六兩一擔。

定志怒，責牙人曰：「前日十二兩價，如何減許多？」

牙人辨曰：「若到二、三擔，則可依前價。今到二十餘擔，若從前價，何以服行情？公欲重價，憑公發別店賣之，何必怒焉？」

定志與牙角口，旁有一客夥張淳者勸曰：「公貨獲利三倍，當要見機。倘價若落，未免有失，渡無船之悔矣。」

定志堅執不聽。數日後，到有當歸三、四擔，牙人發價十兩賣訖。

淳又勸之曰：「此客已賣十兩價耳，公何不賣也？」

彼亦不聽。後又二客人有十五擔到，牙人發價七兩，亦賣訖。過數日，又有

16 雲南省並無名為西河的縣，但明代其他地區有西河縣。

17 于定志所售的三種商品—梔子、當歸與川芎—皆為草藥。雖然並不能準確知道于定志行程中停留的地點，但它們之間的大致距離大約從二百五十公里（從樟樹到建南）到一千四百公里（從川滇邊境到樟樹）之間。

18 擔是重量或體積單位，通常為一百斤。

十餘擔來，止賣四兩。定志暗悔無及。眾客又背地代他扼腕。定志又坐一月餘，價落貨賤，與牙不合，遂轉發到福建建寧府，止賣三兩七錢乙擔。比樟樹價又減，更廢船腳又多。定志自恨命薄，不當撰錢。人謂其非命薄也，乃心高也；非挫時也，乃過貪也。故筆之以為嗜利不飽者鑒。

按：商為利而奔馳南北，誰不欲廣收多獲？特遇時而倍得其利，便可見機脫，何乃貪黷無厭，至失機會，而後扼腕何益哉？甚矣！貪之為害也。不知凡物賤極徵貴，貴極徵賤，必無極而不返之理。此陰陽消長之數，造化否泰之機，往往皆然。[19]志可違時而遂貪心乎？是以從古君子以不貪為寶。

19 這裡的「否」與「泰」是《易經》中兩個卦的卦名，分別是第十二卦和第十一卦。

第十類　盜劫騙

三十一　公子租屋劫寡婦

會城中，每逢科試之年，各府舉子到者極多。不論大小房屋，舉子俱出重租，暫僦以居。東街王寡婦，其先得丹穴，擅利數世，積鏹鉅萬，名聞於人。[20]止生二子，一弱冠，一垂髫，內止一丫頭，外用一僕代管家，一小廝供役使，不過五、六人家口。其廳堂高敞，房舍深廣，其外廂每科租與舉子居，常收厚利。

辛卯七月初，[21]舉子紛至，忽有二家僕，冠服齊楚，來擇屋居。王管家引其看左右廳房，皆清幽潔淨。

二家僕曰：「此屋光明寬大，可中公子意。我全租之，不可再租他人。敢問租金多少？」

王管家曰：「往年眾人共租金，常二十兩。今你一家租，人少不亂雜，只十五兩亦可。」

二家僕還十二兩，即以現銀付訖。一僕出引公子，乘四轎，帶四僕，並一小廝來，行李五、六擔，皆精好物件。到即以土儀送家主，又值銀二、三兩。

20 這一背景呼應了寡婦清的故事，而且可能採用了寡婦清的典故，她同樣也繼承了丹穴，並得到了秦始皇的表彰。見《史記》卷一二九〈貨殖列傳〉，頁三二六〇。

21 萬曆年間的辛卯年為一五九一年。

王寡婦曰：「往年舉子送人事，皆淡薄。今這公子，真方家手面。」

次日，命管家排大筵席，敬請公子。二子出陪，公子放懷歡飲，二更方散。又次日，公子遣家僕叫廚子來做酒回席，一席請二幼主，一席送入內堂與主母飲，叫其丫頭邊陪，命一小廝入漉酒侍奉。一小席待兩管家者，四僕陪之。各飲至二更。

公子曰：「帶來的酒，開來飲。」

少頃暖至，其酒味香甜，又不甚嚴，極是好飲。

公子斟兩大杯，奉二子，曰：「此酒略爽口，各奉三杯。」

二子各領飲。小廝在內，亦斟與主母飲，四僕亦勸兩管家飲。二更已盡，齎發廚子去，收拾閉門訖。其後所奉酒內放陀陀花，[22]其藥性到，將一家人皆昏倒。假公子並六家僕，將寡婦等綁住，夤夜搜其財物，盡數收拾作五、六擔。晨鐘一鳴，開大門，公然挑去，並無人知。

次日至午，左右鄰居見其門大開，無一人來往，相邀入看。一家人皆被綑倒，如醉未醒。曰：此必中毒被劫。急代請醫，解去其毒。方醒，乃言被假公子租屋投毒，夜劫。及尋究之，茫無蹤影矣。

22　陀陀花，茄科植物，在故事二十六〈炫耀衣妝啟盜心〉中被用來達到同樣的效果。

按：科舉租屋，歷科皆然，誰知有大棍行此術。其欲獨租，不令租他人，猶是常情。惟初至時送厚人事，主必設席相待，理固然也。旋即回席，又且甚豐，一家婢僕皆有酒，即有意投毒矣。善察者於送人事時，猶是難察，惟一家大小皆有酒席相待，此處宜參透之。彼以客回主席，何必並及內外貴賤人哉？然孀婦女流之輩，二子黃口娃兒，若兩管家者，彼能以是而豫防之，則棍何得而行刼乎？

三十二　詐脫貨物劫當鋪

縣衙邊有一大典當鋪，貯積貨物巨萬。人以物件當者，不拘多少，皆能收之。一日，有客人容貌雄偉，敬入堂內相拜，屏人語曰：「不敢相瞞，吾是巽府人，常做君子生意，屢年積得器物甚多。前月攔得賊官九個槓，多有寶貝器玩。[23]今幸藏到貴縣，一時難以變賣。尊府若能收當，願面估其值，以十分之一，先交與我。待你賣後均分，其價每千兩，各得五百。明年對月來支。」

店主曰：「願借貨物一看。」

賊曰：「貨物極多，共九大槓，外面難以開看。今夜須吩咐守城者勿閉門。[24]待人定後，你僱十八人在船邊來，抬入寶店。當面看定，估計價值，兩相交付。先求些現，餘者明年找完。」

店主曰：「可。」

夜間吩付守城者留門，催十八人往江邊扛貨，果抬九槓入店。齎發扛夫去訖，閉上外門。賊將鎖匙將九槓鎖都開訖，喝一聲曰：「速出來。」每槓二人，

23 一種容器，掛在一條長棍的中間，兩端各有一人來擔運。原文作「七個槓」，改作「九」以與下文相合。

24 城中有宵禁：城門夜間關閉，第二天早晨打開。

各執短刀突出，將店主綁住曰：「略做聲便殺。」十九人爭入內，把其男女都綁縛，然後將其鋪內貨物，盡數收入九槓內，十九人分抬出城，再囑守城者曰：「可鎖門矣。」夤夜扛上船去。

半夜後，有漸解開綁者，因出解家人之縛。趕至城門，門已閉矣。

問曰：「汝見扛槓者否？」

守城人應曰：「扛槓者出城多時矣。」

五鼓門開，尋至江邊，賊夤夜開船，杳不知去向矣。

按：一人來店，其槓皆係自僱人抬入，誰知防之？但彼既稱九槓，何不日間躬到其船，面察其槓內貨物，則賊計無所施矣。顧聽其夜來，又囑守城者留門以延之入，致墮賊計，是開門而揖盜也。諒哉，利令智昏矣！

三十三　京城店中響馬賊

董榮，山東人也。往南京廊下鄧鋪中，買絲綢三疋，價銀四兩四錢，以天平對定，只差銀色，講議未成。忽一人騎白馬，戴籠巾，穿青絹雙擺，亦來鋪買綢。鄧店以綢與看。其人將董榮的綢來看，曰：「吾為你二家折衷。」叫榮再添銀二錢。榮意亦肯添。其人接銀過手看，一跳上馬，加鞭而行，馬走如飛。榮忙趕上，過一巷，轉一彎，其人與馬，俱不見蹤。

無奈，再至鄧鋪，謂其與棍相套，互爭扭打。忽巡街劉御史到，二人皆攔街口告。御史帶回衙，拘其左鄰右舍來審。

鄰舍曰：「先是榮入鋪買綢，只爭銀色未成。一棍忽騎馬至，亦稱買綢，自言為彼二家折衷，叫榮添銀。棍把其銀入手，一跳上馬而去。榮忙趕未見，以故二人爭打，告在天臺。諒此棍正係響馬賊，[25]必非通同店家作弊者。」

劉爺曰：「鄰右所證是實，此非店家通同者。但在伊店，而遭失脫，合令鄧店補還銀二兩二錢，董榮亦自認二兩二錢。」

25 響馬賊，因其出現時所放響箭之聲而得名。在十六世紀，明朝政府的政策要求部分北方民戶飼養馬匹，並對未達到配額的養馬戶處以罰款。據說這一政策使很多養馬戶破產，並迫使一些經濟上拮据的騎手從事這一非法職業。

發出依處，彼此無罪。

按：響馬賊嘗在林路僻處，劫奪行旅，飛馬而去。今在京城中行此，亦大奇也。且彼衣冠既美，有馬在旁，其誰防之？今後上店買物，或有異色人在旁，須當嚴防，勿使銀入人手，是亦老實照管之一策也。

第十一類　強搶騙

三十四　私打印記占鋪陳

鄉有尤刁民者，侮法律訟，漁獵下民，人聞其刁風，莫不畏而遠之。[26]一日，往府搭船，已先入船坐。後搭船者群至，萍水相逢，彼此各不相識。船中對坐漫談，忽講及按院拿刁民事。

內有姓丘後生，不知尤刁民之在船也，與眾曰：「聞此時，本縣惟尤五最刁，凡與人暫處無不被其騙害者。若得按院除了此人，民亦安生。」

尤五心中冷笑，謂：「吾與爾何干？既揚我刁，又願按院除我，此人若不白騙他一場，枉得此刁名也。」見丘生所帶鋪陳甚好，即取一木印，挨近其氈條白處，私打一印號於中。

船晚至岸，各收拾自己行李而去。尤刁民尾丘生之後，行至府前，在僕擔頭把鋪陳搶下，曰：「多勞你挑，我自拖去。」

丘生來搶，曰：「是我鋪陳，你拖何去？」

二人互爭不開，打入府堂上去。

26 尤氏被描繪成屬「刁民一類之人。「刁民」是一個集體名詞，並未在《杜騙新書》它處出現，但似乎指的是一特定的社會群體。

尤曰：「是我物，他強爭。」

丘亦曰：「是他爭我物。」

太爺曰：「你兩人互爭，各有甚記號？」

丘曰：「我自買來的，未作記號。」

尤曰：「我氈條內，打有印記。」

當堂開視，尤取衣帶中木印對之，果相同。

太府說：「此是尤某之物，丘何得冒爭？」

將丘打十板，令尤領鋪陳去，各趕出府外。

丘罵曰：「你這賊是何人？敢如此騙我，後必報之。」

尤五曰：「適船間，你說尤刁民者，即是我。我與你何干？而終日道我刁。故教訓你，刁人是這等做耳。」

丘心中方悔，是我妄稱人惡，故致此失也。

按：刁惡者，人誰不憎？但未識其人，勿輕揚其過。彼或從旁聽之，必致恨於心。待你有失處，乘其隙而毒之，使人不自知矣。故古人三緘其口，而慎其言。龐公遺安之計，但稱曰好。[27]彼尤五雖惡，何丘後生背地談之，而自取尤五白占鋪陳，與龐公遺安之計異矣。故孔子惡稱人之惡，[28]孟氏惕言人之不善者，[29]皆聖賢教人遠怨之道，言不可不慎也。

27 龐公是漢代末年著名的隱士，「居峴山之南，未嘗入城府。」劉表（一四二—二〇八）勸他入仕，見龐回絕，便問他要留給家人什麼樣的遺產，龐公反駁道，自己要留給家人的是和平與安寧。見《後漢書》（北京：中華書局，一九六五），卷八三，頁二七七六—七。

28 《論語．陽貨》第二十四章。子貢曰：「君子亦有惡乎？」子曰：「有惡：惡稱人之惡者，惡居下流而訕上者，惡勇而無禮者，惡果敢而窒者。」曰：「賜也亦有惡乎？」「惡徼以為知者，惡不孫以為勇者，惡訐以為直者。」

29 《孟子．離婁下》第九章：孟子曰：「言人之不善，當如後患何？」

三十五　膏藥貼眼搶元寶

縣城有一銀匠，家頗殷實。解戶領秋糧銀，常托其傾煎。一日，傾煎元寶，心內尚有系未透處，夜間又煮洗之。[30]其鋪門有一大縫，外可窺見其內。一棍買一大膏藥，夜間潛往窺之。見其把兩元寶洗訖，放於爐邊。

棍在外作叫痛聲，呼曰：「開門。」

銀匠問曰：「是誰？」

棍外答曰：「被賊坯打得重，求你爐邊，灼一膏藥貼之。」

銀匠開門與入。棍作瘸行狀，且手戰呼痛，蓬頭俯視，以一大膏藥，在爐邊灼開，把兩手望銀匠當面一貼，即搶一元寶以逃。銀匠不勝熱痛，急扯下膏藥，元寶已被其竊一去矣。急叫有賊，且出門追趕。不知從那路去，彷徨追過數十步，只得悵恨而歸。

……按：此棍裝痛呼門及爐邊灼膏藥情果難察，但元寶重物，須先……

30 銀錠上端精細的同心波紋狀，表示其純度較高，因此，使其明顯可見，有助於確保銀子在市場上順利通過檢測。

收藏，然後開門，則可無失矣。後人觀此，凡有銀在身者，皆不可輕容異色人得近旁也。

三十六　石灰撒眼以搶銀

孫滔，河南人也。常買綿布，在福建建寧府賣。一夜，在銀匠王六店煎銀，傾煎已訖，時對二包在桌。二人復在對銀，有一盜徑入其鋪，將石灰撒其目。二人救目不暇，盜即將桌上所包之銀拿走。滔拚命趕去。將及，盜乃丟一包於地，滔拾包歸，到銀鋪開視之，則皆鐵矣。後竟無跡可捕也。

按：語云：「賊是小人，智過君子。」[31]誠哉是言也。其始入鋪，撒灰腌人之目，致人無暇顧其財。追將近身，丟包於地，乃杜趕以脫其身也。此豈賊窺伺之機熟，而慢藏誨盜。然滔不謹之於其素，有以致之矣。鑒此懲噎，是為得之。

31 這種說法經常出現在宋代以後的禪宗文獻中，一個早期的例子為《鎮州臨濟慧照禪師語錄》宋宣和二年（一一二〇）刻本，收入《大正新脩大藏經》第一九八五冊，頁505b。

三十七　大解被棍白日搶

王亨，南京揚州府人，是本府典吏。三考已滿，該上京辦事。家貧無措，揭借親朋銀十餘兩，獨往北京，為辦事使用。

始到京中，在教軍場邊草坪中大解。方脫下褲，陡被二棍拿住，且罵且剝，曰：「你這賊偷我衣物來。」即把其衣服並銀一時搶去逃走。待他起來，縛褲趕之，二棍逃已遠矣。亨行路日久，力已疲倦，拼死趕他不上，懊恨沖天。只得在會同館，[32]乞借盤纏回家，另作區處。

按：孤客出外，非惟僻處可防劫奪，即大路解手之際，必當以褲脫下，挾在腋下。倘遇光棍，若行歹意，則起而逃之亦可，或與之交戰亦可。若王亨者，不知提防，而被棍將衣銀盡剝一空。斯時也，盤纏無覓，顧何前程？苟非會同館中同道輩，乞借盤纏而歸，幾為乞丐矣。

32 會館，或會同館，提供同鄉住宿、社交、資訊交流、經濟援助等服務。直到二十世紀三〇年代，北京仍有揚州會館。另有也稱為會館的組織則將從事相同職業的成員聚集在一起。見Richard Belsky, *Localities at the Center: Native Place, Space, and Power in Late Imperial Beijing* (Cambridge, MA: Harvard University Asia Center, 2005), 254-55.

第十二類　在船騙

三十八　船載家人行李逃

倪典史，以吏員以身，[33]家實巨富。初受官，將赴新任。在京置買器用什物，珍玩緞疋，色色美麗，裝作行李六擔。打點俱備，先遣三個家人，押往江邊搭船，以一家人在船中守護，其二人復歸。次日，同倪典史，大夥人俱到江邊尋船，並不見前船。其守船家人，不知載在何去，知被賊梢[34]所拐矣。倪典史不得已，復入京城，向鄉知借覓盤纏，欲往在京衙門告捕船賊。

同選鄉友阻之曰：「凡討船，須在捕頭寫定。其梢公有姓名可查，方保穩當。若自向江頭討船，彼此不相識，來歷無可查，安得不致失誤？且江邊常有賊船，梢公偽裝商賈，打聽某船有好貨，多致江中劫掠者，皆是在頭查訪去。若不識者誤上他船，雖主人亦同被害，何況載走一僕乎？今你赴任有限期，豈能在此久待？船賊又無名姓蹤影，雖告，何從追捕？不如罷休。」

倪典史依勸，復在京中，再置切要之物，急往赴任也。此不識寫船而致誤者，故述為舟行之戒。[35]

33 倪被稱為「典史」，這一稱謂可以指稱很多部門的職員，也可具體指稱一縣的獄吏；「吏員」，是未入流（九品之外）基層行政人員的統稱。

34 原文「稍」應作「梢」（船工）。

35 這則故事之後並沒有特定的編著者按語，但是在正文結尾藉「買學騙」六個故事（〈導論〉頁四六）中都出現的固定的表述提出了警告。值得注意的是，作為富有且受過教育的人，這個故事的主角與「買學騙」的考生屬於同一社會階層，這表明這些故事可能有共同的來源。

三十九　娶妾在船夜被拐

揚州有一危棍，以騙局為生。生一女危氏，美貌聰明，年方二八，尚未字人。同幫計棍，青年伶俐，家無父母。危棍因以女招贅為婿。夫妻歡愛，岳婿同心。

後半年內，無甚生意。適有賈知縣，新受官赴任，經過揚州，欲娶一妾。危與計私議，欲以女脫嫁之。計許諾，自為媒，往與賈爺議。來看稱意，即行聘禮，受銀八十兩，擇日成婚。

危與計同對女曰：「今半年無生意，家用窮迫，故以你假嫁與賈知縣。其實你夫少年人，何忍舍你？我為父母，止生你一人，何忍舍你去？只不得已，把你為貨也。況賈爺年老，他眼下未帶長妻來，自然愛惜你。但恐到任後，接長妻到，必然酷虐你，罵詈鞭撻，自是不免。自古道：『寧作貧人妻，莫作貴人妾。』今暫送你去，不日即登船矣。你夫暗以船隨行。其船夜掛一白綺為號。你夜間若可逃，即逃過白綺船來，夫即在接你矣。切莫貪睡，誤你夫終身，且你自受苦楚。」

計故挽妻衣涕泣，面赧曰：「你肯許歸，任你去。若不能逃，吾寧與你同死，決不忍相舍。」

危氏亦泣曰：「父母有命，怎的不歸？只你要隨船候接，不可耽誤。」三人商議已定。

次日，賈知縣遣人迎婚，計為媒送去。賈與危氏在店成親。又次日，危亦備席待婿，兼為起程。第四日，賈同妻收拾上船。危、計二人，送別慇懃。船行一日，無恙。次日，泊於洲渚。計暗以船隨挨附其傍，掛一白綺於上。危氏同賈夫出船頭觀玩，見白綺船在旁，知計夫在候矣。夜與賈宿，著意綢繆，盡雲雨之歡。賈以暮年新娶，夜夜不虛，況此夜船中，又盡興一次，帖然鼾睡矣。危氏遂密起，爬過有白綺船。計夫早已在候，相見歡甚，正似花再重開月再圓也，夤夜撐船逃回。

次早，賈知縣醒來，不見危氏，心甚疑怪。再差一家人往危老家報。危家驚異，疑是船中乖爭，致逼投水，即赴府具狀告苛逼溺命事。家人數日回報。賈知縣欲赴任期，不能久待，亦不往訴辨，自徑投任去。

三年後，入京朝覲，差家人送些少儀物與危老。見其家有一少婦，抱一幼子，宛似危氏，馳歸報主。及賈知縣打轎往，並不見蹤，問昨婦何人？危云妻姨之女。其妻反出來，涕泣詰罵，扭問取人。又被騙銀十兩，方得脫身。此誤娶棍女，而人財兩空，又受盡多少閒氣也。

按：娶妾於妻岳之家，既在店成親，又送別登舟，可謂極穩矣。誰知在船後，夜復能逃。故在外娶妾，不惟審擇外家，兼亦宜審媒人居止。及靠店家一同核實，方可無失。然大抵不及娶本地人女為更穩也。

四十　買銅物被梢謀死

羅四維，南京鳳陽府臨淮縣人。同僕程三郎，帶銀一百餘兩，往松江買梭布，往福建建寧府賣。復往崇安買筍。[36]其年筍少價貴，即將銀在此處買走烏銅物，並三夾杯盤、諸項銅器，用竹箱盛貯，並行李裝作三擔。崇安發夫，直到水口陳四店寫船。[37]陡遇表親林子達亦在此店中。

達問：「買甚貨物？」

維曰：「只買些銅器去，更帶杯盤等，欲留家用。」

達同牙人陳四，代討一箭船。柁公賴富二，水手李彩、翁暨得，搬其行李上船，甚重。柁公疑是金銀，乃起不良心，一上船後，再不搭人。

維曰：「我要速去，何如不搭人？」

柁公曰：「今將晚矣，明日隨搭數人。」便開船。

維叫三郎買些酒菜，今晚飲用。柁公與水手三人商議：「今晚錯過機會，明日不好動手。」維與僕飲醉熟睡。半夜後，柁公將船移於閒處，三人將他主僕

36 臨淮縣，在今安徽省，位於南京市西北。羅四維須向東南走至少四百公里才能到松江（今上海），然後再向西南走六百五十公里到福建中西部的建寧（直線距離是如此；實際上坐船和步行的路必要遠得多）。崇安就在建寧北邊。

37 從崇安返回南京的路線要經過江西省東北部的河流和湖泊，再從那裡到達長江。

以刀砍死，丟屍於江。打開箱看，乃是銅物，止現銀一十五兩。

富二曰：「我說都是銀子，三人一場富貴，原來是這東西。」

彩曰：「有這等好貨物，也多值銀。」

富二曰：「發在何處去賣？」

彩曰：「何愁無賣處？可安船在一處，沿途發賣，豈無人買？」

林達與四維分袂之後，已三個月矣，始到家中往拜四維。

維父曰：「小兒出門，尚未歸。」

達曰：「差矣！三月前，我在江西水口，同他在牙人陳四店相會。我與牙人同他去討船，說他在福建買銅貨，以竹箱裝作三擔，竟歸來本處發脫。莫非柁公行歹意乎？」

言未畢，父母妻子舉家大哭。

達曰：「且勿哭，倘在途中發賣也未可知。或柁公行歹意，必以銅物賣各處，試往各店蹤跡銅物，問其來歷，便見明白。縱銅物無蹤，再到水口牙人陳四家，尋柁公問之，必得下落。」

維父然之，叫次子羅逵隨達去訪。訪至蕪湖縣鋪中，見其銅物，即問此銅物是公自買的，抑或他客販來發行的？

鋪主曰：「三月前，有二個客人來賣者。」

達曰：「何處人？」

曰：「江西人。」

達驚惶曰：「差矣！失手是實。」即同達徑至水口，問陳四曰：「前裝表親貨物的柁公是何處人？」

陳四曰：「鉛山縣人。」[38]達道其故，即同陳四到鉛山捕捉。

斯時李彩、翁暨得賣得銅器，銀入手，各在妓家去嫖。林、陳窺見彩，即躲之。林達曰：「他在院中取樂，必不便動，我與你往縣去告，差捕兵緝拿，恕不漏網。」二人入縣告准。陳爺差捕兵六名，同林、陳往院中去捕緝。彩與得二人，正與妓笑飲。陳四指，捕兵俱擒鎖之。再到賴富家來。富方出門他適，遇見亦被捉獲。三人同拿到官。陳爺審問，將三人挾敲。受苦不過，只得招認。

彩曰：「彼時搬箱上船，其重非常，疑是金銀，三人方起意謀之，將屍丟落於江。開其箱看，盡是銅物，只得現銀一十五兩，悔之無及。銅物沿途賣訖，銀已分散。今其事敗，是我等自作自受，甘認死罪。」

38 鉛（ㄧㄢˊ）山（此處原誤作「沿山」），位於蕪湖以南三百多公里處。

陳爺將三人各打五十板，即擬典刑，贓追與羅逵、林達領歸。二人叩首而去。

按：溪河本險危之地，柁公多蠢暴之徒。若帶實銀在身，須深藏嚴防。或帶銅器鉛錫等物，鎮重類銀，須明與說之，開與見之，以免其垂涎，方保安全。不然，逐金丸以彈雀，指薏苡為明珠，[39]其不來奸人之睥睨者幾希？若維仇之能報，猶幸子達之得其根腳也。使非因寫船者，以究其柁公，何以殲罪人，而殄厥慝乎？然誅逆何如保躬，死償何如生還。故出行而帶重物者，宜借鑒於斯而慎之密之，其永無失矣。

39 「逐金丸以彈雀，指薏苡為明珠」是很著名的典故，其中之一略有改動。意指貴重物品被當作普通物品，或者相反。第一句出自《莊子》和《呂氏春秋》，文辭略有不同，寫的是隋侯用寶珠（非金丸）作彈丸，以彈弓射殺麻雀；第二句出自《後漢書》，馬援（西元前一四—西元四九）自交阯還軍，載回一車子潔白光亮的薏苡種子，其政敵上書譖之，稱這些薏苡種子為明珠。這裡，第一個故事中的寶珠被改成了金丸，可能是為了避免「珠」字相重。《後漢書》卷二四，頁八四六；《莊子》卷二八；《呂氏春秋》卷二〈貴生〉。

四十一　帶鏡船中引謀害

熊鎬，章富人，乃世家子也。[40]力足扼虎，兼習棍棒。嘗夜月挾一婢往後園，遇一虎跳牆入，即退入家，各持鋼叉大杖出。虎對面撲來，鎬以丫抵，順放於地，急打一下。虎復再撲，鎬又丫放之，再打一下。虎遂回身而去。鎬從後趕打，虎為之倒。疾呼二婢曰：「速來助。」二婢各以大杖對壘之，虎立死杖下。時稱之曰：「打虎鎬四官。」後思遍遊各勝處，故脫兄云將出外買賣。

兄阻之曰：「汝剛而無謀，莫思撰錢，還恐生禍。」

鎬曰：「老僕滿起，有力多智，與我同去何妨？」兄不能阻。

鎬帶百餘金行，曰：「吾出外，相機置貨。雖不得利，豈折本乎？有誰人欺得我者！」

及遊浙、粵，有貨可買者，僕滿起曰：「此價甚廉，買歸，必得利。」

鎬曰：「吾遠到此，未遍覽此中景致。若遂置貨，安能輕身自由？」

僕累稟幾次，皆不見聽。知其志在浪遊，不思利也，後只任之。主飲亦飲，

40 並無「章富」這一地名，這可能是福建「漳浦」的誤寫，也可能是刻意虛構。

主行亦隨。不半年，本去三分之二矣。

起復曰：「不歸將無盤纏。」

鎬曰：「本雖少，亦要置些貨歸，可當遠回人事相送者。」

又挨兩月，到湖州，起又催歸。

鎬曰：「買何物好？」

起曰：「筆墨上好。」

鎬曰：「不在行，不會揀擇，恐受人虧。亦須更買甚物與母嫂及我妻者。銀本已折，省他輩多口。」

起曰：「綢緞鏡好。」

鎬曰：「綢緞無多本，不是這般客。不如買十兩筆墨、十兩鏡罷。」

起曰：「亦好。」

催趲買歸，只兩小箱。鎬曰：「此貨甚妙，又簡便易帶。」及到江邊搭船。柁公見財主威儀，家人齊整，奈何行李，只兩小箱。及接入船中，覺箱中鎮重，想必盡是銀也，故以言動問曰：「客官從何來？亦不多買些貨物？」

鎬以本少，恐客商見輕，故謊言：「吾家兄敝任在湖廣，吾從任中歸，未買得甚貨。」

柁公曰：「原來是大舍。」

又見家人伏侍恭敬，每呼主為相公，使用皆大手面，不與諸商一類，以此益信為真官舍。船中人皆敬讓之。及到岸，諸商都搬起船。柁公獨留熊大舍曰：「船中客官多，未能伸敬。今將備一杯酒，敬請大舍。」即上岸，多買嘉肴美酒。夜間勸飲，甚是慇懃。熊鎬寬心放飲。柁公又苦勸家人酒。滿起心知其非好意，初詐推不飲，後難禁其勸，亦飲數杯，推醉去睡。熊舍憑柁公勸飲，真醉不醒事。

起俟其睡熟，即起對柁公曰：「吾非真醉，今將近家，心中憂悶，吃酒不下耳。此相公酒色之徒。大相公在任中，將幾百兩銀打發他歸，在路上嫖用都盡，只帶得幾把筆、幾面鏡歸，與侄子輩作人事耳。明日太老爺歸，必責我不能諫阻。世有此人，見酒如糖，又好誇口，怎麼諫他？我試開兩箱與你看，其中那有釐銀。」即取鎖匙開兩箱，惟筆與鏡，並無銀兩。

起取兩面鏡送柁公，曰：「一路來多蒙照顧，各送一鏡與你用。」

柁公曰：「主物不可擅送人。」

起曰：「拿一半去，他也理不得。到家後，那曉得數？」復鎖住箱，與柁公去睡。起一夜提防。

次日上岸，熊曰：「雖得柁公如此好意，再賞他銀一錢。」及歸家，起曰：「可數過鏡，勿令有失。」鎬撿過曰：「更失兩面。」起曰：「吾將這兩面鏡，換你我兩顆頭歸，主人尚未知乎？」鎬曰：「你何狂言？」起將船中勸飲事，一一敘之，曰：「彼非欲謀害，將別之人，何如此更費酒饌，若慇懃乎？」鎬驚曰：「是也！非爾知事，險喪二命耳。」一家人聞之皆喜，重賞滿起。

按：鎬本膏粱之子，以縱性為快，以誇口為高，那知世路之險？若非滿起心明，輕以二命付魚腹耳。凡遠行者，主若疏滿，得一謹密家人，亦大有益。故旅以喪童僕為厲，以得童僕為吉，聖人係旅之義大矣哉！[41]

41 這條評論的結尾引用了《易經》第五十六卦・旅的爻辭。

四十二　行李誤挑往別船

陸夢麟，江西進賢人，往福建海澄縣買胡椒十餘擔，復往蕪湖發賣。有一客夥，將硼砂一擔對換，餘者以銀找之。次日，叫店家，寫柁公陳涯四船，直到建寧。[42]諸貨都搬入船，只一僕詹興挑實落行李一擔，跟夢麟同行。途中陡遇一鄉親，動問家中事務，語喇喇不能休，乃命僕先擔行李上船，再來此聽使用。僕挑往別船去，收在船倉已訖，再來尋主，尚與鄉親談敘未決。

見僕來，即差之別幹。始辭鄉親到船，查行李未見，即將家人打罵。又坐柁公偷去，狀告本縣胡爺。言柁公盜他賣胡椒銀一百餘兩，以店家祝念九作證。柁公訴船中有客商十數夥，那見他僕挑行李上船。

胡爺拘來審問，同船眾商都談：「未曾見挑甚行李。」

胡爺曰：「船不漏針，別貨物都在，獨行李有銀，便會失落？」

將柁公敲挾，不認，曰：「是他僕詹興見囊中有銀，自盜去，以陷我。或錯擔別船去，以致有失。小人雖挾死難招。」

42 海澄在今安徽省境內，位於進賢東南六百多公里，蕪湖南一千多公里處。乘船從蕪湖南下到福建省建寧府大約為七百公里。

胡爺又審詹興曰：「想是你錯認別人船為己船，忙中有失，非你背主，好好招來，免挾。」

詹興不認，乃挾敲一百。受苦不過，只得招認：「是主人路遇鄉親談話，我自擔上船去，藏入船倉訖，再回聽主差喚。及再到船，並未見行李，是我一時錯認，以致有失。恐主人加罪於我，我故不敢承。望老爺救小人一命。」

胡爺將詹興責三十板，勸夢麟曰：「是你自錯。凡出外為商，銀物不可離身。當擔行李時，須叫詹興看守，待你到船，然後差別幹。縱錯上別船，亦不會失。今若此，是你命該失財，豈可以怨僕乎？」

各發出免供。

按：貨物上船，須不離人看守，要防柁公侵盜，又要得智僕為吉也，故雖僕之挑行李、銀物所係，須跟在身邊，托在實落，方無所失。若先令挑去，錯寄別船，安能無失哉？然麟徒知敘舊之談，致備誤喪其財而干訟者，何其愚也？諸商鑒此可為後戒。

四十三　腳夫挑走起船貨

建城溪邊，凡客船到岸，眾腳夫叢集，求僱擔代挑入城。有老成客，必喝退眾夫，待船貨齊收上岸，都數紀定，然後分作幾擔，叫幾名腳夫，自相識認，乃發入城。急令人跟行其後，方保無失。若雖家到，眾腳夫不管物件檢齊否，即為收括上擔。及急跟夫去，多致遺物在船中未盡收。

有侯官縣，一田秀才出外作館。年冬歸，得束金四十餘兩，衣被物件，亦十餘兩，共作兩大籠。經過建城，欲入拜鄉親，命一腳夫挑籠先行。田乃儒家，從後緩步隨之。腳夫見其來遲，一步緊一步，攢入城門，入鬧攘處，更是疾行，遂挑入曲巷逃走。田從後雖叫止步，那能止得？入城曲巷多岐，何處可尋？

次日，往府呂巡捕呈之。呂捕衙是精明官，以腳夫拐物，須用腳夫查之。即叫二差人來：「你認定這田相公，今午後穿白長衫，在船中行李到，必有腳夫挑走，你二人從後密跟到他家拿來。」再對田秀才曰：「你今再討假行李一擔，在十里外搭船來府，照前日到岸時叫腳夫來挑。你穿白長衫去，此兩差人易認。若已在旁，你故意緩行，任此腳夫挑去，必能拿得前腳夫來。」秀才未會其意。

即日下午，備行李從十里外搭船到。見此兩差人在旁，各相認得，故叫腳夫挑行李，從後緩隨腳夫，果然挑走。二公差邐迤跟到家，拿住，曰：「呂爺叫你。」腳夫黃三不知來歷，只得隨往。

呂爺曰：「你緣何挑走秀才行李？」

黃三驚曰：「只暫寄我家，便欲送還。」

官止喝打五板。田秀才方到衙。

呂爺叮嚀黃三曰：「今日且饒你罪。這相公昨日被腳夫挑走一擔籠，限你兩日，代跟究來。若尋不出，定坐你賠。」

黃三曰：「河下挑夫兩日換一班，昨日不是我輩。」

呂爺曰：「你即跟究昨日的。」

黃三密訪兩日，不能得。第三日公差來拿，到半途見一腳夫柳五，將銀三錢換錢用，隨即買魚肉等歸家。黃三再拿到衙，稟曰：「並訪不得，只今遇柳五換錢，多買魚肉，事有可疑。」捕衙立差四人，同田秀才、黃三直往柳五家搜。

只一間小房，搜果見贓。

拿到捕衙，柳五供曰：「銀物現在。前五日未敢出門，今日止用銀三錢，換錢買物作歡。拐盜是實。」

捕衙發打二十板，曰：「你二腳夫拐盜客貨，各該擬徒，但黃三捕出柳五，以此贖罪，再打十板釋放，以懲後日。姑念柳五窮漢，只擬不應罪，納完發放。」再叫田秀才具領狀來，盡將原物領去。

不數日，拿得真賊正犯，非有治才，安能如此哉！

按：腳夫挑走貨物，處處有之，故出行最宜慎防。若呂捕衙之發奸，得捕盜不遺餘力者，全在以腳夫查腳夫一著，所謂以蠻夷攻蠻夷是也。又諺云：「賊拿賊，針挑刺。」亦此意也。僱夫者，可以為戒；捕盜者，可以為法。

第十三類　詩詞騙

四十四　偽裝道士騙鹽使

唐寅，字伯虎，又字子畏，南京吳趨里人也，中弘治戊午南京解元。因事被黜之後，遂放浪不羈，流留花酒。善詩文，畫極工。與文徵明、文徵仲、祝希哲等為友，皆極一時之名流也。[43]日遊平康妓家，滑稽為樂，隨口成文。有一皂隸，攜紙一張求畫。伯虎援筆畫螺螄十餘個，題詩於上云：「不是蝤蛑不是蟶，海味之中少此名。千呼萬呼呼不出，只待人來打窟臀。」眾皆大笑。[44]

偶一日出，見縣前枷一和尚，眾人請曰：「可將此和尚作詩一首。」伯虎詢知和尚被枷緣由，援筆題於枷上曰：「皂隸官差去採茶，不要文銀只要賒。縣裡捉來三十板，方盤托出大西瓜。」[45]知縣送客出來，見之，問是何人所作？或以伯虎對，即將和尚釋之。其捷於口才，大約類此。

一日，與祝希哲等十數輩攜裝遊維揚，日與妓者飲酒，聲色為樂。將及一月，貲用殆盡。

希哲曰：「黃金用盡，作何計策乎？」

43 作者在此處洩露了他對其近時歷史不甚熟悉：文徵明和文徵仲是同一個人，徵明和徵仲都是文壁（一四七〇—一五五九）的字。唐寅和祝允明（一四六一—一五二七）都是歷史人物。三者皆為著名的文學家、畫家和書法家：文和祝同時也是有才華的士大夫，唐寅長於一個卑微的商人家庭，科舉受挫，而在文化上有突出成就，是多個通俗故事的主角，這個故事也是一例。

44 這則逸聞另一稍微不同的版本出現在刻印於一六一四年的唐寅集後所附的行狀中，張應俞的版本以及本條故事的主線內容都改編自此。見唐寅，《唐伯虎先生全集》，一六一四年刻本影印本（台北：學生書局，一九七〇），外編，卷三，頁10a。

45 大約是皂隸在向寺廟的茶園收取賦稅和回扣，懲罰未能上交的僧人。

伯虎曰：「無妨。當今鹽使者貲財巨萬，我和你二人，可假扮女貞觀道士以化之。」二人即扮道士。

值鹽使者升堂，二人俯伏階下云：「女貞觀道士參見。」

鹽使者大怒曰：「豈不聞御史臺風霜凜凜耶？[46]是何道者，敢此無狀。」將撻之。

二人徐對曰：「明公以小道為遊方覓食者耶？小道遍遊天下，所交者皆極海內名流，即如吳邑唐伯虎、文徵明、祝希哲輩，無不與小道折節為友。凡詩詞歌賦，應口輒成。明公如不信，願奏薄枝，惟明公所命。」

鹽使者乃指堂下石牛為題，命二人聯詩一首。

伯虎應聲即吟云：「嵯峨怪石倚雲邊。」

哲云：「拋擲於今定幾年。」

虎云：「苔蘚作毛因雨長。」

哲云：「藤蘿穿鼻任風牽。」

虎云：「從來不食溪邊草。」

哲云：「自古難耕隴上田。」

46 御史臺是明代政府權力比較大的部門，其職責是監察百官，懲處貪污和其他瀆職行為。

虎云：「怪殺牧童鞭不起。」
哲云：「笛聲斜掛夕陽煙。」
鹽使者覽畢，霽色問曰：「詩則佳矣。將欲何為？」
二人曰：「頃者女貞觀圮壞，聞明公寬仁好施，願捐俸金修葺，以成勝事，亦且不朽。」

鹽使者大悅，即檄吳興二縣，可給庫銀五百與之。[47]

二人見鹽使者應允，連夜赴吳興，假為道士說關節行狀，對吳興二縣云：「今有鹽使者，修葺女貞觀，此係盛舉，可即依數與之，不可寬緩。」吳興二縣，果如數與之。二人得銀大悅，曰：「不將萬丈深潭計，安得驪龍項下珠。」

復往維揚，聚交遊十數輩於妓者家，歡呼劇飲，縱其所樂。不十數日，五百之金費用殆盡。後鹽使者按臨吳興，束衣冠，往女貞觀，則見其傾圮如故，召吳興二縣責之。

二縣對曰：「日前唐伯虎與祝希哲從維揚來，極稱明公興此盛舉，小知縣即依數與之矣。」

鹽使者悵然，知為二人所騙，但惜其才，故亦不究。[48]

47 將原本意義並不能確定的「二縣」理解為「縣中二把手」，是參考了「二府」這一個副知府的標準名稱。吳興是浙江南部湖州縣的一個非正式稱謂。

48 與前面第一個關於皂隸的逸聞相同，這個故事也以不同的面貌出現在唐寅集後所附的行狀中。賴恬昌 (T. C. Lai) 曾譯有一版。見唐寅，《唐伯虎先生全集》，外編，頁7a-8a；T. C. Lai, *T'ang Yin, Poet/painter, 1470-1524* (Hong Kong: Kelly and Walsh, 1971), 105-106. 唐寅集的編者何大成（活動於一六一四）引用了明代早期詩人高啟（一三三六—一三七四）一首非常相似的詩，參見高啟，《大全集》，收入《文淵閣四庫全書》卷一五，頁35a. 唐寅集的當代編者認為這首詩和故事都是編造的。見鄭騫編，《唐伯虎詩輯逸箋注》（台北：聯經，一九八二），頁一六八—九。

按：唐伯虎、祝希哲皆海內一時名家也，但以不得志於時，遂縱於聲色。青樓酒肆中，無不聞其名。然非口若懸河，才高倚馬，依以能傾動使院。此之騙，可謂騙之善矣。獨計當今冠進賢而坐虎皮者，咸思削民脂以潤私囊，斂眾怨以肥身家，其所以騙民者何如？乃一旦反為唐、祝所騙，亦可為貪墨者一儆。但其知而不究，亦可謂有憐才之心者矣。

四十五　陳全遺計嫖名妓

金陵陳全者，百萬巨富也。[49]其為人風流瀟灑，尤善滑稽。凡見一物，能速成口號。嘗與本地院妓往來，惟一妓最得意。夏間，瓜初出，院妓將瓜皮二片放於門限內，詐令一人慌忙叫全云：「某姐姐偶得危病，要你一相見方瞑目。」全即乘馬速至，慌忙進門，腳踹瓜皮，跌倒。

眾妓鼓掌大笑，云：「陳官人快做一口號，不得遲。」全即答曰：「陳全走得忙，院子安排定，只因兩塊皮，幾喪我的命。」眾妓欣然，遂會飲而罷。

又一日，與眾妓遊湖，見新造一船，眾妓云：「速作一口號，勿遲。」全即答曰：「新造船兒一隻，當初擬採紅蓮。於今反作渡頭船，來往千千萬萬。有錢接他上渡，無錢丟在一邊。上濕下漏未曾乾，隔岸郎君又喚。」眾妓皆歡然嘆服。凡遊戲口號類如此。

49 見〈導論〉注19關於陳全的說明。

彼時，浙江杭州有一名妓，號花不如，姿態甚佳，且琴棋詩畫，無不通曉。但身價頗高，不與庸俗往來，惟與豪俊交接。每宿一夜，費銀六、七兩方得。全聞之，欲嫖此妓，因而騙之。故令十餘家丁，陸續運船到杭。彼與二、三家丁，先往到花不如家，即令家人扛抬皮箱一個，下面俱係紙包磚石，上面一重，俱是紙包真銀，每十兩為一封。入花不如臥房內，當面開箱，取銀賞賜妓家諸役甚厚，奉不如白金十兩。不如與眾役俱大歡喜，以為此大財主也，所得必不貲矣。

不如問曰：「客官貴處？」
全曰：「金陵。」
又問曰：「高姓？」
答曰：「姓浪。」
又問曰：「尊號？」
答曰：「子遂。」
不如整盛席相款，子遂不去，只在彼家。
過兩日，又一家人來報云：「某號船已到。」

子遂云：「餘貨只放船內，但打抬皮箱，進姐姐家來。」如是者三四次，皮箱有五六個，在不如臥房內矣。子遂見不如帶珠，云：「你這珠俱不好。我有大珠數百顆，個個俱圓，候此號船到，我去取與你。」將近月餘，子遂欲心已足。有一家人來報云：「某號船到。」子遂對不如言曰：「此號船不比前船，俱是實落寶貨，須我自去一看，兼取大珠與你。其皮箱數個，安頓在你臥房，你須照管。我午後方能進來，但叫你家下一人並頭口一個同我去。」

不如遂令一人跟隨，並驢子一個與子遂同去。行至半路，子遂慌忙言曰：「我鑰匙一把，安放在你姐姐房內，一時起身未及帶來，你要去取來。」其人即回取。子遂云：「且止。要我有親手字去，你姐姐方肯把鑰匙交付與你。不然，取不來。」子遂乃下驢入紙店，寫一口號云：「杭州花不如，接著金臺浪子遂。著了人，賠了驢。從今別後，那得明珠。」封識與那人回。

不如開封視之，知被騙矣，忙開皮箱一看，俱係磚石。子遂預令家人買舟俟候，一到河邊即上舟回京。後不如細訪，亦知是南京陳全，然已無如之何矣。

按：妓家嘗是騙人，輕者喪家，重者喪身，未嘗有被人騙者。況花不如高抬身價，選揀孤老，其騙人財尤難計算。豈知有陳全之術，又有神出鬼沒者乎？賠人賠驢，悔無及矣。此雖陳全之不羈，亦足供籠絡衏院之一笑云。

第十四類　假銀騙

四十六　設假元寶騙鄉農

昔有一人，本農家者流也。辛苦耕田，服食淡薄，而性甚慳吝，家頗充裕。外省有騙棍，到此地方，知這鄉農性貪識惘，遂探其某日當在某處耕田，預將假元寶二個，重一百兩，埋藏其處。俟鄉農正在力耕之時，賊棍故意在其山畔，作左尋右尋狀。

鄉農問曰：「你這人在此處尋甚麼？」

棍云：「我在此尋些東西，你問我則甚？」

鄉農只得默然。棍又認此樹，復認彼樹，如有所失狀。

鄉農又曰：「你這人好笑，只管滿山認樹何為？」

棍曰：「實不相瞞，我先父往歲曾被流賊所劫，亦同入夥。後來銀子甚多，孤身難帶，將銀埋在各處，留下一帳登記。欲再來取，不幸死矣。今我依帳來尋，此處樹下的，不知那個樹是。幸遇你在此，可來助我尋。若尋得，分些與你不妨。」

鄉農遂帶鋤同尋，果在一樹下尋得元寶二個。棍佯作喜甚之態，說：「此若尋得，則他處皆可尋了。我實肯分些與你，只是此處無槌鑿。」又曰：「此銀我無貯藏所在。不如去你家下，代我尋完，分數個元寶謝你，尊意如何？」

鄉農云：「甚好。但我與你素不相識，一旦至家下，來往豈不招人疑猜？」

棍云：「當詐稱是何親故方好？」

鄉農云：「有了。我有一妻舅，六、七歲時曾賣外江客人，至今並無下落，只認作我妻舅回來看取姊姊、姊夫，有何不可。」遂將妻父、妻母姓名、形狀，一一對棍說訖。

遂領至家下。叫妻子出來見舅。其妻相見，問弟郎面貌如何與我不相類？

棍應云：「弟出外省，那邊風土不同，以此不類。」

其妻又問云：「我父何名？形狀何如？母何名？形狀何如？」其棍對言不差。又問：「我叔何名？形狀何如？」

棍應曰：「我小時出去，只記得父母，記不得叔了。」

妻遂信之，殺雞烹鮮，設為盛饌，以侍其弟。鄉農兄弟諸人，各設席相待甚厚。

棍對姊夫曰：「我要些零碎銀用，可在你家取過十五、六兩與我雜用。」

鄉農遂取己真銀十餘兩，與棍用。

過數日，棍將帳與姊夫查，更有元寶十餘個，在某山某庵中。其庵無人居住，姊夫帶飲食二盒，挑至庵中。時庵中棍已預令二賊在彼伺候，即將鄉農背縛於柱中。其二賊抽出牛尾尖刀，再三要殺之。棍佯勸云：「我受姊夫厚款，吃得他兄弟雞魚多，勿殺我姊夫。」二賊將飲食吃了即去。其鄉農叫天不應，入地無門。

至次日午後，一牧童至。鄉農叫救命，得解縛歸家。

妻子問曰：「何待今日方歸？舅何不回？」

鄉農應曰：「勿說他！勿說他！」

至今被人騙者，俗語曰：「勿說他！」近有江源地方一人，被一棍亦如此騙。其妻有智，即以其元寶鑿來與他。知是錫鏪，遂將此棍綑打，勒其供狀，始釋之。苟非其妻有識，亦蹈前鄉農之覆轍也。彼時悔之，寧不晚乎？

按：此鄉農，心苦力勤，嗇用薄奉，以致富幸矣。何乃為貪心所使，落賊牢籠，以致失財被辱，反不如江源之婦之智哉？然末世滋偽，奸宄百出。近有丟包賊，騙人甚多。更江淮間，[50]又有扯遂法，尤難防檢。賊只問你一句，你若答應一句，即被他迷。此妖術也，害人尤多。世道人心，一變此至極乎！你因前事，遂備述之，以為出途者警。

50 江淮即中國中部長江與淮河之間的區域。

四十七　冒州接著漂白鏪

錢天廣，福建安海人也。時買機布，往山東冒州藥王會賣。[51]會期四月十五日起，二十五日止，天下貨物咸在斯處交卸。無牙折中，貿易二家自處。一棍以漂白鏪銀來買布，每五兩一錠，內以真銀如假銀一般，色同一樣。棍將絲銀先對。廣以鐵椎鑿打，並無異樣，打至十餘錠，通是一色。廣說不須再鑿椎打。棍遂以漂白鏪出對，共銀六百餘兩，內只有細絲乙百餘兩，餘者皆假鏪也。銀交完訖，布搬去了。

廣收其銀，檢束行李，與鄉里即僱騾車，直到臨清，[52]去買回頭貨物。取出其銀，皆假銀也。那時雖悔不及，然廣不甚動情，只說云：「是我，方承得此會。他人出外貿易，從此止矣。」人慨斯人量大，有此大跌，後必有大發也。棍雖脫騙得金數百，然天理昭昭，子孫必不昌隆。蓋假銀天下處處有之，故錄此以為後人之提防，勿蹈天廣之覆轍也。

51 山東省中部並無「冒州」這一地名，可能是「青州」之誤。廟會前後通常有季節性的商業集市。許多供奉藥王——即被後世神話化的醫者孫思邈（卒於六八二年）的廟宇都在四月舉辦廟會，因據說其生於四月。見劉霞，〈明清時期山東廟會研究〉（山東師範大學碩士學位論文，二〇〇六），頁一二—一三。

52 臨清（此處原誤作「臨青」）是山東西部邊境主要的貿易中心，南北貨物通過大運河在此處進行交換。

按：棍之用假銀，此為商者最難提防。必得其梗概，方能辨認。余於壬子秋，在書坊檢得一小本子，辨說銀之真假，甚是明白。故錄之以為江湖諸君覽之，則假銀若一入眼，灼然明白。略陳其一二於左：

夫元寶者，坑淘出而原寶。今之官解錢糧，亦傾煎如坑淘出原色，而成元寶也。俗云員寶是也。

松紋，[53]與細系一樣，其皆足色也。

搖絲，色未甚足，銀瀉入鏪，以手搖動，而成系也，曰搖絲。

水絲，又名曰乾系，[54]自七程、八程、九程、九五止，通名曰水系。

畫系，即水系瀉出而無系，以鐵錐畫系於其上，曰畫系。

吹系，即九程水系，銀一入鏪，口含吹筒即吹之以成系也，曰吹系。

吸系，以濕紙蓋其鏪上，中取一孔，以銀從孔瀉下，吸以成其系也，曰吸系。今人以鐵薄蓋於鏪上，亦中取一孔，銀從孔瀉下，亦吸以成系也。蓋吸係自七程起，九五止。九五者亦看得足色也。

53 因其表面的同心圓類似松木的橫截面而得名。這些紋路是銀錠自然凝固時形成的，在純度較高的銀錠上，紋路更細、更明顯。

54 「乾」（ㄑㄧㄢˊ）字是第一卦（純陽）的卦名；亦可讀為「ㄍㄢ」，意為乾燥，在此也可成立，但與另一說法「水絲」相矛盾。

茶花，以紋銀九錢，[55]入鉛一錢，入爐中鍋內不用一毫之硝，明傾取出。以鏪把淡底填於鏪腳，然後瀉銀於鏪內，鉛方不露，而自成其粗系也，曰茶花。

鼎銀，即汞銀也，又曰水銀。以紋銀五錢，以汞五錢半，入鐵鼎中，傾其色通紅於內，取出候冷，拿出其銀，只有一兩，拆汞五分，[56]可打之而成鏪，或造之以成餅。以銀薄貼於外，以墨微灑之，以掩其太白，更能造酒器及諸項首飾。能拔銀系，亦猶細絲者，只是色略青些。更有赤腳汞銀，文銀三錢，銅系二錢，汞五錢半，如同前傾煎，取出不能打造，亦如同水系一般。若辨汞銀，其色腳嫩，上面銀薄，貼色不同。赤腳者，然色赤而帶嫩，終不如水系色老。此上古所傳，造此換人，亦發家數千。子孫繼跡不肖，而家即蕭條，害眾成家，終不悠久。[57]

弔銅，以銅篏四傍，而後以銀瀉下，藏其銅於中，曰弔銅。辨之雖看其系，終不如細系之明。其系粗而帶滯礙，即可疑而鑿之，方露其銅。

55 一錢為一兩的十分之一。

56 一分為一錢的十分之一，即一兩的百分之一。

57 小本子的作者似乎是在暗示汞蒸氣的毒害作用，這在當時已經為人所知。

鐵碎鏪，以鐵碎先入於鏪內，然後以銀瀉諸鏪適均，入其銀內，包藏鐵於其中。至低者亦有九程，九五者有系。

或以銅碎如前，名曰包銪銀。[58]至低者亦有九程，九五有系，九程無系。

鈔子銅，用銅乙兩，入銀三分，入爐中以白信石如硝抽入，瀉入鏪中，取出鋏四傍者三四分重片。中心者又入爐中傾，再鋏，如此者數次，然後用銀鉤末以碼碗碼極細，用酸砒草搗汁，入硼砂三分，以罐子同煮。後放前銀末三分，入砒草汁內。以前銅入罐中，以箸炒之，取出以白水洗去其砒草汁，其色甚白。有一人問曰：「銅中只用銀三分，後又以銀末三分，何能使銀相交於外？」其人對曰：「世間寶物，惟金、銀為至寶。若先不以銀三分入銅傾煎，則後用銀末，亦為煎煮，必不能入。先以銀三分入內，則後用此銀末煮之，自然相應也。」故造假銀，俗曰神仙。然辨此銅，當認銀色，乃死魚白，無青白之色。再看其腳，有兩樣，或用胭脂點，或用石硃點，須在點腳，及死魚白處辨之，則真贗了然。

58 「包銪銀」中的「銪」極為少見，意義難以確知；與十九世紀末才被發現的銪元素沒有關係。它可能與「釵」同源，後者出現在其他有關銀的明清文獻中。見阮思德著，詹前偉譯，〈價值與效度：識破明清中國的白銀〉，《中外論壇》，二〇二四年第三期（二〇二四年九月），頁三六五—八九。

漂白鏪，用銀傾煎，細系一樣。只是鏪甚熱，而壁乃薄，而後以鑢鉤。

去其下面者，只留上面其薄者，中以白銅[59]傾一鏪無壁，以前上面安於其上，下面用銀薄合其下，用焊焊之。後用滓搥[60]搥其腳，為風鍋無二。[61]雖以鑿鑿開，必不能辨。如辨此，則當時燒焊之際，以火燒去其青青自然之色。如死魚之白，故曰漂白。以此辨之，灼然明白矣。

煎餅銀法，每鉛一錢，銷銅一分。若九程銀一兩，可用鉛一兩。八程可用鉛二兩，七程可用鉛三兩。灰堤中，用炭裝爐，慢扇其火，煎至鉛花若過，後必急扇其火，待油珠大如豆者，即以蓋蓋之。煞出只九五色。如待金花燦爛，煞出即結布於上，曰布心餅，又曰焦心餅。下面蟹眼回珠，二面皆白，即松紋足色。

九程餅，亦出爐白，上乃雞爪面，[62]下面腳亦白。

八程餅，出爐略黑，必用天砂擦之方白，上面蚤班之痕，剪開略白。

七程餅，出爐墨黑，亦用砂擦，及用鹽梅梅洗之方白，其剪口帶赤。

59 白銅是銅和鎳的合金，因其外觀與銀這種貴重的金屬相似，後來在歐洲被稱為「德國銀」。

60 滓搥，從名稱上看，似乎是一種打碎有機殘渣（比如來自於酒糟、菜渣等）的工具。

61 「風鍋」可看作音近的「蜂窩」，後者是製銀工藝中的常見術語，指的是銀錠底部表面有明顯氣泡的銀，因其底部為熔化的熱銀與模具接觸的地方。

62 這也許是指表面布滿細條紋，就像雞爪表皮上的斑紋；也可能是指表皮看起來像被雞爪抓過一樣。

六程，比七程猶不同些。

五程，即梅白餠。

鹽燒餠，二錢五分銀出一兩，取出以鹽碼爛水調上一重，在其餠上，入火燒之，取出以錘打去一重銅錕。[63]又用鹽燒之，再錘打，如此者數次，則外面銅去，而自然白，曰鹽燒。

白銅傾者，即白鹽燒。

三鋏餠，底是足色餠。用陶，陶如紙薄，中用白銅熔一餠於中，上面用銀入爐中傾出細系，入鉛二、三錢，取出瀉入炭鍋成一餠樣。亦用陶，陶甚薄，蓋於其上，然後用焊，焊成一餠，鋏去其四旁者。中間的餠，對面剪鋏，盡可瞞人。辨之：其餠厚，上下皆真銀，中間色自異樣。知者以銀，㬊[64]面於杉木中擦之，即見三樣色。[65]

車殼，即灌鉛。以松紋細系鏪，㬊面以落錐落一孔，然後以割仔入其內割之，盡取其囊中者，留其銀殼後用鉛灌其內填滿，再用銀打一尖仔尖之，又以鐵鑿仔鑿之，如風鍋[66]一般。然辨此銀，要看其兩㬊面之痕處，即見明白。

63 猜測是一個不可考的字（錕：可能與「鎃」同源）。64

64 㬊字不可考，或與「刻」有關。此字僅在本頁出現三次，不見於他處。

65 所述測試與使用試金石類似，將貴金屬的樣本在其上刮擦，以觀察金屬的特性並評估其純度。

66 同注61，讀「風鍋」為「蜂窩」。

倒茅餅，先以上號白信石，用鎔成礶，不消水者[67]，以鹽泥固濟，入信石於內，打二炷香，升燈盞上輕清者。聽用以銀七錢、銅三錢五分。熔將起爐時，以前信石七分入銀內，將蓋蓋之。取出天砂擦之，其面上亦雞爪面，如九程銀一般。辨之：九程出爐自白，不待砂擦，然此餅鋏口帶黃，九程餅鋏口自白。以此辨之郎然。[68]

更有：鐵線餅、江山白、華光橋、神仙餅、糝銅餅、倒插鉛，其餘奇巧假銀數十樣。非言語筆舌所能形容。知者引申觸類，觀此思過半矣。

有等游惰好閒，不務生理，受磨喪心，用此假銀，苟計衣食，以度時光，此猶窮徒，故不足責。然今貪黷之輩，家頗殷足，尚換此銀，用以毒眾，自圖富厚，以遺子孫。不知喪心悖理，豈有善報，子孫其能昌乎？凡四民交易，只可用七程以至細系，更低者不可用也。如昧心欺人，不惟陰譴之罪難償，而陽報之網，亦不漏矣。

67 此處原作「湏」，為「消」字之誤。

68 小本子的原文在哪裡結束、張應俞的評論又從哪裡開始，並不十分清楚；從行文風格上來看可能在此處，因此我們這樣安排文本的格式。

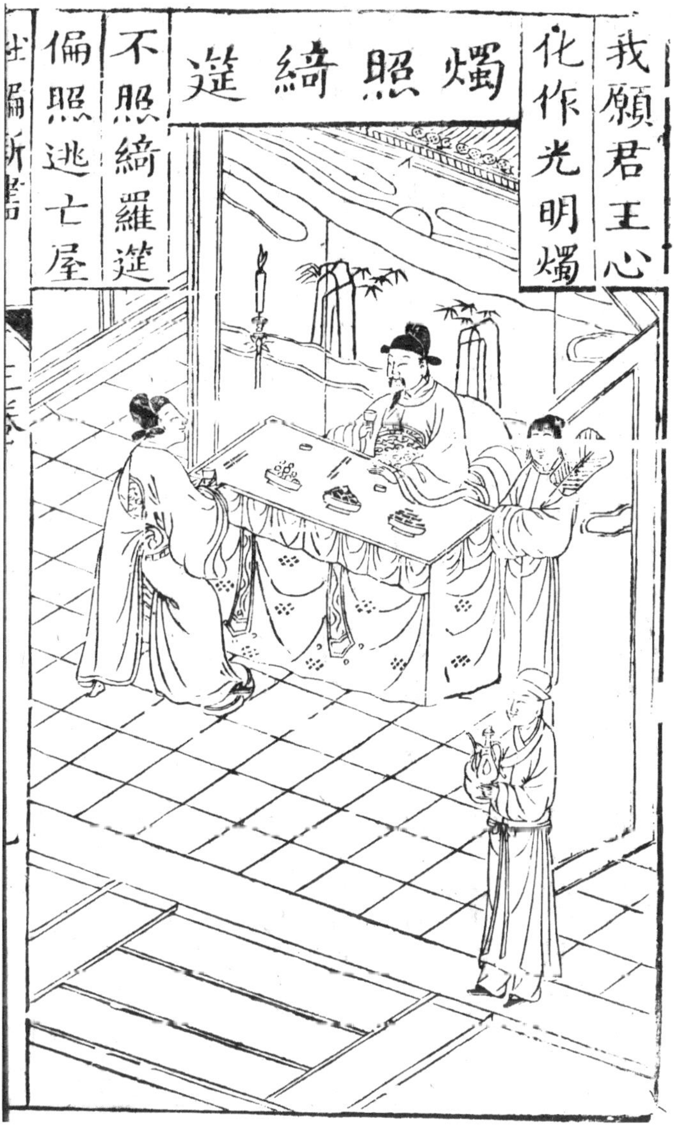
燭照綺筵
我願君王心
化作光明燭
不照綺羅筵
偏照逃亡屋

第三卷

第十五類　衙役騙

四十八　入聞官言而出騙

里有寡婦，富蓋鄉鄰，止生一子甘澍，年方弱冠，恪守祖業，不敢生放。鄉人路五，兩問之借銀谷，皆不肯，心恨之，歸與妻胡氏謀，要賴他強姦。妻許曰：「可。」又托心友支九為干證，即往分巡道處告。

道提親審，[1]先問胡氏曰：「甘澍因何到你家？」

胡氏曰：「他家豪富，終日無圖，只是姦淫人婦女。知我男人未在家，無故來調戲。我不從，便強抱親嘴，罵他不去。支九來邀我夫販貨，甘澍方走去。」

再問支九：「你往路五家何幹？」

支九曰：「小的與路五，都挑販為生，因邀他買貨，聽底面婦人喊罵，甘澍走出。」

又問甘澍曰：「你因何與婦人角口？」

甘澍曰：「並無到他家，那有角口？問路五左右鄰便知。」

左右鄰都稱甘澍寡婦之子，素不敢非為，外間並未聞姦情，此是裝情捏他。

1 此處的「道提」並非巡行監察官員的普通用詞。巡行監察官員監督一省之內的部分地區——通常是數府——的司法事務。此處的官員要麼是地方監督官「道臺」，或其上級官員，如巡撫。

路五執曰：「他萬金巨富，豈不能買兩個干證？」

左右鄰曰：「我鄰近不知。他支九隔越一街，豈不是買來作證？」

道曰：「路五貧民，何能買人作證？」將左右鄰並甘澍，各責二十，定要問做強姦。

甘澍出而懼甚，思無解釋。晚堂退後，道已封門，在後堂周旋閒行，沉默思想，忽自言曰：「錯矣！錯矣！」又周行數次，遂拂衣而入。適有防夫涂山，在外窺道舉動，聞其言錯，想必是審此姦情一事也。夤夜越牆而出，扣甘澍歇家門。[2]歇家開門延入，甘澍正憂悶無計，涂山曰：「你今日事要關節否？」

澍曰：「甚關節可解？正要求之。」

山曰：「道爺適有妻舅到，三日內，即要打發起身。惟此最靈，若投他，明日即覆審，更大勝矣。」

澍曰：「如此得可好，須銀幾何？」

涂山曰：「此翻自案事，不比別人情，須百金方可。」

澍曰：「百金我出，只要明日覆審。」

涂山曰：「舅爺今酒席尚未散，吾當即入言之。」

2「歇家」在商業交易、官方事務中發揮作用，成為官民之間的代辦仲介；此處可能指的是助手或者法律顧問。

澍與歇家送出。道大門已封，凃山復從居旁民家越牆而入。次日，道出早堂，即出牌覆審強姦事。甘澍大喜，以為果驗也。

下午再審甘澍曰：「路五曾問你揭借否？」

澍曰：「他兩次問借銀谷，我皆不肯，因此仇恨，裝情誣我。」

再審胡氏曰：「甘澍未到你家，那有強姦事？」

將拶起。路五邊未用銀，一拶即緊。胡氏難忍，即吐實，未有強姦，只揭借不肯，故裝情告他。又將路五、支九各打三十，將甘澍全解無罪。凃山即跟出索銀。甘澍曰：「吾樂與之。」凃山白索謝，澍另以十兩與之。山以銀入道卸起，再出索添謝，又得十兩。當時，以為舅爺關節之力，豈知出道之自悔，而銀盡為凃山所風騙乎！

按：衙役皆以騙養身供家，豐衣足食。其騙何可枚舉？蓋事事是騙，日日是騙，人人是騙。雖罄南山竹，何能悉之？雖包拯再生，何能察之？[3]。予素不入公庭，此中情弊，稀所知聞。此其偶得於真見者，故述其弊竇如此。然衙中雖人人是奸徒，事事是騙

3 「罄南山竹」指的是罪行過多，不能全部記錄下來；包拯（包公）是十一世紀著名的官員，他出現在故事〈吏呵罪囚以分責〉中。

藪，吾惟早完公課，百忍不訟。雖貪吏悍卒，其如我何？故曰：「機雖巧，不蹈為高；鴆雖毒，[4]不飲為高；衙役雖騙，不入為高。」縱有無妄之災，必有明官，能昭雪之者，何也？官皆讀書人，明者多，而昏者少也。無柰在衙人役，各以陰雲霾霧蔽之耳。故惟忍小忿，不入衙為高也。

4 由一種傳說中的鳥「鴆」的羽毛製成的酒，其羽毛可以使酒有毒。

四十九　故擬重罪釋犯人

富民元植者，家溫行謹，奕世良善，偶與鄉權貴有隙。鄉貴素善葉推官，乃吹毛求疵，砌元植之惡十餘件。葉推官為之送訪，按院即批與葉審。葉提元植諭之曰：「汝之惡跡，我已備曉。罪在有定。只汝家殷富，不許央關節。若有關節，罪有加無減。」且收入監，候拘到被害，即聽審定罪。葉推官素廉正，從來不納分上，今元植既承面誡，越不敢展轉，只惶懼待罪耳。適眷親易鄉官，素與植相善，知其事屬仇陷，默地代訴於太府，[5]托轉釋於四尊。太府乘問，緩頰及之。

葉四尊大怒，歸取元植箠責之，曰：「我叫你不得投分上，反央太爺來講。這樣刁惡人，定要擬你謫戍。」

元植茫不知來歷，叩頭曰：「老爺素不納關節，一府通知。又蒙鈞旨面諭，怎敢央太爺。實不知事從何來？」

葉爺曰：「且入監去，定是軍罪。」

5「太府」這一稱謂為明代所無，此處將其看作「知府」。

元植出查，方知事出易鄉官，自以己意代釋，並不使植知也。植思無處可解，尋其用事凌書手，密商曰：「能為我減軍入徒，當以厚禮謝。」

凌書曰：「能出百金，為汝計之。」

植許曰：「可。」以銀封訖。

葉爺果喚凌書手作招，曰：「須尋一軍律擬來。」

凌書故以絞罪擬上。葉爺命改招，只可擬軍。凌書過一日，再以絞罪擬曰：「訪單中惟謀死親，第一件最重，正合絞罪。餘某條某條，只是徒罪，並無合軍律者。」

葉爺尋思，有對頭之狀，尚不輕入人絞。曾是拿訪，而可絞人。曰：「造化了他，只擬徒罷。」後擬上三年徒。元植欣然納贖，凌書遂安受百金之賄。在葉爺，寧知其外受金，而內擬人重罪乎？故衙役之欺官，雖神君不及察也。

按：善有旌獎，惡有拿訪，此朝廷激勸一大機權也。今旌者，多由攢刺之巧；訪者，或由權貴之嗾。其虛實蓋相半耳。然猶幸有拿訪一途，可以少惕刁頑，稍為良民吐氣。特被訪者，出入於問官之心，高下於權書之手，其情得罪當者亦少矣。當官持權者，或遇大故重情，必虛心詳審，明察沉斷，庶可杜奸欺之一二耳！

五十　吏呵罪囚以分責

人傳包孝肅為官，清廉明察，用法無私，詐不得以巧辨售，罪不得以權貴兌，又不納分上，故人稱之曰：「關節不到，有閻羅包老。」

適有富豪子，犯姦情真，知難逃洞察。預與一老胥謀曰：「包爺精明，察事如神。我所犯情真，干證又直證，罪實難逃。若重罰，猶可輸納。惟痛責實是難堪。有何計可以減責？必不惜厚費圖之。」

老胥曰：「明日若當責時，你奔近案前，強辯求伸。我從旁呵斥，為你分責，或可減你一半，此外別無策可圖也。」

次日，包公審得真情，發怒要打富子四十。富子奔近案，嘵嘵伸辯不已。老胥從旁大聲呵之曰：「速去受責，何須許多說話，罪豈赦你。」包公見之，大恨此吏攬權起威，恐後日竊勢騙人，外必生事。即先責老胥二十板，偏減去富子二十。欲使威不自胥出，不知正落其謀中也。老胥遂得厚賂，而包公漠不知之。

按：吏為奸，皆是知本官性情，而變幻用之。老胥知包公嚴明，豈容胥吏招權，故旁呵犯人。包公必責吏，而故恕犯人，以見胥吏之無權，欲外人不畏懾之。豈知於難減責之中，故分責以取其賄，又孰從而察之？公且受胥騙，況後之為官者哉？

第十六類　婚娶騙

五十一　婦嫁淘街而害命

京城有房八者，為人痴蠢，以淘街為生，家止一老母。[6]一日房八淘街，往小河邊洗。靠晚來有一婦人，身穿麻衣，[7]旁立看淘洗訖，謂房八曰：「我將往娘家，今晚不能到，暫借你家一歇。」

房八曰：「我家歇不得，何不往客店歇？」

婦人曰：「客店人叢雜，宿不便，你家有何人？」

房八曰：「家有老母。」

婦人曰：「有母便可同歇。」

房八引至家，婦人把銀與糴米、買酒菜，夜間三人同食。

婦人問：「曾娶媳否？」

房母答：「家下僅能度日，那得銀娶媳。」

婦人曰：「我前夫死，已葬訖，家無親人，今收拾家財，將回娘家，奈娘家又遠。看你兒子孝善，偶然相遇亦似大緣，意欲為你媳婦，以供奉朝夕，何如？」

6 張應俞通過一些複雜的雙關語來暗示這個故事的寓意。「淘街」並非清掃街道的標準術語。「淘街」與「房八」這個名字結合起來，使人想起「扒街淘空」這個表述，意即吹毛求疵而給自身帶來災禍。（這個成語的第一個字包含「八」這個偏旁，「八」是故事主人公的名，並且與「扒」同音。）張應俞在《杜騙新書》後文中又使用了這一雙關：另一個名叫「班八」的淘街是「法術騙」類《摩臉賊拐帶幼童》中的人物。「淘街」的近義詞「淘路」音近於「淘碌／淥」，意為用盡了力氣，尤指在性方面；本則故事和《摩臉》該故事都描寫了性交後喪命這一主題。

7 麻衣通常是服喪之人所穿。

房母曰：「你雖好意，只恐兒不能供三口人。」

婦曰：「我亦帶有些少銀本，諒勤治女工，[8]亦足自給。」

房八喜曰：「我算命，今年當招好妻。一人自有一人祿，何患不能供。」

是晚，遂成親同宿。一夜之間，敘盡風流。男稱前未娶，今如渴而得漿；女稱久失偶，今如熱而遇涼。二人交愛，真如魚水。房母亦大喜，天賜賢媳。次日，婦以銀六錢與夫糴米、買菜蔬。第三日，問婆曰：「何不做身衣服穿？」婆稱無銀。婦又出銀六錢，叫夫在汪客大布店買之。房八既得妻，又前後得銀作家，心中揚揚喜色。

往汪店買青布二端歸。婦各將剪去三尺，故持尺量曰：「此是剪剩之布，未成全疋，何被人瞞也？可持去與換，有好銀買布，他何得如此虧人？」房八聽妻言去換。

汪店言：「我家那有零布？是你自剪起胡賴我。」二人各爭一場。汪客令家人再以二端與之。

及持歸，婦背地以剪刀刺破幾葉後將展開。又曰：「如何又換兩疋碾爛布？這布店好可惡。他欺你純善，故敢誑你。今次不換，可放言罵他，怕他甚

8 紡紗、織布、縫補、刺繡等紡織工藝都被認為是「女工」。

麼。」

房八被妻激，忿忿往說：「你以破布誑我。」

汪客說：「你買一疋布，來換許多次，店中那有此工夫？」不換與他。

房八便縱言穢罵，汪客怒，喝令家人扯打一頓。後以兩疋布，打開看明，擲與之。房八執布歸，言被打之恨。妻怒頓足曰：「有銀買布，及招他打。他靠財勢，可拚命與他作對，吾與婆能替你伸冤。」又激夫到店兇潑。汪店家人又群起痛打，帶重傷而歸。婦哭曰：「必往告保辜狀。」遂往御史處告准。

歸買好酒好菜，勸夫多飲方可散血。夫被其勸，酩酊大醉。夜乘醉，緊綁其手足，以沙塞口鼻。至二更，死已久。解其綁繩。婦故喊曰：「你兒身冷了硬了，莫非是死？」嚇得婆起，看兒已死，二人相對哭盡哀。復往御史處補狀，差官檢驗收貯，遍體都有重傷。汪客驚惶無措。

過三日將審，婦與婆到汪客店曰：「我夫被你打死已的，只我婆年老，我一婦人，難獨供膳，把你償命亦無益。你能出銀三百兩，與我供奉婆婆，叫婆具息，免檢罷。」汪客聞言心喜，令人擔議，許出銀二百兩，與房母養贍。房母依婦言，自具息，言身貧老，兒死婦寡，莫能存命。憑親鄰勸諭，著汪出銀一百兩，與氏養贍，免行檢驗。官准息，將汪客打二十，又罰一大罪。令房八妻，領銀而歸。

過兩日，婦竊銀二百兩，夜間逃去，不知所往。房母再欲告，汪客又重出二十兩與之，以息其事。

按：此婦是大棍之妻。查得房八，止此老母，故遣婦假與為妻。激其與富店毆爭，然後加功打死。則房母必告，必可得銀。然後拐銀而逃，是斷送人一命，而彼得厚利也。棍之奸險至此，人可痴心，而犯其機阱乎？

五十二　媒賺春元娶命婦

福建春元[9]洪子巽，在京將納妾，媒數引看，多未稱意。適有崔命婦者，年近三十，猶綽約如處子，以為夫除服，入寺建醮。二棍套定，一為媒，先引洪春元到寺親看。洪見其容貌秀雅，言動莊重，大是快意。

媒曰：「既稱意，須與其大伯言之，此婦是伯主婚。」

徑引春元到其家，先袖錢五十文入，付其小家僮曰：「有一春元，來尊府看大廈，托討三杯茶與吃。」再出邀春元曰：「他大伯在外即回，可入廳坐。」

少頃，一棍稱為伯，從外入。三人敘禮復坐，小僕捧茶出。

媒曰：「令弟婦欲改適，此福建春元欲求娶，敬問禮銀若干？」

伯曰：「路太遠些，恐弟婦外家不允。」

媒曰：「他目今受官，即叫令弟舅同到任，亦何憚遠？況他世家宦族，姻眷滿朝。即在京，亦多人看顧，此不可蹉過。但老爹尚未得見令弟婦。」

伯笑曰：「舍弟婦人品德性，女流第一，往日亦不肯令人見。今日除服，在

9「春元」是「舉人」的另一稱呼。

某寺建醮，往彼處看之易矣。」

媒曰：「尊府所出，亦不須看。但問何時肯去，及禮銀若何？」

伯曰：「他除服了，亦不拘時去。禮銀須一百以上，他首飾粧奩，亦有五、六十兩。」旋引媒起，密曰：「我上賀須四十兩，莫與弟婦知，其身資可減些。」再復入坐。復曰：「明日若交銀，可在花園館中。家中有俗忌，不交銀也。」

媒曰：「須請令弟舅同見為好。」

伯曰：「彼來，自多稱說，待娶後，即通未遲。」便送媒與春元出。

媒曰：「適間伯與我言，須上賀銀四十兩，其身資可減些，彼不欲弟婦知，故欲在園交銀。」

次日，媒引春元及二管家，同往園館，又去邀崔家大伯，同一小僕，挾天平至。

媒曰：「要叫一人寫禮書。」

伯曰：「亡弟未在，何用婚書？」

媒曰：「京城交易，不比共府作事，只記一帳，亦有憑據。」

伯曰：「吾自寫何如？」

媒曰：「最好。」

即取紙與寫。到財禮處，伯曰：「六十兩。」

媒曰：「減些，只四十。但要安頓令弟婦有好處，不必多索銀。」

伯曰：「兩項可都一樣。」

媒曰：「易說的。」

寫完了。媒曰：「婚書放在我手，看對銀。」

先對四十兩，作一總封。又對二十兩，付與伯收。

伯起曰：「吾取四十兩，財禮任你家中而交。不然，亦不消說。」

媒曰：「再加十兩。」

伯亦不肯。

媒顧春元曰：「何如？」

春元曰：「湊起四十兩，在你手，到他家交與婦人。」

媒曰：「婚書並銀都要在我手，一同家中，兩相交付。」

伯曰：「我的非今日言，明要背交，昨已議定了。若事不成，豈能賴得？」

媒惟取四十兩，並婚書在手，同春元回店，僱人去接親。媒以婚書付春元，曰：「事已定矣，不消帶去。」只同兩管家，領十餘人至崔家，先入廳旁坐。媒曰：「吾叫大伯來。」脫身去矣。

崔家見許多人來，出問曰：「你輩何干？」

管家對曰：「來接親。」

崔家人曰：「你走錯門了，接甚親？」

管家曰：「媒人引我來，怎會錯？」

崔家人曰：「那位是媒？」

管家曰：「媒去叫你大伯。」

崔家人曰：「有甚大伯？」

管家曰：「是你家交銀主婚的。」

崔唾其面曰：「你一夥小輩，該死的。此是崔爹府中，你信何人哄在此胡說？」

管家曰：「昨同洪相公，在你家吃茶，許議親事，已在花園交銀了。今返退悔，我豈怕你的，難道脫得我銀去？」

崔家人曰：「誰把茶你吃？誰受你銀？我家那有出嫁的人？」

管家曰：「你前日在寺中建醮的娘子要嫁。」

崔家人曰：「啐！那是我主母，曾受朝廷誥命，[10]誰人娶得？我去稟巡爺，把這夥棍徒鎖去。」

兩管家見媒人請大伯不來，心中不安，各逃回店。崔家人尾其後，查是春元洪子巽強婚，即往府尹告強娶命婦事。洪春元聞告，始知被棍脫，即逃出京去。及府尹差人來提，回報已先期走矣。府尹曰：「他自然要走，怎敢對得？」遂為立案存照，以候後提。

按：此棍巧處，在見崔家主僕，皆在寺，乃哄其家小僕進茶。又云：「大伯欲背索上賀，在園交銀。」故可行其騙。洪春元既失銀，又著走，又府尹信其強娶，為之立案。在外娶妾，信然難哉，作事何可不審實也。

10 沒有再嫁的寡婦，特別是年輕者，有時會得到皇帝的詔書，旌表其對丈夫的忠誠。

五十三　異省娶妾惹訟禍

廣東蔡天壽者，為人慷慨仗義，年四十無子，其妻潑甚，弗容娶妾。一日，販廣錫三十餘擔，往蘇州府賣。與牙人蕭漢卿曰：「我未得子，意欲在此娶一妾，亦有相因的否？」

漢卿曰：「有銀何怕無當意女子。」即領去看幾個室女。漢卿曰：「我年過四十，此女皆年紀不相宜，吾不娶也。」

忽有蕩子國延紀，家有寡母鄧氏，年三十三歲，容貌端好。夫死遺家貲千金，被延紀賭蕩罄空，更欠賭銀二十餘兩。逼取無辦，乃與棍商議，詐稱母為妻，欲嫁以償債。媒傳於漢卿，領天壽看之，年貌合意，議身資銀四十餘兩。紀曰：「氏係過江出身，恐外家阻當，不與嫁遠。其銀可封牙人手，待臨行上船，我叫人送到船來，人與銀兩相交付。」牙人以為可。

臨行，延紀自僱轎，詐稱母舅家接。母上船後，始知子將己脫嫁於客，心中甚怒，只忍氣問曰：「夫既以我嫁人，何必相瞞，且娶我者是誰？」

壽應曰：「是不才。」

婦曰：「看君諒是個富翁，我亦無恨。但我因夫賭蕩，衣資首飾，悉藏母家，我同你去取，亦且令母家得知。」

天壽信之，與鄧氏偕往。氏入，訴其子背將已嫁之事。其兄鄧天明發怒曰：「那有子敢嫁母者？是何客人敢斗膽而娶？」出將天壽亂打。

鄧氏救止曰：「諒客人亦不知情。只不孝延紀，膽大該死。」天明即具狀告縣。鄒爺准狀，差拘延紀，逃走不出。先拘漢卿、天壽到。鄒爺審出大怒，將婚主、媒人各責二十，以天壽收監，著漢卿討延紀，數月終不能拿，累被拿限拷打。天壽投分上釋監，鄒爺竟不許。人教天壽曰：「賊要賊拿，賭錢要賭錢人拿，何不許銀與賭棍人拿？」

不數日，棍指延紀所在，差人一拿到，鄒爺審出延紀以子嫁母，與遠客作妾，責四十板，擬重典。身資銀追入官，漢卿、天壽各擬杖懲。其母鄧氏，著兄鄧天明領歸供養，任自擇嫁，批照付之。

按：為嗣娶妾，禮律不禁，特當娶於附近小戶。若出外省，慕色而娶，多釀後患。若此類者，可為炯戒矣。

五十四　因蛙露出謀娶情[11]

徐州人陳彩，家資巨富，機智深密，有莽操之奸。年三十歲，妻妾俱無子。鄰舍潘璘，常借彩銀，出外為商。彩往璘家，見其妻游氏，美貌絕倫，遂起不良心。邀璘同本，往瓜州買綿花，發廣州等處賣。[12]貨售完，[13]二人同歸。[14]路經西關渡，[15]此幽僻之處，往來者稀。璘上渡，以篙撐船。彩暗忖此機可乘，從後將璘一推落江。璘奔起水面，彩再以篙指落深淵。浸死之後，彩故叫漁翁撈其屍，以火焚之，裹骨歸家。彩穿白衣，見璘父母，先大哭而後報凶情。璘家大小都慟，乃細問身死因由。

彩曰：「因過西關渡，上渡撐船，與篙並入水中。水深急，力不能起，遂致浸死。我僱人撈屍，焚骨而歸。」言畢，潘家又哭。彩乃將所賣帳簿並財本，一一算明，交還璘之父母。滿家反懷其德，那知彩之設計謀死也。

11 關於此故事的基本情節，至少有兩個版本的故事，可追溯至宋代：載於莊綽（一〇七八—？）《雞肋編》中的〈淮陰節婦傳〉以及載於洪邁（一一二三—一二〇二）《夷堅志補》卷五的〈張客浮漚〉。篇幅較短的明代版本包括收錄於歷史筆記《菽園雜記》的〈蝦蟆傳〉與載於《輪迴醒世集》的〈謀妻報〉。見詹紫葦，〈論「因蛙露出謀娶情」的故事流變〉，頁八二。這個故事的長篇版本出現在西湖漁隱主人撰寫的故事集《歡喜冤家》（約一六三〇年代）第七回。本回的回目為「陳之美巧計騙多嬌」，描寫陳彩（字之美）、遊氏和潘璘（與一位生活在約一〇〇〇年的軍事家同名）的故事。《歡喜冤家》的版本強調騙子的聰明，而非《杜騙新書》版所強調的女子的美德。這個故事還被改編成川劇《西關渡》。一個十九世紀或二十世紀初的版本出現於兩幕劇《雙花樓》的下半部，而經過改編的現代版本則於一九五六年出版。見《雙花樓》，裕盛堂影印版，《俗文學叢刊》第一〇八冊（臺北：新文豐，二〇〇二）；重慶市文化局戲曲工作委員會，《西關渡》，收入《川劇》第三十八號（重慶：重慶人民出版社，一九五六）。

12 原文「買」應作「賣」。

13 原文「收」應作「售」。

至半年後，璘父潘玉年老，有二幼孫，不能撫養，欲以媳招人入贅，代理家事。[16]與彩商議。彩曰：「入贅事久遠，必得的當人方可。不然，家被他破害，後悔何及。依彩愚見，小心支持，守節勿嫁人為尚。」彩言雖如此，而中藏機械甚深。後有議入贅者，玉亦與彩議，彩皆設機破之。

因先賄游氏之外家，布謀已定，自言於玉曰：「吾與令郎至知，本無自贅之理，但事有經權，試與尊叔自籌之。」

玉曰：「尊見何如？」

彩曰：「吾欲以叔產業，悉付我理。請叔族親議立文書，遞年幾多供應尊叔夫婦食用，幾多供應祭墳納役，餘者付叔存之，以備二孫婚娶。令媳與我為次室，況我拙荊頗賢，必無妒恚之患，後倘得產男女，必不虧他，是令媳得所歸，而公家亦有所付托矣。」

媳曰：「古云：『寧作貧人妻，莫作富人妾。』我夫與

14 徐州在今江蘇省西北部，十七世紀時屬南直隸。此處所說的「瓜州」可能指的是瓜洲鎮（又稱瓜步或瓜埠），位於徐州以南約三百四十公里的長江北岸，靠近揚州市。在明代，瓜洲因有一瓜形沙洲而得名，是一個有城牆的港口城鎮，也是重要的內河貿易點。廣州位於徐州以南約一千三百公里處，因此故事中陳彩為了得到這個女子旅行了相當遠的距離。《杜騙新書》中另一個提到「瓜州」的故事（〈盜商夥財反喪財〉）也涉及棉花。

15 西關可能指明帝國中的多個地點。比如，西關是廣州城以西郊區的名稱，位於珠江東北面，但故事情節並未說明陳和潘這段旅程中此處的確切地點。

16 招贅，即丈夫搬到妻子家居住，是明朝由來已久的習俗，在南方，尤其是有寡婦的情況下，被廣泛接受。寡婦在夫家的地位往往會因為丈夫的去世而降低，她的娘家可能居住在別處，沒有義務在經濟上供養她。入贅到第一任丈夫家庭的新丈夫，不僅可以養她，還有可能生兒育女。地方志中記載的案例表明，強迫寡婦改嫁（特別是年輕的寡婦，比如這個故事中發生的那樣）在明朝是「嚴重的問題」。見Ann Waltner, "Widows and Remarriage in Ming and Early Qing China," *Historical Reflections / Réflexions Historiques* vol. 8, no. 3 (Fall 1981): 129-146, 尤其第138頁；Françoise Lauwaert, "La mauvaise graine : Le gendre adopté dans le conte d'imitation de la fin des Ming," *Études chinoises* 12, no. 2 (1993): 51–92.

他為友，我嫁他為妾，似不好觀瞻。請公公再詳。」

玉曰：「難得此人家富忠厚，況又代我理家，我不勞而坐享衣食。餘剩者，又存與孫婚娶。文字有我族人為證，何等安妥，不必再疑。」

潘家大小，皆以為然；游氏父母，亦同聲曰可。游氏只得聽命。不覺嫁後二十餘載，生有二子，又養一長孫。前二子皆已娶媳，亦生二孫。彩之正室，前十年已故。游氏與夫極和順。一日大雨如注，天井水滿，忽有青蛙，浸於水中，躍起庭上，彩以小竹，挑入水中去，如此者數次。彩平昔是謹密之人，是日天牖其衷，暗恃游氏恩情已久，諒談前情，妻必不怨。

不覺漏言曰：「你前夫亦似此青蛙，若不生計較，安得與你成夫婦。」

游氏曰：「計較若何？」

彩曰：「昔時見你貌無雙，要得同床伴我眠。心生一計同貿易，過渡踢他落波心。你夫奔起浮水面，再將篙指落深淵。連奔連指兩三次，亦如青蛙此狀情。」

游氏驚號大罵曰：「你這狼子野心賊，當千刀萬剮，那有人如此狼心者！」彩被妻罵，無一語可應之。

游氏哭奔於路，高聲叫曰：「我前夫被這賊謀死，謀我作妾，我必經官告論，為前夫報仇。」

左鄰右舍皆萃聽驚駭。彩叫二子，強抬游氏入家，皆跪下苦勸曰：「看家中大小之面，勿說此話。」

游氏指罵二子曰：「你父奸謀子豈昌？無端造惡忒強梁。險邪暗害同曹賊，[17]天牖其衷自說揚。呈官告論清奸孽，斬他首級振綱常。我夫雖然歸黃土，九泉之下也心涼。」

璘長子潘槐、次潘楊，聞游母出路，揚陳彩謀殺其父之事，與潘族眾，來問其詳。游氏見二子並小叔，慟哭甚，而言曰：「當你父在日，出外為商，嘗問這賊借本。他見我先時有貌，即起歹意，邀你父出外貿易。歸西關渡，踢你父於江中，奔起水面，復以篙指落深淵，如此者數次，因此浸死。」

眾等曰：「何以知之？」

游氏曰：「適間大雨天，井水溢，有一青蛙被浸，躍起庭上。賊以竹打，抽下數次，蛙因打困浸死。天不容奸，他見此蛙，因自道其故，所以知之。兒可去告，我來作證。」

17 指曹操。

楊、槐聞言，捶胸號天，大哭曰：「這仇不共戴天，扯來打死他。」

直入內堂，將彩揪打。彩家理虧，自然不敢對敵。

彩怒曰：「我縱謀人，罪有明條，豈該你打？」

游氏曰：「他罪不容誅，若未經官，錯手打死，則仇未報，反成人命。」

方鬧嚷間，潘家族眾倏集百餘人，中有無藉者，欲擄其家。游氏曰：「物是我的，賊犯法當死，非他所有。我不出證其罪，汝眾何得擄我財物？」游氏與二子抱牌急告。本縣魏爺准其狀，差拿陳彩到官。無半語推辭，一一招認。魏爺打彩三十板，立擬典刑，即申上司訖。游氏並二子楊、槐，各討保，候解兩院。

是日，縣看者何止數百人，皆言此婦原在潘家處中戶，今處於陳，萬金鉅富，驅奴使婢。先作妾，而今作正室。況年已久，生子及孫。徇情者，初談及此，未免哽咽喉乾，吞聲忍氣而罷。今徑呈之公庭，必令償前夫命，真可謂女流中節俠，行出乎流俗者也。兩院倒案已畢，彩正典刑已定。彩托禁子，叫游氏並二子來獄中囑付。游氏不肯去見，只叫二子往見之。

彩囑二子傳命曰：「我償潘璘之命已定，他之怨已酬，而結髮之恩已報矣。何惜見我一面？我有後事，欲以付托。」

游氏曰：「我與他恩誼絕矣，有何顏再見他？」

二子入獄中回話。

彩大怒曰：「我在獄受盡苦楚，不日處決；他在家享受富貴，是他潘家物乎？陳家物乎？」言畢，二子以父言傳於母。

游氏曰：「我在你父家二十餘載，恩非不深，但不知他機謀甚巧。今已洩出前情，則你父實我仇人，義當絕之。你二人是我毛裡天性，安忍割捨？你父不說富貴是他家的，我意已欲還潘家。今既如此說，我還意已決。當我母已死，勿復念也。」

二子曰：「母親為前夫報仇，正合大義。我父不得生怨。須念我兄弟年幼，方賴母親教育，萬勿往他家也。」

游氏不聽，召集陳門親族，將家業並首飾等項，交割明白，空身而還潘家。甘處淡泊，人皆服其高義。羨潘璘之有妻，仇終得報；嘆陳彩之奸謀，禍反及身也。

第十七類　姦情騙

五十五　用銀反買焙紙婦

宗化人羽崇，[18]家資殷富，性最好淫，常以銀谷生放於鄉下。鄉人惟早午晚在家食飯，午家後都往耕田，並無男子在家。崇偏於半午前，往人家取帳，遇單居婦女，千方挑之，多與通好。

人有問之者曰：「凡婦人與初相見，面生情疏，茫不相識，怎好問口，便通野話，倘怒罵起來，後何以登其門？」

崇曰：「凡撩婦人，臨機應變，因事乘機，或以言挑，或以利誘，或以勢壓，或以懇求，何止一端。全在察其心情，而投中之。或無可入機者，試與之講夢，說：『我昨夜夢一所在去，宛似你家一般。某物在此，某物在此，又夢與你相交，一夜快活，醒來乃是一夢。今日到此，全與夢中相同。』如此且笑且說，講了一遍，看他言貌，或喜或怒，或不睬，或應對，或疑猜，便可以言投入。彼若發罵，我只說夢；彼若不拒，我便可取事矣。我嘗往一所在取帳。男子另一處造紙，兩妯娌對焙紙。其伯姆半宿婦人，其嬸子極是少美。我欲挑之，若半聲

18 可能是宗化里，是張應俞的家鄉福建建陽一個重要的造紙中心。

推拒，隔焙便聞，何以動手？我生一計，包銀一錢作一塊，密密輕輕與說曰：『我欲挑你伯姆，把此一錢銀送你，再一包五分，托你代送與伯姆，替我說個方便。』婦人接兩包銀，把自己包開看過，見銀作一塊，心中有些喜意，答曰：『你愛他，你自與他說，自然是肯，我不好替說。』我便曰：『若愛，只是愛你，但恐你不肯，故托你通伯姆罷。』不應，我便摟之。默然應承，只隔焙幹事，那邊全不知。若不如此，反生計較：彼恐伯姆知之，怎肯默然應允？惟先說挑伯姆，彼心道：那邊可幹事，我這邊密密幹，亦何妨？故不勞而成也。」

按：婦人不愛淫者，亦愛財。但深畏人知，故不敢為。惟點壯其心，謂人不能知，彼便敢妄為耳。既許從你，彼之遮蓋，自然更謹密矣。此羽崇騙姦機巧之一節也。然世情鬼魅，有許多深奸隱慝，何能盡述為戒？特標其近聞者如此。

五十六　和尚剪絹調佃婦

壽山寺，田糧五百石，分為十二房，僧皆富足，都錦衣肉食，飲酒宿娼，更甚俗家。每管寺十餘年，銀多欲歸，先約家中定姻，在外蓄髮為頭陀，鬢髮可縛網巾，即回娶妻當家矣。每兄去弟來，父去子繼，據為已業，並無異色人得參入。或有畏受家累，不思歸俗者，輒擇村中愚善佃客，有無妻者，出銀與代娶。僧先宿一個月，後付與佃客共，不時往宿。僧來則僧之妻，僧去則佃之婦。故諺云：「非僧姦佃婦，乃佃姦僧老婆。」即此俗也。或生子，有全月可認者，則屬某。或交錯無可辨者，則僧與佃分，各得其一。待十餘歲，即領為侍者，實則親子也。故僧家云：「滅燈傳道，寄姓傳宗。」[19]即此也。

有一僧往鄉取苗租，其佃戶柔懦，見其婦美貌，每挑之，便罵不睬。後冬十月，故買疋好絹，問此婦借剪刀，剪下二尺，曰：「將送人作鞋面。」餘者寄此婦手。兩日後，復來取絹借剪刀，又剪二尺，將往送人，餘者仍寄之。

婦曰：「送甚人？何不全拿去？」

19 佛經中並無此類說法，但前一句讓人聯想到禪宗所講的悖論：即傳統的知識傳承（傳燈）並非開悟的唯一途徑。並列的後一句認為，將自己的兒子在他家撫養長大，雖然有悖於對家庭秩序的傳統理解，但也是延續血脈的有效方式。

僧曰：「只消許多，可長享用。」

婦曰：「我代收藏，亦當剪二尺與我。」

僧曰：「你若要，便全疋與你，這兩尺亦與你，不消送那人矣。」

婦曰：「果真乎？」

僧曰：「惟恐你不受，我久有意送矣。」兩下遂成雲雨佳會。

僧曰：「你往日罵我，今日何有這好意？」

婦曰：「我冬間要做一身衣服，送母親壽，故不得已從你，後日決不肯矣。」

僧曰：「那二尺，更要一次。」

婦曰：「二尺任你送別人。」

僧曰：「取多辭少，你好歹。」

及事完了，出房，僧曰：「我要禾蒿絞一索用。」

婦取付之，僧將蒿慢慢絞索，婦催快去，僧曰：「在外何妨？」

少頃，佃客回，問曰：「你作索何用？」

僧曰：「我有絹大半疋要賣，令正說要造衣，送令岳母壽，以你養的豬作一兩二錢，還我絹，將此索牽去。」

佃客罵妻曰：「我豬要養，何換此無用絹？急取還他去。」婦取起二尺，將大疋丟出還之，曰：「捨與你。」僧曰：「我還你是價，也不虧你，有甚捨與我？」僧見其取起二尺，知他終是愛財，次月復買藍絹半疋，併前絹送與之。婦罵曰：「禿驢該入螺螄地獄，我豈睬你。」僧曰：「正為你常罵我，故意取回，弄你受氣。不然，我豈慳吝的？你說要一身衣服送壽，前日止一件衣，今敬剪一件下襴，成就你事，何故又罵？」婦拒不允，僧再三哀求，只前已有情了，終拒不得，復為受之。後遂通往來，難禁斷矣！

按：此婦性本烈，只為愛其絹，遂至玷身，所謂「棖也欲，焉得剛」[20]是也。人家惟禁止僧道來往，便是好事。若入寺，若拜佛，若子寄僧道姓，此皆恥事，切宜戒之。勿圖無影福田，[21]而蹈無窮污垢也。

20 申棖是春秋時期魯國的官員，孔門七十二賢之一。見《論語》〈公冶長〉。

21 在中國佛教中，「福田」指的是一系列善行，特別是對宗教事業的布施，這些善行會結出善果。作者在評論中描述此一福田為「無影」，「無影」在佛教中本來屬於積極的屬性，意為「無影像」，影像與本質相對，但在這裡很可能意指非佛教意義上的「不實際的、難以捉摸的」。也就是說，以佛教的語言反過來攻擊其自身。

五十七　地理寄婦脫好種

有魯地理，看山頗精，要圖一好地自葬父。尋至寧城，[22]得一佳風水，落在楊鄉官墳祠後。既難明買，又難盜葬。聞楊鄉官已故，兩公子亦欲求地葬父，魯地理即以此地獻，引二公子來看。果好穴情，山不費買，坐向又大利，即用葬父，將銀三十兩謝地理。

魯客不能謀其地，因欲脫其種，乃租楊公子花園門下住家，用銀娶一美婦為妻，與居兩個月，對妻曰：「我要出外行地理，難計歸程。家下若欠缺薪米，已托主人公子看顧你。此是我恩人，因得他銀，故能娶你。我已遠出，這兩公子若調戲你，隨你從他。若與他有情，後日扶持你必厚。但他家多奴僕，切不可與他通。若輕自身，公子必看賤你，後自取困窮，誰來周濟你？」又去托兩公子，見得要遠出行地理，家下些少，望相周濟，歸時一一奉還。公子常往花園，見其婦美，已是動心。地理才去兩日，大公子即來其家，調戲其妻。這婦人已承夫囑，慨然與通，情意好甚。後月餘，次公子亦來戲之，亦從。

22 寧城大約指的是建寧縣境內或者建寧府境內，二者都在福建北部。〈姦人婢致盜去銀〉中也提到「寧城」。

半年後，魯地理歸，見家中米菜充足，問妻曰：「公子來否？」

妻曰：「兩人都來，我都納之。」

魯地理曰：「與這好人交，亦不羞辱你。有吃，有穿，有人陪你睡，早晚有人看顧，我雖出外亦安。」

妻笑曰：「食用還強你在家時，只你不要吃醋。」

地理曰：「是他銀娶的，又代我供你，何須妒？但兩人迭來，恐你惹毒瘡，須與他定一月一個，可無生瘡。」

再次又出外，公子又來。

婦人曰：「你兩位不時來，恐我成毒瘡，須定單月大公子，雙月小公子，方好。」

公子曰：「你說極是。自今某月屬某，菜米一應他供給。」

不覺經四年，已生兩男子，皆兩公子血脈矣。魯地理將命與人推，皆云後當大富貴。因攜妻與子，辭兩公子而歸。二人各贈有厚程。後二子長成，皆登科第，實楊姓之風水，被其暗漏去，而不知也。

按：富貴家子弟，多有好淫人妻小者。或致生子，其風水不無分去。觀此地理之脫種，後人可鑒矣。

有一富家子，往佃戶家取租。見其婦美，累挑之。婦不敢從，密報於婆。婆曰：「他富家子，若與他有子，後日亦討得吃。」富子後又挑之，婦即允，與入房中解衣。

富子曰：「往時累說不從，今何故便肯？」

婦曰：「已對婆婆說過了。」

富子曰：「你婆要拿姦麼？」

婦曰：「非也。婆曰：『傍你富家種，若有兒，亦討得吃。』」

富子一聞漏種話，猛然自省曰：「不可！不可！」連說四句「不可」，因轉言曰：「我非真欲姦，只愛你生得好，故與耍耳。今送銀三錢，與你買粉，我不污你也。」淫情已動，馳歸家，夜與妻交，其夜受胎。

後生一男，長中進士，官受知縣。初上任日，天晴日朗，忽見官堂四大柱上，各有兩個「不可」金字，心中憂曰：「此必不可任此官也。」謹慎做一季官，便推病辭官養親。忽然歸，父驚問故。

答曰：「因上任日，見四個『不可』金字，恐非吉兆，故辭官歸養。」

父曰：「養親官在，亦可。」

經一夜，父思到大喜，呼其子曰：「你見四『不可』金字，此大吉兆，你官必高也。我少年時，挑一佃婦，已允矣。臨行事時，他說要傍我好種，我猛省起，連說四句『不可』，遂不肯苟合。其夜歸後，即生汝，此天報我不淫人婦之德。若是凶兆，何故是金字？又何故四個『不可』？與我昔言相應也。此是好兆矣。」

兒曰：「是也。」隨即寫書托同年。

次年，復起官，後官至侍郎，一門貴盛。

按：看此節可見富貴家子弟，不可漏種於人矣！

有鄉官知縣，生四男，皆為秀才，聰明俊偉。一日，鄉官卒，地理為擇一葬地，風水甚佳，曰：「六年兩科內，四位公子當盡登科第。」

六年後，地理來取謝，三長公子都中去為官，獨四公子在家款待地理。

敬問曰：「承先生許我四人皆發科，今三位兄果中矣。論才學，我更高於兄，獨不中何故？」

明日地理同四公子再登墳細看，曰：「論此地，雖幾兄弟，皆當中，其間不中者，必有故。」

公子懇問：「何故？」

地理曰：「令先尊幾歲生你？」

公子曰：「先父生我時年六十。後七十四歲卒。今又六年矣。」

又問曰：「令堂當時幾歲？」

公子曰：「其時三十歲。」

地理搖頭曰：「我知之矣！」

公子曰：「先生知何緣故？」

地理曰：「休怪我說。公子必欲中，須問太夫人，你是何人血脈？」

公子會其意，夜設盛席，慢慢勸母醉飲。至二更後，吩咐親人並奴婢等各先睡。四下無人，公子跪曰：「兒有所稟，不敢言，不知母親願我中否？」

母曰：「三哥子都中了，我願你中極切。有甚好歹事，便說無妨。」

公子曰：「地理說我不是爹爹親血脈，故不中。必須知誰實生我，方可中。」母本愛幼子，靜夜又無人，酒後又醉了，不覺吐言曰：「地理果高見。彼時你父已六十，衙中某門子，後生標緻，我實與他生你。」

公子已得實，次日謀於地理。

地理曰：「須到彼處，謀門子骸骨來，附葬槨旁，來科即中矣。」

公子依言，往取而葬之，次科果中。

按：看此節，可見暗中雜種，人不及知。故有共風水，而貴賤懸隔者，其中不無難言處也。

又解某之父血衰無子，其母夏月熱甚，著單裙睡於床。家蓄有猴公，往姦之。驚醒欲推去，猴欲齒欲爪，推去不得。睡熟神旺，不覺淫情動，即有孕。解父歸，妻與言被猴姦之故，曰：「此異物，須殺之。」猴既姦後，心虧，走於後門大桃樹上，不肯下。解父故與妻戲於樹下。猴見人色喜，方下樹來。解父椎殺之，即埋於桃樹下。

後解某生，極聰明伶俐，但跳躍倒地，若猴狀，解母心知為猴種也。以無別子，故不殺之。八歲，父死，地理為擇葬曰：「此地極佳，當出神童才子。此子雖不才，但三年後可登高第。」

過三年後，地理復來。

解母曰：「汝說三年後，此子知變，今輕狂如前，奈何？」

地理再往墳細看，歸問曰：「此子是安人親生的？抑妾生乎？」

解母曰：「此子非親生，是鄰家丫頭與猴生的。欲棄之，我以無子，故血抱以養。」

地理曰：「欲此子成器，須得猴骨在，附葬此塚之旁，後日還昌你家。」

解母往樹下掘之，其骨猶在，持與地理曰：「鄰人尚留骨在，當如何處？」地理教擇吉日葬之。

再三年，果舉。神童後為一代名人。此聞其鄉陳地理所傳。

按：看此節，可見風水之效，捷如影響。人家得好地者，子孫宜守禮法，不可淫欲敗德，致漏脈於人也。

五十八　姦人婢致盜去銀

寧城一人，姓李名英，年二十餘歲，聰明脫灑，雅耽酒色。常買夏布，往蘇州閶門外，[23]寓牙人陳四店，其店兼賣白酒。鄰家林廷節，常遣婢京季來買酒。季年方十八，國色嬌媚。李英愛之，因而調戲成姦，買簪圈等送之。同店多有諫其勿惹禍者，英與季兩少相愛，情深意美，那肯割斷？後廷節察知季與英有姦，呼季責曰：「你與李客私通，我姑恕汝，可密竊英銀藏於何處，偷來置些衣裝與你，後得享用。」

一日，英飲酒娼家，季潛開英房。盜去銀一百餘兩。及英回店，知銀有失，向店主逼取。客夥吳倫曰：「你房內有銀，不可遠飲娼家，即飲亦宜早歸。今蕩飲致失，何於主人事？今午見京季入你房中，必此女偷去，你可告於官，我與店主為證。」

英待兩日，季不來店，乃告於府。廷節訴英欺姦伊婢，情露懼告，先以失銀誣抵。

23 目前矗立在蘇州的閶門（或稱「吳門」），是一座具有兩千年歷史的城防工事，八座古城門之一，於二十一世紀重建，位於蘇州城西北部。其周邊地區在明代是帝國最繁榮的商業中心之一。

本府張爺審問干證，吳倫、陳四證曰：「親見季入英房，盜去銀是實。」張爺詰曰：「客人房、室女床，二者豈容妄入？季入英房，汝等見何不阻？」

倫曰：「英與季私通亦是實。故瞷英未在店，開門而盜。」

張爺審出此情，知銀係季偷是的。奈廷節乃府庠生，季考取之第二。只依節所訴斷曰：「既有姦情，則失銀係是抵飾。以英不合欺姦侍婢，虛詞抵賴。陳四為牙，知有姦情，何不諫英早改，待事敗而猶偏證。」

各擬仗懲。

按：此審李英甚枉。特為客旅，宜謹慎自持，豈有姦人侍婢，而不取禍者？今店中多有以妻女，引誘客人成姦，後賴其財本者。切宜識透此套，勿入其騙可也。

五十九　姦牙人女被脫騙

經紀廖三，號龍潭者，有女名淑姬，年方二八，尚未配人。容如月姊，貌賽花仙，真個女子中班頭，絕世無雙者。客人張魯，年二十餘歲，磊落俊雅，頗諳詩書，浪跡江湖。一日買閩筍數十擔，在廖三店中發賣。不遇時風，都放帳未收。日久，見其女丰姿嬌媚，日夜想慕，不能安枕。奈廖三家中人眾，難以動手。而女亦時於門後，偷眼覷魯。魯以目挑之，女為俯首作嬌羞態。二人情意已通，只陽台路隔，鵲橋難渡矣。

一日，廖三家中，早起炊飯，與商人上鄉討帳。張魯心喜，乘機潛入其房，與廖女成姦。偷情之後，時有私會。其母知之。與夫商議曰：「吾女幾多豪門求婚，未肯輕許。今被鼠客所玷，須密捕殺之，以消其恨。」

廖三曰：「不可。凡妻與人私通，當場捉獲，並斬呈官，律方無罪。今女與人通姦，並殺則不忍。單殺客人，彼罪不至死，豈死無後話。現今筍帳已完，其銀皆在我手。密窺女與姦時，當場捉之，打他半死，以鎖繫住，勒其供狀，怕他不把筍銀獻我，彼時亦何說。」妻然之。

未數日，張魯果墮其術。

魯曰：「此是我不良，銀須以一半還我便罷。不然，吾不甘心。」

廖三不允，魯遂告於府。批刑館吳爺審出實情，問淑姬曾許配人否？

對曰：「未配。」

又問魯曾娶否？

魯已有髮妻，乃誑曰：「髮妻已死，尚未再娶。」

吳爺斷曰：「汝二人既未成婚，須斷合之。以所勒銀，准作財禮。」

廖三曰：「姦人室女，而得成婚，後何以儆？」

吳爺曰：「汝牙家常以妻女賴人姦，而脫其銀，吾豈不知？若不配合，須將汝女官賣，將銀究論，張魯合懲通姦之罪耳。」

魯曰：「一女子安值財禮一百餘兩？須判一半還我，准與其女為奩。」

吳爺曰：「為商而嫖花街柳巷，尚宜有節。主人室女，豈容欺姦？」

魯且感且哭，盡喪其本，止得一女，又無盤纏可帶，即轉嫁銀三十兩而歸。

按：牙家縱容妻女，與客人成姦，後脫其財本，此常套也。惜此女不知，為父母作貨。張魯亦不知，而落此套中。猶幸吳爺，斷與成婚。雖失利，猶得婦也。惜其財本稀少，不得同此女歸耳。後之為商者，斷合事，本難期望，則脫姦，宜慎防之。

第十八類　婦人騙

六十　哄嬸成姦騙油客

兩妯娌並坐。適有賣油者過，嬸石氏曰：「家下要油用，奈無銀可買。」姆左氏曰：「先秤油來，約後還銀未遲。」石氏叫入買油，秤定二斤矣，曰：「男人未在家，過兩日來接銀。」後兩日，賣油者來，嬸曰：「無銀何以處？」姆曰：「再約三日。」嬸以此言退之去。又三日，嬸曰：「你教我先秤油，今竟無銀，你討些借我還。」姆曰：「你肯依我教，還他何難？」嬸曰：「我凡事常依你，把甚物還？」姆曰：「我看賣油後生俊俏，你青年美貌，和他相好一次，油何消還？」嬸曰：「恐你後日說。」姆曰：「是我教你，怎敢說？我避在房中，你自去為之。」少頃，賣油者到，石氏思無計可退，強作笑臉出迎，曰：「兩次約你接銀，奈無可措辦，不如把我還你罷？」

賣油者見其眉開眼笑，亦起淫心，曰：「你家內有人，莫非哄我？」

石氏曰：「丈夫去耕田，伯姆在鄰家績麻，因無人，故與你耍言。」

賣油者放心。與入房去。左氏聽已拴房門，即密出，將兩半簍油傾起，把兩半簍水注之，再到房門密聽。

嬸曰：「完了起去。」

賣油者曰：「與我停停。」

左氏手持麻筐，跳身出大門外，故揚言曰：「今日尚未午，何耕田的回了？」

賣油者聞人言，忙出挑油，恰相遇於門外。

左氏問曰：「嬸嬸油還你否？」

賣油者連應曰：「還了！還了！」即挑過一村賣。

左氏知其必再來，站在大門候。近午，賣油者向前，左氏曰：「你尚在此，我嬸嬸的弟挑桶來打嘮，見油一擔在宅，家並無人，只嬸房有人笑話，疑與賣油人有姦，將油傾在桶去，把半簍水注滿，歸報其母，母子徑來拿姦。及來時，挑油的已去，正在此猜疑。若知你在此，必拿你作對。」

賣油者便行。左氏扯住曰：「我報你知，你須謝我。」

賣油者曰：「明日寄兩斤油與你。」

遇數日，果寄油來。姆又變說，持與嬸曰：「前日我在門站，賣油者復從門前過。我故耍之曰：『嬸嬸說油銀未還。你適間，慌忙說還了，必有緣故，我在此等報叔叔。』賣油者心虛，許我兩斤油，今果寄來。此是你換來的，須當補你。」

嬸曰：「似此半時光景，也得四斤油用，多謝指教。」

姆曰：「你若依我，更有別享用處。」

少頃，有人叫賣肉，姆、嬸二人叫入，各秤二斤，吩咐再來接銀。三日，屠子來接，伯姆秤銀七分還之，嬸的再約兩日。

至期，屠子來，伯姆曰：「你依前日套子還他。我方便入房內去。」

石氏出，笑對屠子曰：「借你肉無銀可還，今日無人在家，不如把我肉還你？」

屠子見其美貌，嬉嬉笑曰：「我只要你腰間些〻些〻肉。」

石氏曰：「全身都許你，何惜些〻些〻。」

屠子摟抱入房幹事。伯姆潛出，把一擔肉都搬入訖，默坐在肉籮邊。

屠子與石氏，歡罷而出，問曰：「我肉在那裡去？」

左氏曰：「叔叔挑與里老去了。」

屠子曰：「何得偷我肉？」

左氏曰：「你好大膽！叔叔歸，見肉擔在此，入房門來又閉住，只聞你兩人嘻嘻笑話。知是你姦他妻，叫我看住房門。我不好聽你動靜，故坐在此。你且略坐，停會偷肉的便來了。」

屠子挑起空籮便走，左氏扯住曰：「把一肉刀與我做當頭。」

屠子曰：「托你方便，明日送兩斤肉與你。」

左氏放手，屠子飛步奔去。

嬸埋怨曰：「都是你教我幹此事。今丈夫知道，怎麼是好？」

姆曰：「你不該把師父攤出來，只要你肯食肉，此事何難遮蓋？」

嬸曰：「有甚計策？快說來。」

姆入房，拖一腿肉出，又入拖一腿，曰：「你食肉乎？你報丈夫乎？」

嬸曰：「你偷肉不該驚死我。」

姆曰：「我驚那人。不驚他去，怎得他肉？」

兩妯娌將肉煮來，把酒對吃。

嬸曰：「真是一日不識羞，三日吃飽飯。」

姆曰：「不是如此說。是半時得快活，一月吃酒肉。」

二人呵呵，飽吃一頓，餘者煙乾後食。

後數日，屠子經過。左氏出，支肉二斤，屠子速行。

左氏曰：「虧我嬸娘前日被一食粗打，也該送二斤與他。」

屠子將一片丟來曰：「托你轉上，我不得暇。」

左氏手提兩弔肉，入對嬸娘說知。又將來作樂。

嬸曰：「我會養漢，不如你會光棍。」

以後姦門一開，不可勝記。

按：石嬸不過呆婦人，左姆乃狡猾巧婦，若是男子當為大棍。遇此巧婦，愚者何不落其圈套？故不惟男子當擇交，婦人尤當與貞良女相伴也。

六十一　爬灰復騙姦姻母

鄉間有一般實村老，穀豆滿倉，雞鴨成群，只極是村惡，不知禮體。娶一田家女為媳婦，年少貌美，便思爬灰。只怕老媽嚴厲，約束家法整肅，積年不敢發。

一日，老媽鄰家請飲，村老便調戲其婦，拒不從，遂行強抱。其婦喊起罵出，去外家只十里，便徒步奔告於母。母素村婦儓懶[24]，憤怒同女來。這村老見媳婦奔告外家，忙叫老媽回，以實情吐告，商量何以抵對。老媽心忖：親家村魯，必不來，惟姻母儓懶必來。已思有計籠之。故反言耍老公曰：「恭喜你！喜事到矣！」

村老曰：「往事已錯，何須再提。你往日常能幹，我凡事皆聽你。今須救我，勿致破家。」

老媽曰：「何止破家？你該死矣！我今救你來，你越膽大。若聽我言，誓過再勿起此野意，不但救你，且有好事抬舉你。」

24「儓懶」同於「儓賴」。

村老曰：「不願抬舉，只救得這一遭，再不敢起惡意。若再有此，天誅地滅。」

老媽曰：「既肯誓過，饒你這遭。你取銀四兩，作二錠，伏在外客房中，覆大楻[25]下。若姻母來，我叫他在房來洗澡，你聽其洗完，從楻下出，以兩錠銀付他兩手。他必定拿住，推拒你不得。你便抱姦一次，走出外去，事便息矣。」

村老曰：「若姦他，則挑他女是真矣。」

老媽曰：「你勿管，後事在我身。」

村老依言，藏入大楻去。

少頃，姻母到，老媽出外笑迎曰：「有勞貴步，未曾備轎迎得。」

姻母便罵曰：「你家沒倫理，爬灰老賊姦我女兒。」

老媽故驚曰：「恰才哄我說媳婦私煮炒吃，被他打罵，因逃歸。乃有此惡事，我要和這老狗死！」大聲大口，罵恨更切，姻母無待開口矣。因曰：「停會我、你、兒、媳四人，揪住打死。以大糞灌其口，使不為人。」

即令媳婦把大雞、鴨宰，設盛饌待姻母。先大罵一場，後待茶果訖，曰：「走路身熱，可討水與洗澡，再好食午。」送姻母入房中洗。老媽入後廚房，助

25 「楻」（ㄏㄨㄤˊ），閩語，指木桶。

婦整酒。

及洗訖，檯下一人出，以銀兩錠付姻母兩手，抱住便姦，及喊叫女兒、親母，並無人應。

其人曰：「他在廚房遠，怎叫得知！」

赤身難拒，又愛惜兩槽銀，啞口受姦。

事訖，村老曰：「我就是親家，你勿信女兒說，這成姦也是前緣。我本躲避你，誰知你送來洗澡，反先與你相好。從今再不望你女兒矣。」言罷走出。

姻母入廚，見女與老媽方在排饌，想叫時必是不聞，遂午間從容笑飲，不說及爬灰事矣。

席罷辭歸，老媽再三苦留，女亦曰：「我叫你來做身主，你只要人酒吃，何這等老懵？」

姻母曰：「我婦人自身不能作主，怎能做得你主？你公公不是好人，你媽媽賢德，只姑媳不相離，自無惡事矣。」

老媽留之不得，以食品果儀厚贈之，歡喜送別而去。淒風驟雨之景色，倏化為光風化日之風景。皆能婦調停之力，亦一大棍也。

按：婦人不可輕易往外親之家。若彼狡婦，與暱夫套合，中多有被其污穢者，誰則知之？若此村老婦之弄姻母，雖一時解紛之巧計，亦彼自知婦人性皆流水，可以利暗誘，姦暗陷，必不敢張膽明言也。後人其鑒之。

六十二　佃婦賣姦脫主田

鄉間有一佃戶，欠主人苗三冬，算該本息銀五兩零。冬間主人來收租，佃母與子謀曰：「苗帶今年共欠三冬，明年必起田去，一家無望矣。我看主人富家子弟，必好風月，不如把媳婦哄他姦。拿住，必可賴得苗去。」

佃曰：「這事可，母親可與媳婦言。」

佃母曰：「還有一件，須要與他姦完了，然後拿住，他方甘心。若未成姦便拿，他是主人，怎肯受屈？又難賺他銀矣。」

佃曰：「亦可。」

佃母方與媳婦言，婦曰：「你子心下實何如？」

佃母曰：「我與兒說過了。任你事完成，然後拿他，方抵得苗去。」三人商議已定。

次日，早飯後，佃推往岳丈家，借銀來還苗。佃母又吩咐媳曰：「主人來無菜，我往上村討斤肉，再往叔家，取個雞來。苗有還否，須做一東道，與主人吃·，你須備火爐，與主人向。」主人在外已聞。二人去後，婦抬火爐出煽火。

主人問曰：「你媽媽那裡去？」

婦曰：「去討菜。」

又問曰：「你丈夫何去？」

婦曰：「在我娘家去，借銀還你苗，未知有否。」

主人曰：「不消問你娘借，只要問你借。」

婦曰：「我若有銀，早送來還了。」

主曰；「昨夜早同我睡，便與你對苗去。」

婦曰：「睡可當得銀，今夜來陪你。」

主人便起曰：「不待夜間，今日喜得無人，就要去。你夫借得銀來，我背地秤三錢與你買布。若無銀，且寬限你明年還。」

婦人即允，同入房去。佃戶從密處窺見，悄悄出候房門外，只聽房內二人歡話，心中自然焦燥，恨不得即打進去。

半晌久，主人曰：「起去罷！」

婦曰：「從容無妨。」

知其完了，在房外高聲喝曰：「你和甚人講話？」打入門去，二人忙不能躲。

佃戶喝曰：「噯也！你這賊姦我妻！」便在床上揪下打。

妻忙起穿衣，來拿夫手曰：「你嫁我，我不在你家。」

佃戶曰：「這花娘也要打死。」三人滾作一團，也不能打得。

佃母適攜肉雞，從外歸，問曰：「何為？」

佃曰：「主人姦我妻，我在床上拿住，我要打死這兩個。」

母指主人曰：「你好人家子孫，也不該幹此事。不如討銀與我媳賠醜罷。」

主人曰：「便對三年苗與你。」

佃取婦腳帶，繫住主頸曰：「我不肯。」出外取刀磨，曰：「定殺死他。」

母出外搶刀，曰：「他是官家舍，白的是銀，黃的是金，要得他幾多？若殺死他，我你也不得安生。」再入勸主曰：「我兒性子不好，你再寫田契與他。」

主人曰：「亦可。」

佃母取紙與寫契。佃戶立旁，勒要更寫毗連田，共湊二十桶，作價二十兩，主人亦寫與之。

佃母再與子商曰：「本意只抵賴苗，不意多得二十兩。今晚你須避開，再令媳婦陪他一宵，方服得他心。可保無事。」

佃曰：「已得娶妻之本，就讓他一宵。」

半午後，方整酒出，佃欲請人陪。

佃母曰：「不可，只我老人自陪。」

三人同坐，主人只索飯吃回去。

佃母曰：「適間兒子蠢性，千萬勿怪，我自陪你。」

叫兒先吃飯，往母舅家，故說借銀相添買田。兒去訖，佃母呼婦出陪。

主人曰：「你母子裝套弄我，明日必告官理論。」

佃母發誓曰：「我若套弄你，我即死在今日。」

佃婦泣曰：「若告，我便縊死。」

主人見婦泣，翻料其非套曰：「我不管你有套否，今晚更與我睡一夜，便當送你。」

佃母連聲應曰：「憑媳婦。」

婦曰：「挨定陪你。男人若有言，嫁我便是。」

主人被此瞞過，只宿一宵而去。安然無後話。

按：佃母極狡猾，安排圈子已定，又令姦須過手，又令再陪一夜，方得主人心諒。不然，主佃之分，豈空套可籠？此佃母一狡棍也。述與後人知防。

六十三　三婦騎走三匹馬

荊南道上，人多畜馬，以租行客，日收其利。有三婦輕身同行，遇馬夫牽回馬三匹，三婦各租乘一匹。末嬸曰：「伯姆善乘馬者先行，我二人不善乘者隨後。」行不十里，末嬸叫馬夫，扶下馬小宜。馬夫緊抱以下，有討趣之意。

末嬸曰：「你討我便宜。」

馬夫曰：「不敢，要緊挾些，方不跌。」

末嬸曰：「看你亦知趣，我久無丈夫的，亦不怕你挾。」

馬夫曰：「既不怕，前有小茅房，再同我相抱一抱，何如？」

婦曰：「要趕路，今晚在你家借歇，何如？」

馬夫曰：「無三鋪床。」

婦曰：「伯姆兩人同榻，我只傍床。」

馬夫曰：「的要傍我床，我不索你租馬銀。」

婦人曰：「人比馬價，你又討便宜。」

馬夫曰：「兩有便宜事，可不好幹。」

兩人正在此私約，前面次伯姆墜馬。

婦指馬夫曰：「快去扶我小姆。」

馬夫行且回顧曰：「不要哄我。」

婦曰：「小姆若跌壞，怕他不在半路歇，我你事一定成矣。」

馬夫忙奔前去，次姆跌在路，盤坐挪腳曰：「跌傷了腳，又跌傷了腿。」

馬夫扶起上馬曰：「須趕路。」

次姆曰：「我跌壞了，前去須買補損膏藥貼。只好隨路歇，趕不得稍頭。你前去，叫我大姆少待。」

因挨延此兩遭，前馬去不止十餘里。馬夫向前去追，後二婦躍馬加鞭奔回。馬夫前去趕不上，心忖曰：任他前去，且在此等後二婦來。他自然要等齊同歇矣。候久不至，心又忖曰：想必後路買膏藥來。

因問行路人曰：「兩婦人騎馬的到那裡了？」

路人曰：「兩婦人跑馬如飛，此去不止二十里了。」

馬夫又問曰：「騎馬是來此的？是去的？」

路人曰：「是下去的，你快趕也不及了。」

馬夫心無主意，荒忙走回原所。再問路人，皆云馬去已遠。又追回十里，天已晚。再問行人，云不見婦人馬矣。三馬從兩路脫去，前後不能兩追，馬夫惟悵悒而歸。

按：此巧脫處，全在後婦小宜，與馬夫私談，以惑其心，以纏其時。次又中婦跌馬，彼疑真不善騎者。又纏多時，則前馬穩脫矣。故賺其前追，又安能及？後兩婦奔回，彼惟疑跌傷來遲，豈料反奔而回乎？然亦馬夫太痴，安有中途一遇，便許與你歇？馬夫有何標緻，而婦戀之？其言太甘，其中必毒。故就其甜言處，便知是棍也。以婦人而有此高手，世道幾何不鬼魅哉！

六十四　尼姑撒珠以誘姦

白鑑妻向氏，大有姿色。鑑專好酒，與妻不甚綢繆，為王軍門公幹，差之上京。妻向氏在家開紙馬店，常遣婢蘭香接錢交易。夫去日久，向氏時出店看人。有寧朝賢見之，愛其美，注目看之，向亦不避。朝賢歸，與心友曹知高謀，欲誘此婦。

曹曰：「若騙婦人，須用一女人在內行事，方易成就。古云：『山賊攻山賊，水寇擒水寇。』此中法華庵，尼姑妙真，常往來各家。汝去托之，其事易矣。」

朝賢聞教大喜，即尋法華庵來。見了妙真，以銀二兩送之，托其通紙馬店內白鑑之妻。若事成之後，再有重謝。

尼姑曰：「此也不難，你三日後來討回音。」

寧再三囑之而去。尼姑將手中數珠，剪斷繩子，捻定在手，往白鑑店前轉行幾次，不見向氏空回了。次日又往，見向氏在店坐。尼姑故將斷繩珠撒放滿地，多有滾在污泥去者，俯躬滿地撿之。向氏見，叫之入，以水與洗，又淨手訖。尼姑再三拜謝而去。至明日，尼姑買糕果餅麵四品，叫人往向氏家謝。向氏喜，遣人請尼姑來吃素。

酒席間，向氏問曰：「你幾歲出家？」

尼姑曰：「我半路出家。」

向曰：「因何事出家？」

尼曰：「因嫁個人好賭錢飲酒，終日在外，有夫與無夫同，故誓願出家。」

向氏嘆氣一聲道：「招這人不如勿嫁。」

尼見他動心，又問曰：「娘子如何嘆氣？」

向曰：「我病亦似你。今嫁個人，只好飲酒，從來不要妻子。一年不歡會幾次，今又奉差遠去，似無夫一般。」

尼知此婦有春怨，即乘機曰：「男人心歹者多，惟我庵前寧朝賢，當日愛妻如命，只其妻沒福而死。今鞅我擇再娶，誰婦人遇此者，真日日得歡喜也。」

向氏聽了，口中不語。尼亦不好再調，酒完而去。

第三日，朝賢整飾衣冠，來庵問回音。

妙真曰：「事有九分成了。凡婦人與夫和順者，極難挑動。昨向氏請我，知他心中恨夫，又別夫日久，但有機會，便可到手。今須討銀與我，辦一盛席請來，用好酒勸醉，必在我床睡。你便解開裩衣，慢慢行事，恣你所為矣。但醒來之時，須備鐲鈿簪珥類送之，可買其心，方可長久相交。」

寧聽了拜下：「若如此，死生不忘。今再送銀五兩，你速作席請來。」

妙真遣人買好殽、好酒，叫廚子整治豐潔，先遣人去請，後自到家邀行。向氏歡喜，同蘭香打轎而來，見酒席十分美盛，曰：「你還請何人？」

妙真曰：「專請娘子，並無別客。」

向氏曰：「一人亦不消如此破費，怎吃得許多？」

妙真曰：「我無親骨肉，多感娘子知己，願結為姊妹，當個知心人。」

向氏笑曰：「我和你知心，不能相爬癢痛。」飲了幾杯，問曰：「此酒香而甜，其價必貴？」

尼曰：「是前日寧大官送的，亦不識其價。」又勸飲。

向氏曰：「酒甜吃得下，只恐易醉。」

尼曰：「若醉，暫在我房少睡，醒後回去不妨。不知娘子尊量，飲幾許方醉？」

向氏曰：「夜間恐睡不著，常可飲一瓶。若不飲酒，如何得睡？」

尼曰：「若白家人在家，只吃他一杯，便可睡矣。」

向氏曰：「我和你說知心話，雖醉，只半夜亦醒。丈夫在家，只是貪酒，再不要幹事。我醒來，極是難熬，那止得我渴想？」

妙真曰：「似此有老公的，與我無的一般。我日間猶過了，只夜來過不得，惟怨前生未修種也。」

向曰：「的是如此。今日須極醉，求一夜可忘卻。」

少頃醉倒，遺蘭香先回看家，旋在尼床少睡。朝賢瞯向氏睡，即來解其衣帶，如死去而暖的一樣，憑他恣意戀戰，其味甚美。少歇，又一次，亦不醒。朝賢雙手摟定婦人睡。直到半夜醒來，衣已脫去，覺有男子在身邊，又覺腰間爽快，渾身通泰，低聲問道：「你是何人？」

朝賢道：「心肝！我想你幾時，今日方才得偷兩次，還要明和我一好。」

向氏曰：「你謀既就，切不可與外人知。」

朝賢曰：「只尼姑知道，除外何人得知。」

又睡到天微明，向氏起。朝賢以鐲鈿與之，又抱親嘴，兩人興濃，再戰一次，攜手出門。

妙真已在候，忍笑不住曰：「好酒也。」

向氏曰：「好計也。」

朝賢曰：「好姻緣也。」

妙真曰：「既有此好，何以謝我？」

緊抱賢曰：「虧我腳酸也，要和我好為謝。」

賢曰：「力盡耳。今夜不忘謝。」

向氏曰：「從今夜夜都讓謝你。」

朝賢曰：「後會可長，謝亦可長。」

從此常與向氏往來，皆由尼姑此番之引誘也。

按：婦人雖貞，倘遇淫婦引之，無不入於邪者。凡婦之謹身，惟知恥耳，惟畏人知耳。苟一失身之後，恥心既喪，又何所不為？故人家惟慎尼姑、媒婆等，勿使往來，亦防微杜漸之正道也。

第十九類　拐帶騙

六十五　刺眼刖腳陷殘疾

浙中有等棍，常於通衢僻路專候人家子女，十數歲者或迷路失歸，必拐帶去。擇其女有姿色又絕聰明者，賣落院為娼；稍愚鈍者，刺瞎其雙眼，教之唱叫路歌曲；又或刖去足掌，致其拐腳。其刖足之法，每於隆冬極寒時，以麻紮幼童足肚，置腳掌於冷水中。

浸得良久，以柴木指之，曰：「痛否？」

童應曰：「痛。」

則又浸，及至冷極血凝，指亦不知痛，則以利刃刖斷其足掌，然後用藥敷之。後驅此雙瞽者、拐腳者叫乞於道。每日責其丐錢、米，多者與之飽食，少者痛酷捶打。令乞者方肯哀丐，晚復聚宿舟中。棍得其錢、米，置美衣、美食在舟中歌唱為樂。暇或登岸，又四出拐帶，極為民害，而人不知。

一日有小丐婆，唱叫於路，居旁一老婦曰：「此丐婆好似李意五之女，其聲音亦似，只目瞎耳。」

丐婆曰：「吾父正是李意五，吾有哥名鴉兒。五年前，我往外婆家不識路，被人引去，刺瞎兩眼，每日遣出叫化，有錢、米歸，則有食；丐得稀少，便痛打無食，極是苦楚無奈。你聲音似我鄰居王二姆一般，千萬叫我娘與哥來認我，超度我出此地獄，你陰功如天。」

王二姆聽其敘來歷皆真，收留入家，曰：「你母今年已死，你兄遷居上巷。」

即遣人去喚來，彼此皆相認得，遂具狀告於縣，批與主簿審。差人船中提二棍到，棍即用銀賄主簿，又用銀二十兩買其兄李鴉兒：「你令妹是他人拐帶，我收與眾乞合夥，非我刺他眼。況今已雙瞽，亦無人娶，不如與丐子為伴，亦不虧他衣食。」兄與官都得銀了。

拘審時，哥不堅認，主簿仍斷與棍去。棍引到船，撐入湖心痛打，以儆他丐，使後不敢漏泄。李丐婆叫屈連天，凄楚不忍聞。船到向鄉官後門，聞溪中叫死聲甚可憐，遣二家人去，牽其船來問：「打何人？」

眾丐指曰：「打李丐婆。」

鄉官問：「因何打？」丐婆不敢說，只苦情求救。

鄉官令引丐婆異處，再問曰：「你因何被這等苦打？明說來，我便救你。」

李丐婆一一敘其前由。向鄉官聞情悽愴，不勝發忿，即鎖住四棍，[26]並引眾丐入見太府，代陳其冤苦。太府亦切恨之，將四棍各打三十，曰：「此罪雖凌遲碎剮，未足懲其罪，可鎖於府前，令眾人共毆之，以洩其忿。」眾人知此棍情，都來手毆石打。四棍一時皮破血吐，立刻盡死。後瞽目拐腳眾丐，各問其鄉貫，家有人者，令其收養；無親屬者，各送入養濟院。人盡感向鄉官之仁，能除此四孽棍。

按：人家子女幼穉，不要令其單行，亦不可帶金銀鐲錢。若偶遇此等棍，悔何可及？其防於未失之先，可也。今後官府遇瞎拐群集處，時遣人查其居止，及提問一二瘸瞎緣由。或訪得此等棍，則除一棍，勝去一狼虎也，功德高於浮屠矣！

26 故事中並未解釋之前被捕的兩個騙子是如何變成這裡的四個的。

六十六　太監烹人服精髓[27]

朝廷往聽言利之臣，命太監四出抽分，名為征商抑末，以重農本。實則商稅重，而轉賣之處必貴，則買之價增，而買者受其害；商不通，而出物之處必賤，則賣之價減，而賣者受其害。利雖僅取及商，而四民皆陰耗其財，以供朝廷之暗取，尤甚於明加田稅也。且征榷之利，朝廷得一，太監得十，稅官得百，巡卒得千，是民費千百金，以奉朝廷之一金。益上者少，而損下者無涯矣。然巡卒、稅官之實溪壑，猶是普天率土之民得飽暖也。特不耕不織，而魚肉下民，不免坐蠹天地間服食。若太監攘剝既多，崇聚盈溢，視錦繡如敝葉，視金玉如瓦鑠。服食器用，皆與天子同；指使承順，如奉天子同。人間福分，享受無不窮極，獨恨不能淫樂女色，所少者此耳！常命左右，訪有復生陽物之方，購以萬金。

有方外道士，利得其金也，以私臆懸度，謂古方云：「土以土補，木以木補，人以人補。」意必食人可補人也。妄去獻方云：「烹童男，膾肝脯肉，食其

27 存仁堂版的目次略此則標題。

精髓，則精液充滿，陽物復生，可姦婦生子矣。」閹高奄信之，先售以百金，候服有驗，再來領萬金。

由是命牙爪往窮鄉僻邑，買貧民幼童。詐云高衙欲養為子，口後富貴無窮。貧民信之，多賣以博眼前重利，且希望後日富貴。後先買者，難以稽數。但鬻子之家，有托人往查己子者，並無聲息。即衙中走僕，亦不知內之養子若何也。原來買之幼童，盡養以錦衣美食。廚子能烹調一童以進食，賞銀十兩，深禁其秘密。每殺一童，廚子提刀追趕，眾童各涕泣奔呼，候其走熱氣揚，則執其肥者烹之。內有一童十二歲，跪廚子涕泣哀告，叩頭求救。

廚子亦淚曰：「吾怎能救你，吾亦不奈何？墮在此也。」

有頃，外人傳某鄉官相拜。

廚子曰：「憑你命，吾放你出去。外有鄉官相拜，你扯其衣，死哀求救。肯帶你去，則你可生，我代你死罷。你可傳知外人，切勿將子賣入太監府也。」

此幼童直奔至鄉官前，哀告廚子要殺我。太監即令查拿廚子斬首，彼恨其縱出此童也，笑顏諭幼童復入。幼童死扯鄉官衣求救。鄉官疑有緣故，為之帶出。幼童歷敘內中殺諸童之由，鄉官不勝嗟嘆。思起本未得諸童買來之實，又無廚子證據，亦不敢留養此童，遣其出外別投主。

此童後流丐於建郡等處。人問其太監府之事，多能言其中之富貴，皆非人世所有也。自後方知太監之食人，始不肯以子賣之。近年高奄以罪去，其鬻子之父母累十百候於途，並不見一幼子，與奸奄生去者，無不墮淚痛其子之必遭烹也。

按：貧民賣子極為至愚。若不能養，何不若鳳陽府父子俱丐，[28]猶可骨肉相保。必不得已，惟可賣之富戶為僕。固不可供太監之啖，亦不可賣入庵寺為行童、侍者，其賤尤在乞丐下也。 國家置奄尹，[29]以供掃除傳命耳。至使握利權，享用已極，更思生陽物、淫婦人，為不可必得之事。雖食人而可為汝欲扶已朽之軀，曾不惜人渾全之命乎？是可忍也，孰不可忍也。孟子曰：「善戰者服上刑。」[30]猶為強兵而殺人也。此為何事，而視人命如草菅乎？王法若明，當不令此奄得生還矣。

28 鳳陽府（此處原誤書為「鳳湯府」），隸屬於南直隸。

29 原文「國家」之前有一空格，這是向國家行政機構表示尊重的標準版刻格式。

30 出自《孟子．離婁上》。

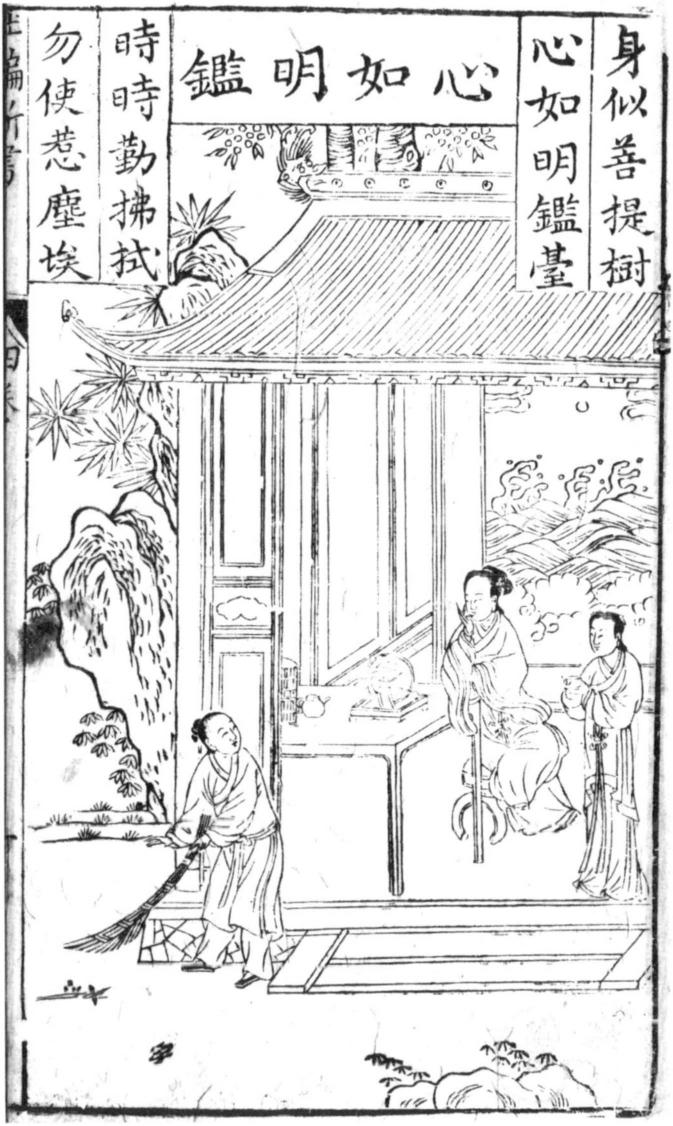
身似菩提樹
心如明鑑臺
心如明鑑
時時勤拂拭
勿使惹塵埃

第四卷

第二十類　買學騙

六十七　詐面進銀於學道

凡學道出巡，各處棍徒雲集追隨，專體探富家子。有謀鑽刺者，多方獻門路，以圖蠱騙。或此路不售，後一幫又生一端以投，年年有墮其術者。但受騙之家，羞以告人，故後次人又蹈之。有一學道考選至公，不納分上，忽一棍自言能通於道者，人不之信。

棍曰：「此道爺自開私門，最不喜人執分上。前途惟對手幹者，百發百中，但人不敢耳！如真肯幹者，但要現銀，彼當面接之，可穩保成就。」

趙甲[1]問曰：「從何處獻之？」

棍曰：「候退堂後，先用手本開具某縣某人，銀若干，求取進學，彼肯面允，便進上銀。如不允，銀在我手，彼奈我何？」

趙甲曰：「我要在旁親看。」

棍曰：「自然與你親看。學道的二門其縫闊一寸，從外窺之，直見堂上，任你看之。」

1「甲」並非真名，為計數系統「天干」之首。天干常被用作占位符，比如假設的法律案件的人名之中，或者代數問題之中。

趙甲曰：「若道肯親手接銀，吾敢投之。」

即寫手本，以手帕包銀二百兩作一封。下午出堂，往道前候之。

棍曰：「要二包過門銀。」甲付與之。

將退堂之際，棍以銀與手本，挨入堂去。囑甲曰：「才封門時，即要在門縫來看。」

及道退堂後。甲於二門縫中看，見道仍舊紗帽員領而出，棍先以手本高遞上，一門子接進，道展看了，籠入袖中去。棍又高擎一封銀上，道顧門子，門子接上銀，道一看即轉身，門子隨後捧銀包而入。

棍趨至二門，隔門謂甲曰：「好了！好了！事已妥矣。你見否？」

甲應曰：「我親見了，果是自接。」

棍曰：「今夜不能出，我你須在門內外宿矣。」

甲曰：「但得事妥，不吃晚飯亦好。」

次日，開早門，棍與甲方同出，即到甲店拜賀，甲大設席待之。

棍曰：「高取後須厚謝我。」

甲曰：「加一謝是定規。」

不加亦不減矣。此為信棍之戒。

按：後揭曉日，本生無名，棍查不見蹤，方知前受銀之道，乃此棍先與宿衙人套定，蓋粧假道也。二門望入堂上，雖可親見，終是路遙，那見得真？故落此棍騙而不知。若真道自接銀，何必衣冠出？何必堂上遞手本？又何必堂上交銀？獨不可私遞手本乎？況堂上有宿衙人役，豈私受銀之地？此村富不識官體，故以目見為穩，不知與你目見，正所以騙你也。

六十八　鄉官房中押封條

富人錢一，欲為子買進學。歇家孫丙，有意騙之，與之言曰：「此中李鄉官，原與學道同僚，二人極相得。今若說一名進學，此斷可得。吾試與商議之。」

錢一曰：「可。」

孫丙往匠鋪，見兩掛箱一樣，用銀三錢買其一，又以銀二分定後隻，囑曰：「我停會引人來買，更出三錢，不可別換。」又買兩把鎖一樣的，後以掛箱與鎖，付李鄉官家人曰：「你可秤定二百兩石頭，裝在掛箱內，外加鎖之，放在你家主房內。少頃，我領人央你老爺說進學，以二百兩好銀與你封，你把銀的箱收入，換石的箱出來。然後將這銀與我均分。」

李家人許曰：「可。」

孫丙領李家人來，對錢一說：「我面見李老爺了。他道此事容易，只把現銀對與他家人看過、鎖住，送到他家，加封條，仍以銀箱付還我，以鎖匙付他收。待有名進學之後，將原銀謝他，不得開箱再換。」

錢一曰：「在你家借一掛箱來用。」

孫丙曰：「新鎖有，掛箱可往街買之。」

領錢一家人，以銀三錢往鋪買到。錢一將銀二百兩同李家人、孫丙，三面對定，收入掛箱中，外加鎖定。孫丙負銀同錢一到李鄉官家，求加封條。李鄉官推病，在廳左房內坐。

李家人持箱入門邊，曰：「銀已看對明白，只討一封條。」

李鄉官曰：「既看明白，還他自收，來接封條。」

李家人仍以銀箱出，再領出一封條，對三面封訖。錢一解鎖匙付李家人收。孫丙復負銀箱歸，交與錢一自收藏，皆謂事極妥矣。及揭曉，錢一子無名。

孫丙曰：「事不成，銀現在，可速收拾歸，免得李家人，來索轎價。」

錢一既失望，怏怏而歸，及到半路，叫匠人開鎖啟視，則皆石頭矣。驚異復回，大鬧歇家曰：「你何通同騙我？」

孫丙曰：「我與你當面幹事，何處是騙你？若三面共開掛箱，猶怪得李家。今去半日，私自開箱，我那知中間是銀是石？」

錢一明知是孫、李合騙，只事無憑證，諒是難取，但辱罵歇家一場而歸。此為信鄉官之戒。

按：兩掛箱共樣，本是難辨。但加封條，只須在外封之，何必持入內稟，乃請封條乎？向令當時若告，追究賣掛箱之家，問兩箱何以一樣，或能證出孫丙先買其一，後領人買一。或遇明官，便可從中勘出換包之騙矣。

六十九　詐封銀以磚換去

建寧府郝天廣，世家巨富。有幾所莊，多係白米。時建寧無價，其管家羅五，聞省城米價高騰，邀主人帶二僕，以米十餘船，裝往省糶。時宗主王爺，發牌考延建二府，各有告示，將考儒童。[2]米才上船，有一客人帶二僕來搭船往省。船中暇坐，問其何幹？答曰：「王爺家來投書者。」後又談及可夤緣之事。[3]廣有長子出考，言甚合意。只宗主前考甚公，並無私竇，未敢深信其事。

至省中，棍辭別去曰：「王爺有公子在學，必共看卷，試與談尊府事。倘許諾，我再出回你諾；若不出，則事不諧耳。」再亦無信。

廣曰：「是也。」密遣一僕，縱跡棍所去處，果入學道衙去。數日後出來曰：「事諧矣，可將銀對定，以我皮箱藏之，外加封條，銀仍與你自收掌。後有名進學，即以皮箱銀交出與我。」

廣思銀雖對定，仍是我藏，有何不可，即依言對訖。不知此棍有甚法，銀明是廣自投自鎖，棍只加封票一條而去，再約曰：「今夜間公子或可潛出，我與

2 「宗主」這一頭銜，無法確定為科舉考試等級中任何職位的正式名稱，可能指的是某個氏族的繼承人，在明代也可能是指司禮監中的太監，兩者都與此處無關。因此我們將其當作尊稱官員的模糊術語；「儒生」是官學中還沒有資格當官的學生。

3 原則上來說，閱卷官不能知道誰寫了哪份試卷。考卷上的姓名會被改換成編號，並請抄手重新謄寫每份考卷，以防止根據筆跡識別考生，藉此確保考卷文章的匿名性。

之同看過，事即美矣。」[4]

　　連候數夜不來，廣以皮箱開看，其內盡是磚石，前銀已被賺去矣。此為封銀防換之戒。

按：買進學，買幫補，甚至買舉人，此事處處有之，歲歲有之。而建寧一府，疊遭騙害為甚。蓋建郡民富財多，性浮輕信，故也。雖累受騙，而繼起營買者未已。此光棍途中，常以逢考建寧為一椿好生意也。特其封銀法，至今人看不破。明以銀與之同封，復還我收，及棍去後開之，則皆磚石矣。或以為有一遁銀法如此，神矣哉！上智難防也。惟明鑒於此，勿信為上。若急欲買進，可勿封銀，須以榜上有名為定。若只信其漏報，雖至三、四次，見全榜矣。亦未可以銀付之，方可防其脫也。

4 考試期間，考生會被鎖在考室中，與外界和考官隔絕。

七十　空屋封銀套人搶

騙局多端，惟仕進一途，競奔者多，故遭騙者眾。棍嘗有言：「惟虛名可騙實利，惟虛聲可賺實物。」蓋仕進之人，求名之心勝，雖擲重利，不暇顧惜，遂入棍術中，而不及察。

有一巨富家子，欲營謀進學，所帶管家者極有能幹。往省考大續，寓一歇家中，令其求關通之路。數日內，以門路投者，更進迭來。管家者窺其行徑，窮其來歷，皆察其言事不相應，蹤跡不分明，多與歇家有套同情弊，悉拒卻之，不信其哄。後一棍裝為僕价，言語遲鈍，舉動村樸，自言跟一罷職鄉官，與宗主有舊，來此打秋鋒。引管家去見鄉官，果似貧薄小官樣面，酌定一名進學，只謝銀一百兩，亦肯講，只要現銀來伊店封。

管家曰：「在我店封。」

鄉官曰：「事宜慎密，你店內人眾，傳揚不便。此下有一所空房，是顧秀才的，前欲在彼借寓，以借什物不便，故遷在此。可與我小价在彼處封定，最是穩當。」

管家強求鄉官來所住店，看封為妥。

鄉官曰：「汝更有疑，我只小价一人，任你多用人來同封。」

管家回，以外人不可與知，只同本主去，果只村僕一人在，把銀出對定。

忽有棍數人打開門入曰：「汝輩買秀才，吾拿去出首。」將三人打倒，銀盡搶去。

村僕抓起，做煩惱樣。

管家起挈其手曰：「不須惱，此銀亦不多。同在我店再封。」

村僕不肯去。

富子曰：「事已錯矣，何可再幹？」

管家曰：「我自有處。」

強邀村僕再來。一面令富子速收拾回家。管家僱募店中人，將己當儒士與村僕對鎖送入縣中，口告被脫搶之故。

縣官曰：「你不合買進學，與者受者，各有其罪。況被棍搶銀，與鄉官家人何幹？」

管家曰：「搶銀者，即此棍之夥。但窮究此銀出，情願追入官，更願大罰，與此棍同罪。」

縣官再差人去叫鄉官，早已走了。

縣官曰：「此果是棍，嚴刑拷打。」

棍僕受刑不過，願賠一半。追完管家，又告願全追，甘與同配驛。棍僕死不肯攤出同夥，又累受刑，無可追，乃將棍僕擬徒。管家者，只擬杖發歸。此為封銀防搶之戒。

按：管家雖有能，終落棍所脫搶，特即搶後，即能拿棍僕同解，甘與同罪，終能追其一半，棍亦無所利。若富子自己，必不肯與棍同罪，而一搶之後，無如之何矣。或曰：「管家頂認儒士，若官考之，何如？」曰：「鞅分上之人已是無才，官何須考？即考不得，亦無妨也。」

七十一　詐秋風客以攬騙

簡學憲，最廉明。考大績時，有秋風客到，寓於開明僧舍。[5]次日，有一棍帶三僕來，亦與同寓。內中相拜，自稱彼係縣堂親眷，亦來打秋風者。外則炫耀冠服，僕從擁衛更盛，每輿蓋往來。寺中嘗有生儒遇之，輒誤指曰：「此學道鄉親也。」又見簡道親回拜，又請酒皆真秋風客往。而棍專外影竊其名，以欺誑人。簡公是嚴明人，不數日，真秋風客已打發行矣。惟棍在寺，其外棍夥，故四下傳揚曰：「學爺鄉親在某寺。」生儒中亦甚傳之，多有求取大績者，只無人可擔當銀。[6]棍背套學道衙中書手、皂隷來過付銀，封於其家。人既信是真秋風客。又衙門有身役人與同事，銀封其家，亦復何慮？棍客動云：「彼要說十名，每名要三百兩。」當赴場人眾，各務競趨。數日已滿十人之數，共日封於各書皂之家，明白交付，共銀三千兩。背地各瓜分已訖，但思後日無名，不能回覆諸人，銀亦何以得去？乃僱一人往學道出首，見得衙門書皂某某等，外同客棍招攬生童，銀若干兩，封於某某等家。

5　「秋風客」是一個公認的社會類型，是利用與富貴者之間的社會或家族關係來索取錢財、獲得食宿和其他利益的食客或者門客。其亦可能是尋求增強自己的聲望，或者如本則故事中一樣兜售自己的影響力。一系列用「秋風」與「棍」的雙關語出現在《牡丹亭》第十三齣，暗示這兩個詞之間的密切關係。關於這類人物的一般情況，見辛羽，〈「打秋風」小考〉，《咬文嚼字》二〇一二年第七期，頁四〇—二；李莎，〈「打秋風」語源考釋〉，《廣西民族學院學報（哲學社會科學版）》，二〇〇一年第二期，頁二三九—四〇。

6　即是說，賄款由值得信賴的第三方託管，如果考生成功就付款，落第就退還。

簡准狀，即出白牌，提拿客棍，風火至急，秋風棍即乘機逃去。又拿在衙書皂，拶挾皆不肯招，各打三十革役。又差人往衙役家搜緝，凡有名與列鑽刺者，聞蹤跡露出，惟恐指名逮捕，各各四散走回本縣。銀都棄撇，不敢來問。由是棍得安享所分之銀。書皂雖革役，無贓可據，後復陸續謀入。惟一時受挾打，彼刑用於在衙人役，亦僅如搬戲，而所得之多，奚止償失也。此為信秋風客之戒。

按：此棍稱學道鄉親，而學道既已來拜，又請酒則是鄉親的矣。況書皂皆有身役人，為之翼護，人孰疑之？不知真鄉親已去，而此乃其托名者。彼衙門人，惟利是圖，所歛既多，何惜數十之板。況其頂頭銀仍在，雖革役，烏足以懲之？今人謂衙役知法，不知侮法者正是知法之人。惟踏實地，行實事，以真學問，博真功名，勿萌僥倖，勿圖鑽刺，棍騙何從入哉！彼遭騙者，皆惰學不肖之徒，自取災眚者也。

七十二　銀寄店主被竊逃

有三棍合幫，共騙得銀三百兩，未肯遂分，更留合裝騙棚，以圖大騙。先遣一人過省，離會城兩日之府，用銀七十兩買屋，內係土庫城，外鋪舍開一客店。又用銀五十兩娶一妻，買一婢，又買一家奴，更有數十兩在手上調度供家。人見其店，有家眷奴婢，食用豐足，多往宿其店。此府相近省城，往年文宗，考科舉不及，常調鄰府生童到此合考，以便往返。每富家生童擇店，必居於此。壬子科六月，科期已迫，復調外兩府生員來此選考。[7]本店住建邵三個秀才，皆係巨富。

一日有客儒，人品豐厚，衣冠鮮整，泊船城外，入此店來，密問店主曰：「你識科舉秀才中有大家者乎？」

店主曰：「我店中三位都富家。你問何幹？」

客儒曰：「有好事與他講。」

店主曰：「甚好事？何不對我說？」

7 文中稱此年為干支紀年法中的壬子年，可能指的是一六一二年，也可能是一五五二年。

客儒曰：「你不在行，只好與秀才講。」
店主出向三秀才曰：「此客先生問：『科舉秀才何人最富？』有好事對他說。我問他：『何事？』又不肯言，列位試問其說何事？」
三人共入敘禮，問曰：「老丈問富家，小弟等家皆萬金，有何好事說？」
客曰：「列位肯計較中否？」
三秀才曰：「中都肯計較，兄有何門路？」
客曰：「我亦不能為力，亦不識門路，但果肯計較者，各備銀一千兩，來此店，對過封定，付還你收，自有指示的路。」
三人約四日後，家中取銀來對。客儒辭去。三人密遣人跟隨客去，見其下船，船中只一家人，歸報如此。
三秀才喜曰：「此必大主考的人，可信也。」
店主出問：「適間說何事？」
三秀才曰：「此未必然事，若事可成，自有大抬舉你。」
四日後，三家人都取銀到，客儒應期來間，各答銀都齊備。
客曰：「今夜對明封定。」

三秀才言銀多，夜間不便，明日入店主內庭去對。

客曰：「店主恐不密事，不如外客房中封更密。」

三秀才曰：「明日臨時相。」

客辭去。夜飯後，店主出曰：「列位與此客議封銀事，客人難防，這門壁淺薄，若夜間統人來劫，可要提防。依我說，可藏入我城門內，你外間好心關防，可保安穩。」

三秀才曰：「是也。」

共將六皮箱銀，都寄入店主家內去。家主瞞過妻婢，將銀盡從後門藏出，與棍夥夤夜逃去。惟囑其妻曰：「明日三秀才問我，只說早間出去尋人，少刻即歸。」

次日，客儒欣欣喜色來對銀。

秀才曰：「銀付店主收藏。今早出外，少待即歸。」

等到午間，店主不回，客辭歸船。午後又遣家人來問，又以店主未歸答之。至第三日午間，問店主婦取皮箱，婦答云並未見甚箱。及出溪邊尋客船，亦不見矣。再問店婦取，苦執未見。任入搜之，竟不見蹤。問店主果何去？

婦云：「前夜已出，教我如此應你。」

三人正荒，適此三棍晚得銀去。已出境外，晚扣宿一店。店主見其來晚，提其六箱皆重，疑是劫賊，明日將集衆擒之。三棍聞其動靜，次早天未明，只挑得四箱去，以二箱寄店。店主越疑是賊，出首於官。太府將銀逐封開之，內一封有合同文書，稱某人買舉人者。太府提某生員到，不敢認，太府以甘言賺之，乃招認，即收入監。後又投分上解釋，再騙去銀四百兩，方免申道。又沒入店主之屋，及官賣其妻婢，並箱內一千，都追入庫。彼四箱被棍挑去者，幸得落名，不受再騙。是府官亦一棍也。此為信店家之戒。

按：店主有家眷，最可憑者。彼肯代藏銀，孰不信之？誰知其妻妾皆買下，以裝棍棚者。彼騙得厚利，則棄此而去。別娶妻妾，享大富貴矣。以有眷屬之店，尚不可信，世路之險，一至於此。人若何不務實，而可信棍以行險哉！

第二十一類　僧道騙

七十三　和尚認牝牛為母

夏六月間，一行腳僧過於路，見小豎牧一夥牛，內有黃牝牛，大而肥。牧豎伸左腳與之舐，牝牛舐之，又以右腳與舐。

僧問曰：「此牛何為舐你腳？」

牧豎曰：「此牛最馴熟，吾甚愛之。我腳多汗鹹，故牛愛舐。」

僧知牛愛舐鹹味，密瞷此牛，係索長者家所畜的。

次日，僧取濃鹽汁厚塗頂臉，及遍身手足等處。尋到索長者家，跪門涕泣曰：「願賜慈悲心，超度我母子。」

索老曰：「我不會說法念經，怎能超度人？」[8]

僧曰：「我先母在生，不肯修齋布福。今已死七年，知冥中必受罪譴。奈家貧不能功果追薦，因慕目連救母，情願削髮從師，專求度母。[9]前月得遇善知識，指我母在長者家，投生為黃牛母，敬來求超度。」

索老曰：「我欄有四頭牝牛，知何牛是？」

8 根據佛教的理論，人及其他生靈死後的命運取決於生前的所作所為：行善者會被獎勵轉世為較好的生命形式（比如這個世界上的人類，或甚至更好，得往生極樂世界），而作惡者會投胎成動物以受盡苦楚，或更為悽慘，成為地獄中飽受重刑的惡鬼。一個人通過善行或者宗教儀式——包括研習和背誦佛經、請僧侶進行儀式等——不僅可以影響自己的命運（因果報應），也可以影響他人。

9 在許多民間傳說和戲曲講述的著名故事《目連救母》中，僧人目連闖入地府拯救自己罪孽深重的母親；出家為僧需要先剃髮以示拋棄紅塵與自己的肉體，是佛教僧侶最明顯的特徵之一。

僧曰：「願同往看。畜物更有靈性，母子相見，必有恩愛情在，自與別的不同。」

索老與僧同到欄前，放出群牛。

僧見大牝牛到，即揭下袖苐帽，涕泣跪向前曰：「此是吾母也。」牝牛嗅其鹹味，以舌遍舐其頭臉，若憐惜狀。惜僧愈加流涕，又自剝去衣服。牛遍舐其身，不忍去。索老看見果異，真似母之愛子，但不能言耳。

問曰：「既是你前生之母，今須何以超度？」

僧曰：「我若有銀，當以半價買去養。奈貧僧衣鉢罄空，願長者全捨。貧僧牽往山庵，日採草煮粥喂養。待其讃罪完滿，天年數終，貧僧當收埋，念經卷超度，庶來世轉身為人，不墮畜生道矣。」

長者憐其詞情懇切，曰：「吾捨與你去。」

僧叩頭拜謝，牽此牛往三日路外，付山庵寄養。至十月天氣寒涼，叫屠子來宰，以一半分與，賣得價銀一兩五錢。一半僧自留，做成乾糧，收藏衲襖中。各處徑到步長者廳前，結雙趺而坐。

長者出曰：「何僧敢升廳而坐？」

僧曰：「你頗認得我麼？」

長者曰：「不知你是何人，怎麼認得？」

僧曰：「亦自然覺得面熟麼。」

長者曰：「並無相會，何處面熟？」

僧長嘆曰：「你本來靈性且盡喪，何怪不識故人色相？」

長者曰：「何為是故人？」

僧曰：「昔佛印點醒東坡，遠公喚回樂天，非蘇、白二公之故人乎？[10]你前生與我同修，因塵心未斷，復來享此人福。我今特來度你，急宜丟手塵債，再去勤修，庶不廢前生功行也。」

長者曰：「你安能識得前生？」

僧曰：「我功行高你一倍，你今且享半生福祿，我又加半生若修，何難知三生事因。」

長者曰：「你今生若何苦修？」

僧曰：「從前苦修且休題，現今已辟穀三年矣！」

長者始驚曰：「你能辟穀，在我家辟一月何如？」

10 蘇軾（一〇三七—一一〇一），號東坡居士，北宋時著名文學家、藝術家和官員，與禪宗僧人佛印（一〇三二—一〇九八）為好友，兩人之間的友誼以及佛印用來點醒蘇軾的各種方法，是蘇軾的詩和後代許多逸聞的主題。白居易（七七二—八四六），字樂天，唐代著名詩人。名僧慧遠（三三四—四一六）在蘇軾的一首詩中與佛印相對（被稱為「遠公」）。但是考慮到慧遠生活於白居易幾百年之前，要麼這個名字所稱另有其人，要麼作者誤記了他們的年代。

僧笑曰：「三年於是，何有一月？」

長者曰：「亦服茶湯乎？」

僧曰：「清茶滾水，日一甌耳。」

長者留之，掃一空室與坐。早進甌茶，夜進甌滾水。連坐七日，再請出答，對如常。

長者驚服問曰：「我當如何修？」

僧曰：「只棄家長往，自有修行善方。」

長者曰：「妻寡子幼，產業付誰？此事不能。其次修何如？」

僧曰：「惟有捨施修寺奉佛，來生亦受福報。現今廬山一庵，化人獨力修造。倘捐五百金，一完修之，亦一大功德也。」

長者依言，遣僕同僧送五百金往，交付與住持明白。留僕住數日，送歸報主。後僧分住持銀二百五十兩而去。其以辟穀動富翁，則私食所帶之乾糧耳。寧有人而真辟穀者？

按：此僧脫牛，猶其小者，轉賣之可也。名為生前母，而宰食之，罪浮於天矣。至用為乾糧，而詐稱辟穀，其騙益大。雖半捨入庵，亦是好事，僧若得勸緣功。然周急賑貧，自當施於鄰里，何必投入於庵？此愚人信福田利益之過也。[11]亦未讀傅奕公《高識傳》矣。[12]

11「福田」是佛教觀念，指支持慈善事業（比如向寺廟捐獻、修路、向窮人施捨飯食等等）以給施與者帶來善報。

12《高識傳》是傅奕（五五五—六三九）所編的一部辯駁佛教的文集。

七十四　服孩兒丹詐辟穀

有僧自稱能辟穀者，富家多召而試之。連七八日，不食一粒，或間二三日，服滾湯一甌而已。傳名甚廣，人爭以金帛捨之。

一鄉官見褚縣尊，偶道及此，稱世間有此高僧，真仙佛再生於世也。褚最正大，素不信僧道輩，曰：「人受此色身，那能斷絕食色？假托辟穀者，不過暗藏乾糧，以哄惑愚民耳！明理君子，何可信此輩？若果能辟穀，彼將遠遁深山，惟恐名落人間，何必浪遊市里？受人施捨金帛，將何所用？」

鄉官被褚公一駁，似乎已為信邪，更欲取信其言。乃曰：「老父母不信。可召而試之，方知晚生言非妄矣。」

褚公即差人喚至，令搜其身，別無夾帶，惟持二十四個彌陀珠，許之帶入，掃一淨室，布床席與坐。外遣人輪番密窺，日遣人明開門一視，出仍鎖門，兩日內果結雙趺而坐，容貌如故。第三日開視，見臉有乏汗，求滾水飲，褚公命與之。復出鎖門，密窺者來稟曰：「僧以一彌陀珠調水飲訖，容貌復好。」

後每兩日，進滾湯一碗，密窺者輒稟云：「以珠調吃。」經十一日，召之出，取其彌陀珠視之，止十九枚在手耳。

褚公收其珠，命收入輕監，不許攪動，聽彼靜坐，以候發落。密囑禁子曰：「勿容僧道人入見，兩日後，必問你乞食，你問其彌陀珠何以做？做來，以水調之，與此珠一樣，後重賞你。」

次日，僧即問禁子求食。

禁子曰：「你教我作珠方法，便與你食。」

僧曰：「此藥極難得，你但與我食，出外多以銀謝你，不必問此方。」

禁子不與之食，三日餓倒，面青黃無人色矣。

褚公提出審曰：「我早知此珠是孩兒丹矣。你供出製造方法來，免汝一死。」

僧詐作將死形狀，不敢應。

褚公笑曰：「眾看此辟穀僧，在褚爺前，辟三日穀，即餓死矣。此丹乃婦人胎內孩子。必須謀死孕婦，剖其嬰孩，以作此丹。不知你害死多少命，以造此惡業，你怎敢說出口？我豈求汝方乎？若打死你罪還輕。」

命衙前搭起一台，以十九枚珠發出，將四個調與眾百姓看。以滾水調之，滿碗都是膏液。有敢飲者，又香又甜，只飲兩口，一日亦飽。後十五枚，發與醫生治補損。然後縛此僧，在台上淩遲之。

褚公曰：「縣令為民父母，豈忍殺人？但為眾冤泄恨矣。」眾皆稱快，而鄉官後亦永不信僧道矣。

按：此詐辟穀者，多是藏乾糧，其服孩兒丹者少。此糧非藏於身，恐人搜也。都寄於丐乞者之身，有人試之，則密以乾糧付。又有服松毛竹葉者，松毛用羊蹄草同吃，竹葉用嫩蕨同吃，皆滑而可食。僧亦嘗以此惑人，謂彼能服此。然從古有辟穀之說者，乃仙方非人間所有也。曾見有遇異人，授辟穀者，述之於左。

武夷山有貧民結廬於岩曲，僅容床灶，墾山種茶，賣以供食。[13]積十數年所開茶山，歲可收鬻三、四金，每日力作不息。惟大寒暑，甚風雨，終日寂坐岩廬下，不識經典，亦不通往來。

忽日，一道人過其廬，謂曰：「汝耕山勞苦，何不以茶山付人代耕，歲收一

13 武夷山位於福建和江西的交界處，山上有很多佛寺道觀，也是重要的茶業地區。

金，以買衣資。吾授汝辟穀方，則不須買米，不勞耕山，可安坐自足矣。」

山民曰：「吾嘗聞修行人有辟穀方，若肯教我，願拜師父求學。」

道士曰：「你性子恬靜，儘可修行。今後惟早晨煎清泉二罐，煎至半落，以兩罐合煎作一罐。早、午、晚各飲二甌，飲後澄心息想，以舌抵上齶，合口閉目，終日靜坐。或天清神爽，愛出遊行，則慢步閒觀，隨意所適。不拘半午，不拘片時，凡行、住、坐、臥，只從心不拂。或山果草實可食者，遇著，稍食一二不妨。但不可有意尋求。如此，便可辟穀矣。記之，不可輕易傳人。」

山民依此行之一年，果不食一黍。顏如金黃，輕健如常，同山旁居人，常不見其糴米。或過其廬，亦無鍋甑。問之，答曰：「近年學得辟穀方。」居人轉相傳異。有拜之求方者，輒逃避不受，曰：「師囑勿輕傳洩。」

次年，傳於遠近，多有來山拜訪者。或賫糧宿其居廬。看守至匝月，果惟見飲滾水，飲後靜坐，寂無一為，亦無閒談。不知者或窮問之，或與談修養，微笑而起，出遊山徑，迨午晚歸，復煖滾水而飲。凡人之來者不迎，去者不送，亦無半語訊問人。人問之，有可答者，隨口答一二句。問其餘閒事，則搖首不應。若有厭煩之意，惟自去靜坐。凡言動應酬，總是付之無心而已。

第二年後，名益著，富家貴人多備安轎迎之，堅逃不往。富貴人身往勸逼之後，亦遍往諸家，所到不食人一物，惟向空室靜坐，若一木佛然，有言動而已。經二年半後，有潭陽富人，[14]禮迎之。處奉更肅，若敬神明。時進茶果，稍為食些。少後，備清茶精飯，苦勸之食，堅辭不能，不得已為食一甌。少頃飢甚，服滾湯又飢，餓不能禁。又索食，富人歡喜肅進之。連三日內，皆一日五餐，僅能止飢。山民自驚疑，急求歸山。依舊服湯靜坐，不免肚飢。後只得復食三餐，如尋常人矣。

按：山民所遇之道士，明是仙人，若辟穀三年完滿，必有超度矣。惜哉！為名所累，致人迎奉，致人逼食，而自毀前功。此勸食之愚富人，彼意欲虔奉之，以分生佛之福，豈誠心奉道哉？此山民既為所誤，而彼福亦安在也？且墮百劫之罪，來生必與山民結一大仇矣。觀此則辟穀乃仙方，不徒在服滾水靜坐也。不然後仍服之坐之，而何穀不能辟哉？則今之托辟穀，索人錢米者，真盜賊僧道也！真辟穀者，敢令人知乎？

14 此處，潭陽似乎是福建建陽的雅稱。

七十五　信僧哄惑幾染禍

徽州人丁達，為人好善喜捨。[15]一日與友林澤往海澄買椒木，[16]到臨清[17]等處發賣，貨已賣訖。此處有一寺，內有名僧號無二者，年近三十餘，相貌俊雅，會講經典，善談因果。風動多少良家子弟，往寺參拜，常有被其勸化，削髮出家者。

時達邀澤去謁無二，林澤曰：「你素性好善，聞此僧巧嘴善言，累誘人削髮為僧。你若見之，被其哄惑，何以歸見父母？」

達曰：「勸在彼，從在我。我白有主，彼何能奪？」苦要往拜之。見無二舉動閒雅，談及因果之事，達被打動，盡捨其財本入寺，拜無二為師，欲削髮為僧。澤怒曰：「未到此處我早言之，今果被哄惑，何以為人？」再三苦諫不聽，澤自回去。達在寺修行。

過二年後，僧無二因有董寡婦入寺燒香，容貌甚美，亦信善，好念彌陀，帶一使女十七歲，國色嬌媚，到寺亦參拜。無二以巧言勸誘，寡婦亦心服，即拜無二為師，欲削髮為尼。暫在寺宿幾夜。其丫頭常往無二房送果品，無二慾心

15 徽州，位於南直隸，今屬安徽省，是一個多山的地區，在明代因商人階層的繁榮而聞名。

16 丁正在售賣的椒木，可能是一種花椒樹的木材。花椒以其類似於胡椒種皮的麻味而知名。

17 海澄是福建省內的一個縣，位於徽州以南約八百公里。臨清（此處原作誤寫為「臨青」）是位於徽州東北部、山東省的一個縣，是南北貿易的主要樞紐。

難制，以白金十兩戲之。丫頭收其銀，與之通情。無二又思及其嫠婦，夜潛入其房，候董氏熟睡，欲強姦之。董氏堅貞不從，喊曰：「何人無理敢來姦盜？」言未數聲，無二以手巾緊勒其頸，須臾而死。

次日，使女去報知董氏之子李英，及到寺無二已先逃走矣。但無二久出名，各處人多認得，李英僱人遍處緝拿。不兩日，拿到送縣。

王爺即點民兵百餘，圍繞其寺。時寺僧已四散逃命，無僧可拿。王爺再命焚其寺，將無二責了四十，問典刑之罪。

達悔財本俱喪，無顏回家。後家中已知達逃回，叫人尋覓歸家。髮長方敢出。

此愚人信僧之明鑒也。

按：寺門藏姦，僧徒即賊，此是常事，亦往往有敗露者。人不目見，亦多耳聞，何猶不知戒？而婦人入寺，男子出家，真大愚也。董雖死，猶幸節完。丁達雖幸逃生，而財本已喪。使當時與無二並獲，何分清濁，必並死獄中矣。故邪說引誘人者，無論士農工商，皆當勿信而遠之可也。

七十六　僧似伽藍詐化疏

天元寺年久傾頹，住持僧完朗有意修之，恐工費浩大，非有大力者發願獨任，未易舉手。忽日遊方僧若氷來寺投宿，身幹魁梧，面方而黑，目圓耳長，宛似本寺伽藍形像。[18]完朗一見心喜，夜設齋款待，甚加勤敬。

次日，僧若氷曰：「寶刹非興旺，何如此肯接待十方？」

完朗曰：「興我寺者，在尊宿一臂之力，敢大有所托。」

若氷曰：「山家緣簿，怎能相助？」

完朗曰：「此寺須五百金方可全修，雖化些少眾緣，亦不濟事。看尊相，極似我本寺伽藍。托你擇巨富家，若化其全修，待彼在允否間，約其來寺親看，我自有方法納之。」

若氷會意，前去大江邊，有柴商財本巨萬。若氷備乾糧在身，直到柴排廳中，朗諷一經，結趺而坐，高叫曰：「化緣。」柴商荊秀雲，命手下以錢與之。

僧全不視曰：「吾非化小可錢鈔，貧僧與施主有夙緣，要化千金。」

18 東亞的佛寺一般都有守護寺廟的神像，中文稱為「伽藍神」，許多神靈都可以擔任。到了晚明，由關公，即被神格化的關羽擔任的情況愈來愈普遍。本故事中的一些細節暗示此處的伽藍神並非關公：關公的名字沒被提及，神像的臉為黑色而非紅色，而且這是一座古老的廟宇。見二階堂善弘，〈東アジアの伽藍神信仰〉，《関西大学東西学術研究所紀要》第五〇期（二〇一七），頁四一—五〇；Barend J. ter Haar, *Guan Yu: The Religious Afterlife of a Failed Hero* (Oxford: Oxford University Press, 2017), 34, 42. 關於十七世紀末版刻伽藍神圖像的例子，見鄒迪光，《勸戒圖說》，明萬曆二十二年〔一五九四〕安正堂刻本，卷四，頁32b。

秀雲作色曰：「化千金何用？」

僧曰：「此去二百里，有天元寺。前創時施主有緣在，故今生大富。近年頹壞，須五百金修理，又須五百金為香火田，後可保長久。則施主功德遠大矣。」

秀雲曰：「你為寺化疏，前生與此寺何緣？」

僧曰：「寺本我居食之地，非有緣得久處乎？」

秀雲不睬之。僧在柴排坐三日不去。手下人以飯與食亦食，不與亦不食。又過四日，秀雲曰：「吾舍三百相助，你更去化別人。」

僧曰：「有緣者不能化，無緣者何勞空說。」

秀雲曰：「你把疏簿來，我題三百兩。」

僧曰：「疏簿在寺中，三百亦不夠用，不須題。你圖今生享福，只施五百兩；若布來世津梁，非千金不可。」

秀雲曰：「吾不信今生來生，你且領三百兩去，好心修造。不足者，豈無別善人相助？」

僧曰：「吾那要銀？你自送與住持僧。」

秀雲曰：「吾十日後送到寺來。」

僧遂合掌念阿彌陀佛一聲而去。

歸對完朗詳說其事，又約十日後，柴商且來，吾遠避之。完朗大喜，早備茶果齋品以待。

至第十日，秀雲果帶銀同兩僕來。完朗知是柴商，肅迎待茶畢，問曰：「施主高姓？」

秀雲曰：「姓荊。」

完朗曰：「施主從那裡來？」

秀雲曰：「前約寶刹中化疏僧，今敬從江上來。」

完朗沉吟曰：「山寺未曾化疏。」

秀雲曰：「十七日前有僧在柴樓中，坐七日，我許他今日來。」

完朗曰：「本寺僧此半月內並無人出外者，必方僧詐托也。」即命作齋相待。

秀雲心疑怪：若方僧詐托，何不前日即領銀去？只存在心，遍寺閒遊，到伽藍祠去。舉頭看伽藍，宛似前日僧形像，兩僕亦指曰：「此伽藍好似前日僧。」秀雲看越驚異，心疑是伽藍化為僧，以勸我修寺。即以筶祈曰：「前日

19 筶（亦稱「筊杯」、「玟杯」、「桮」等）是一種占卜工具，由一對半月形的木塊或竹塊組成，有陰面（平的一面）和陽面（隆起的一面）。祈求者像拋硬幣一樣拋擲它們，根據落地的面來判斷吉凶。求一次「聖筶」，若得一陰一陽，則為吉。其他的結果還有「陽」（兩個皆為陽）和「陰」（兩個皆為陰）。

僧，若是你變的，求一聖筶。」[19]即打一聖。又曰：「三百金已帶來，祈保今年大利。」再一聖筶，又得一陽。又曰：「三百不夠，若要五百，求一聖。」又得一陰。又祝曰：「我心中已悟，若更要五百兩香燈，求一聖筶。」果擲一聖。

秀雲拜謝訖，來就齋席，謂完朗曰：「須用銀幾何？」完朗曰：「久有意要修，前日叫匠人估計，要五百兩方夠。故不敢舉。」秀雲曰：「我前日許過三百兩，今現送在此，明日更送二百兩來添。若修完備，再捨五百兩，買置香燈田，永遠奉佛。」

完朗聞言大喜，合掌下拜。後依約捨完。若氷密分二百兩而去。

按：僧貌似伽藍，故湊成此巧，亦可謂奇。然是人作成此套，何嘗真有伽藍化身乎？故富而能捨，本是善行。若謂真佛化緣，而施捨者輒有福報，此兩個裝騙僧，豈能福人乎？吾不信也。

七十七　詐稱先知騙絹服

東陽[20]江達潤，父遺產萬金，因為本府庫吏，累累浸潤剝削，破去家強半。又好男風，嘗畜美好小僕，陪侍出入。

有日，江之梁友遇其小僕，問曰：「前日為你相公買兩疋青絹都長，做長衫必有剩。」

小僕曰：「裁紅不善做，先做一領，太長穿不得，後一領做得恰好。」

梁曰：「長的可裁短，何妨？」

僕曰：「他也不要得，已藏在書房大箱中去。」

原來江多衣服，其穿後不用的，都投入此箱。

梁曰：「新服何忍棄？叫把與我修短服之。」

僕曰：「你要問他討箱中第三件，便是這新服。」

適一僧在旁聞得，素知江達潤肯施捨，即詐稱方僧，入江相公廨中抄化。江以兩文錢施之。

20 東陽位於浙江省中部。

僧曰：「吾看滿衙之中，皆有怨氣，惟相公府中，祥光滿室，後日必有好官職，前程遠大。吾將化你一件好服，以結個緣。」

江曰：「我無好服。」

僧曰：「你有一件穿不得的捨與我好。」

江故曰：「衣皆可穿，那有穿不得的？」

僧曰：「是一件新青絹，太長的，在書房大箱中第三件。該捨與我，吾為爾消災延壽。不然，你眼下有小是非到。」

江心異之，開大箱中看，果有兩件在上，新絹服第三。便疑此僧先知，持出捨與之，問曰：「既捨此服，可免是非否？」

僧曰：「我試你有善心否？今果肯施，便轉災成福矣。」

按：今僧皆庸人，何能前知？其稱已往事者，多得於傳聞；說未來事者，皆涉於矯誣。觀此僧欺江相之事，則今之稱善知識者，[21]皆此類也。江相之易欺如此，家安得不敗？世之信僧引誘者，可以此為鑒。

21 佛教術語「善知識者」泛指學問淵博的朋友或老師，能夠促使他人精神進步。在〈和尚認牝牛為母〉這則故事中，一名騙子和尚聲稱有類似的善知識者帶他找到了其母轉生而成的那頭牛。

第二十二類　煉丹騙

七十八　深地煉丹置長符

古有煉丹之說，點鐵成金，蓋仙方，非人世有也。世所傳煉丹之術，用好紋銀三兩，雜諸鉛、汞辰、硃砂藥物在爐同煉，每次須煉四十九日。至四十日後，須兩人輪番守爐，晝夜不得暫時離守。丹成可得九兩，內除三兩銀本，要三兩買藥物，每次只出三兩。一年可煉四次，共可得十二兩，僅足供兩人食用。故真得此方者，亦不屑為。其煉出丹銀，亦可經煎，每次漸漸虧少，復歸於無。但此銀第二次，不可為銀母。若再煉，須另以紋銀為母。此相傳真方，費心費工，甚不易為。若雲遊方士，托煉丹為名，以行騙者，用砒霜、雄黃諸物，炒好銀為灰砂，假稱曰丹頭，[22]然後將此與好銀同煎，仍煎成銀，彼便道丹藥可點成銀。此個個是弄假行騙之套子。

有一道士，自稱能煉丹者，先以銀灰明煎出些與人看。人多疑信相半，一富人獨信之，請至家煉。道士曰：「煉丹乃仙術，家中多穢濁，恐不能成。可於僻地，開坑一丈四尺深，僅可容一床一爐，在此處煉，煉四十九日，一百兩銀

22 丹頭，硃砂或者硫化汞，也是藥物、藥丸、藥粉等等的總稱，特別指有神效的藥品。

23 這個故事中使用的長度單位是丈（約三．二公尺），相當於十尺（一尺為三十二公分）；一尺又相當於十寸（一寸為三．二公分）。因此，這個坑深約四．四八公尺，寬約二．五六公尺。

母，可煉出三百兩矣。」

富人依言，於後門鑿一坑，廣八尺，深一丈四尺。[23]道士入坑去，命用銀十兩，買鉛、汞辰、硃砂等來，先煉丹頭，三日已訖。富人付銀百兩與煉，日弔下三餐飯與食。道人又命討一手握的堅實圓木七隻，每隻三尺五寸長，作符[24]用。大棕索一條，交橫縛柴符上，日以大斧摧打柴符。[25]

富人每日往坑上看，至三十餘日，柴符漸漸打下，只有一尺在上，心料銀將成矣。

道士知一月之久，防守者必懈，夜以索一頭係裹銀藥，一頭係在腰，將七個長符每二尺打一符於上，扳援而升，將銀吊起，昏夜逃去。次早送飯下，無人接，以燭照之，不見道士矣。梯下看之，銀都竊去，方知彼踏符而上，明白被其竊騙也。

按：深坑鍛鍊，使人不疑其逃。然用符用索，已早為出坑之計。其使人不疑處，即其脫身處也。後人鑒此，尚以煉丹為可信否！

24 符是道士和其他宗教修行者用來控制超自然力量的具象化工具。他們可以是小巧而使於隨身攜帶的（通常寫在紙上或者捺印在紙上），也可能像此例一樣，體積較大而且非常顯眼，有時以旗幟形式出現。

25 這些符被稱為「柴符」，意指即將被燒掉，通常是在爐中焚燒。這個術語在十四世紀編纂的《道法會元》中出現過兩次，反映了元末明初福建省西北部（《杜騙新書》的編纂和印刷地）的道教傳統。見《道藏》，第一一二二冊，卷四八，頁555a與卷五〇，頁767b。《道法會元》中的第一個段落明確指出這種符要被燒掉。見Piet Van der Loon, "A Taoist Collection of the Fourteenth Century," *Studia Sino-Mongolica*, ed. Wolfang Bauer (Wiesbaden: Franz Steiner Verlag, 1979), 401–5; Kristofer Marinus Schipper and Franciscus Verellen, eds., *The Taoist Canon: A Historical Companion to the Daozang* (Chicago: University of Chicago Press, 2004), 1105–13.

七十九　信煉丹貽害一家

方士以煉丹脫剝，受騙者歷來無算。故明人皆能灼見其偽，拒絕不信。

有一邴道士，術極高，拐一腳，明言已得真傳煉丹術，不肯輕易為人煉。其法以丹頭與人，任其以銅、鉛同煎，皆成銀。彼自用，則不須煉，但隨手取出都是銀。或見人疾苦者，在手掌一捻，即取銀與之。或衣袖中，隨捽來亦是銀，多肯施捨與貧人，由是人稱為半仙。有用銀器皿，設盛席待之者，食畢，令取一米桶置席上，以手取銀器，件件收入桶中。及看，則空桶無一物，明言：「我收去不還矣。」人以善言求取，則云：「已在你家內，原藏器之所。」視之，果在。若惡言強取，則終不見。此謂得五鬼搬運之法。如此累顯奇術，皆足駭動人。

有富人堯魯信之，延至於家，朝夕參拜，敬禮備至，願學其術。道士安然受拜，未肯遂傳之。每日坐享其敬，飲醉而睡，睡醒而游，全不以其敬禮為意。但有甚術，凡拜之者，便傾心悅服；與共席飲酒，便稱頌其道。堯魯一家，老幼婢僕，皆尊敬之。惟魯妻辛氏始終不信，累勸夫宜絕此邪人。後邴道士知之，以銀二錢，與其家小僕曰：「你主母梳頭時，可取他梳下頭髮一根與我。」小僕早晨取與之，道士得此髮即作法。

至半上午，辛氏中心只愛與道士通，謂婢曰：「今日我心異也。」至午益甚，又曰：「今日心中大異。」至半下午，心不能自禁，明謂侍婢曰：「吾往日極惡邴道士，今日何愛他好？你看我臉上何如？」

婢曰：「你似欲睡模樣。」

至晚飯後，辛氏思與道士雲雨之意極切，只恨一家人在旁耳！又強制住，密謂婢曰：「你今須緊跟我，或入道士房去，你須打我兩掌，批我面皮，切不可忘。」及上床睡後，夫已睡著。辛氏披上衣，裸下體，開門徑奔道士房去。道士正在作法催符。

婢急跟出呼曰：「此道士房不可去！」亦不應。

道士語婢曰：「你外去。」以手扯辛氏。

婢近前批主母兩頰，亦不管，又在面上打兩掌，曰：「你未穿衣。」

辛氏方醒曰：「我是夢中來，何故真身在此？喜得你喚醒也。」手攜婢曰：「快和我進去，好羞人也。」

入房蹴夫醒，詳言其情，及得婢喚醒之事。

夫曰：「那有此理？你素惡他，故裝此情捏之。豈有心既欲去，又肯叫婢挽之？這假話我不信。」

次日，不得已，述與夫兄言之。兄命弟逐去道士，亦不聽，乃往縣告之。縣提去打二十。又會寄棒打亦不痛，乃以收監。道士明是空身入監，隨手取出都是銀，以銀賄禁子，令買酒肉入監食。禁子更加奉承，思求其方。後又解府、解道，各官都加責，以無甚證據，不肯寘之死。後竟托分上，放出逃去，不知所往。

堯魯一家長幼，後相繼疾故，蓋受其術所蠱也。惟辛氏貞正，壽考無恙，總理家政，以撫幼孫之長，至九十餘歲而卒。

按：妖術之暗中，如妖狐之投媚，必心邪而後能惑。苟心正者，雖入群妖之中，妖不能害。故傅奕不信死人之咒，而胡僧自死；仲淹不信殺子之鬼，而鬼自不來。[26]辛氏心正，雖妖人靈法，能深疑於心，早囑於婢，終不受其邪淫之毒。然則法雖巧，終不及人心之正也。後遇妖人者，其牢把心而勿睬之，彼邪亦安施哉！

26 兩者都涉及因啟疑而戰勝術士的奇聞。唐貞觀年間（六二七—六四九），有一胡僧上朝，聲稱可以念咒令人死去，再念咒語讓死者生還。朝臣傅奕是激烈的排佛論者，他不信胡僧的言論，並允許胡僧以自身試咒。胡僧不僅失敗，而且頃刻間翻身倒地而亡。見李昉等編，《太平廣記》卷二八五；仲淹是傅奕同時代人王通（五八四—六一七）的字，筆者還未能找出這條逸聞的出處。

八十　煉丹難脫投毒藥

古潭一後生丁宇弘，機關伶俐，識盡世間情偽，人不能欺。偶遇一方士，自稱能煉丹，宇弘早知其偽也。欲乘此以騙方士，故詐為不知之狀，而瑣瑣問之。

方士曰：「丹是仙術，古來傳與善人，專以濟救貧窮者。先須採藥，煉成丹頭，用銀一錢，與丹頭同煎，可得三錢，一兩可得三兩。」

宇弘曰：「更多可煉否？」

方士曰：「只要有丹頭，雖一百、一千皆可煉。」

宇弘先用銀一錢與煉。方士加丹頭三分，即煎出銀三錢。宇弘喜，更以一兩與煎，又得銀三兩。宇弘益喜，請方士到家，殷勤相待。及銀已費盡，又求再煉添用，陸續煉出銀三十餘兩。惟以好言承奉之，願學其術，終不多出銀與煉。反將方士丹頭之本騙來矣。

方士思家中不奈他何，故說：「吾丹頭已用盡，可多帶銀本，出外採藥，再在外大煉。」

宇弘明知其引外行騙，只自思我用心提防，彼何以騙？更欲盡騙其身上丹頭之銀。乃帶銀五十兩，與俱出外，不肯取出費用。方士叫其取銀買物。

宇弘曰：「丹以換銀，今已成之銀，何必輕用？可取丹來，煉銀作路費。我銀留買藥。」

方士盡將己丹頭三兩，宇弘用銀十兩，共煉成三十兩，彼此各分一半。又遠行兩日，寢食嚴防。方士無計可脫，乃背地買砒霜在身，晚又買一鮮魚入店。宇弘往煮熟，裝作兩碗。方士往捧一碗在席，放毒於內。又再捧一碗，故打忿嚏，將口饞濺入魚上。

方士曰：「這碗褻瀆了，我吃。」

及至半夜，宇弘腹疼。延至明曉，方士往醫家求止疼藥，煎服愈甚。至午，宇弘髮散唇裂，腹痛難當。心疑是方士投毒，哀求之曰：「吾止有銀五十五兩，你能救我命，盡將與你。」時弘已不能起床矣。

方士取其銀，置己包袱內，近床以藥與之曰：「吾遊方人，將攢他人銀。你好奸狡。反騙去我銀五十兩。今止多得你五兩，吾自行善心，以此藥與你。憑你命當生死何如。」遂負行李逃去。

宇弘急命店主以藥煎。有認得者曰：「此解砒霜藥也。」連服幾次，疼稍止，再求近店人醫之，三日始得全愈。銀已全被方士奪去矣，只沿路乞食而歸。

按：知防煉丹，莫如宇弘。雖百計不能騙，反騙方士銀本幾盡，可謂巧極矣。然終被其投毒，銀盡還訖，又多去五兩，且幾乎喪命。幸而得生，沿路乞食，亦勞且辱矣。方士煉丹，其可信哉？

第二十三類　法術騙

八十一　法水照形唆謀反

僧術中，有以法咒水，密咒某人心欲何事。後令人自取照之，各隨其心之所欲，自現其形。

有米春元者，富過百萬，田連兩府，年逾五十，不思會試，惟安享豪華以為樂。妖僧聞其富，欲騙其厚利也。挾咒水之術，往叩其門。自言能望氣，每見此宅，紫氣上衝，有鸞鳳之彩，此百代王侯之兆。當有立翊運之功、分河山之帶礪者。米春元未信。

僧曰：「吾傳有秘術，以符咒水。能知此生榮枯結果。人但齋戒三日，虔心來照，則今生是何成就。自現於水中。」

米乃留此僧，令家下人各齋戒至第三日，注大缸水於庭。僧密語咒水，令諸人自照。米照見，戴了天冠，穿蟒袍，[27]幼子照之亦同。長、次二子只紗帽圓帽而已。米正室照，亦妃冠鳳袍。兩長婦照，惟珠冠翟服。米大異之，僅秘於心。後與流寓枝鄉官宴會，談及時事。

27 蟒有四趾，龍有五趾。在明代，蟒袍「在級別上僅次於皇帝龍袍」且只有皇帝才能賜予。照理說，這些「為皇權做出巨大貢獻」而得到的專門賞賜應成為受賞者「不能轉讓的財產」，但在法庭案件和文學作品，包括一六一〇年首次刊印的小說《金瓶梅》中，都出現了非法製造和轉讓這些賞賜的事件。見Sophie Volpp, "The Gift of a Python Robe: The Circulation of Objects in Jin Ping Mei," *Harvard Journal of Asiatic Studies* vol. 65, no. 1 (Jun 2005): 133–158, esp. 145–149. 又見Schuyler Cammann, "The Making of Dragon Robes," *T'oung Pao* vol. 40, nos. 4/5 (1951): 297–321.

28 李世民（五九八—六四九）曾指控兩名皇位爭奪者淫亂唐高祖的後宮，而後在他們前往皇帝面前為自己辯解的路上伏擊了他們。後來李世民逼迫高祖立自己為太子，殺了對手的孩子，納他們妃嬪之一為妃，並迫使高祖退位。李世民之後即位，為唐太宗（六二六—六四九在位）。

枝曰：「今並後匹敵，金注支庶，禍之萌孽，必始宮闈。異日不為文皇之喋血，[28]或為沂王府之反召，[29]此魯嫠所深恤者。」

米曰：「往者逆晌未萌而折，宸豪已發而摧，[30]國家如天之福，風雨何搖於牖戶也？」

枝曰：「不然。文靜以監豎倡唐，姚衍以胖僧興國。[31]若輔之得人，成敗安可料也？」

米曰：「縱中土有故，水國偏在海隅，必無憂亂離也。」

枝曰：「亦難保。讖云：『某地出天子，江南作戰場。』正可慮也。」

米曰：「使宸豪復興於今，成敗當何如？」

枝曰：「今承平弛兵，更甚於昔。向令宸豪，不久淹南康，某都不詐應反戈，安至以銅鍾灰也。」米聞言心喜。

又有一僧，能降神附童者，言往來禍福，如聲應響。米請降之，密禱以欲圖不軌事。神降曰：「金鍾興，玉氣旺，清福扶王帝業強。洪流掃蕩人安泰，裂土移宮鎮遠方。」米猶未決休咎，再求明報。降童喝曰：「此何事而敢絮叨也？」米不敢問，而未解神意。既而漁人於深淵得巨鍾，金色燁然。米以為瑞也。召枝

29 朱見濡（一四四七—一四八七）於一四五二至一四五七年間為沂王。這個典故可能指的是萬皇貴妃（一四二八—一四八七），其為皇太子的寵妃，在皇太子登基為成化帝（一四六四—一四八七年在位）之後晉升為皇貴妃。萬貴妃年長成化帝十七歲，其兒子早夭，據說她還命宦官強迫其他妃嬪墮胎，並殺害所有有孕的妃嬪。不管真相如何，成化帝最終有一個兒子活了下來並繼承了皇位。

30 寧王朱宸豪（一四七六—一五二一）領導了反對明正德帝的武裝叛亂，最終被江西巡撫王陽明（一四七二—一五二九）鎮壓。米春元避免使用皇家姓氏，此為慣例；但他敢把寧王隨意稱呼為「宸豪」是因其反叛後，不必再避諱其名字。

某及二僧，決謀逆。欲俟五月某日，五更早，大、小官俱出城送萬壽表，乃閉四門伏兵城外，悉殲之。

至四更，兵卒供執事者早起，見城內伏兵處燈火異常，急報軍官，調兵捕之。城中擾亂，又遣兵守城，見江中船無數，皆早炊飯城上兵，疑是助亂者。大呼曰：「某人謀逆，被捕獲斬首矣！」

外伏者，見內無號炮，城上有備。又聞呼喊聲，送表官皆不出城，知事必敗露。河邊數十號船，乘微明時，各各逃散。

後官以亂者作造謀劫庫問，捕獲數十餘人，皆斬首。而首逆者，反以不知情為辭，只擬流三千里，而死於道。（此傳內多隱語，未可明言也。）

按：米春元年老巨富，已無心向功名，更何心圖王侯？只以咒水妖僧啟其端，降神妖僧決其志。又以枝某失職怏怏，襄成大逆。二僧已就誅，而枝某幸脫於網，天何緩討兇人哉！猶幸聖朝清明，小醜旋殄，固太平之洪福，亦此地民風素良善忠順，不當受此叛逆者之荼毒也。然信僧惑邪之禍，亦酷矣。後人其深鑒之，其深戒之。

31 劉文靜（五六八—六一九）曾協助李淵成功反叛並登基為唐高祖，而後又支持其子李世民，後者迫使高祖退位。朱棣（一三六〇—一四二四）自一四〇二至一四二四年以永樂皇帝的身分統治明朝，他曾得到僧人道衍（一三三五—一四一八）的協助，其俗名為姚廣孝。

八十二　妖術托夢劫其家

老狐晝伏巖洞，夜出尋食草木之實。有偶於草木中，吸得天地絪緼之精者，便有靈變，能幻化為美婦，以迷誘人，採人之陽精，以益其靈通。法師捕得而烹之，和尚如求得狐心，焙而乾之，薰以好香，於深山中構一草廬，以狐心奉祀於中，日誦諸般懺文、經卷超度之。夜則群妖眾怪，嗥者、呼者、悲者、泣者、叫者、嘯者，能為人言，或為蠻語者，千怪萬狀，於草廬外哀弔，極其淒涼。要極大膽之人，方敢中處。弔過七日，亦漸漸稀少。晝夜常誦經作法，備果食供奉。積至四十九日，然後焚了草廬，把狐心領回，香火祀之。如明日欲往見某人，先夜以錦囊盛狐心，置於心上，夜必夢婦人領去，先見其人。次日往拜其人，已夢中相會，後有所於求，人必以為異，而多從之。此僧家騙化之一術也。

有富家羊老，生二子，娶二媳矣。蓄積盈餘，極是慳吝，分文不肯施捨。忽夜夢兩高僧來化緣。次日，果有兩僧到，容貌儼如夢中所會者，稱言：「你取財太急，人多怨氣。吾與你有夙緣，特來為你懺悔。」

羊老信之問：「懺悔當如何？」

僧曰：「你合家當齋戒三日，冉買果餅麵食，及三牲豬、羊肉，半葷半素。吾為你作法請將，誦經供佛，將生前罪過解釋，再祈後增福祿，便家門清吉，死後免墮矣。」羊老依言，齋戒買辦。

至第三日，又有兩僧到，又留相助誦經。至晚來，一僧念咒燒符，降遣羊老，自跳自喊，取利劍在手，指其妻子曰：「此鬼也。」悉手刃之。又追殺二媳。媳求僧解勸，僧指羊老喝曰：「坐。」羊老遂提劍咬牙，昏昏而坐，不醒人事。四僧入，輪姦二婦訖，以索縛之，搜其家財幣，捆作四擔，夤夜逃去。

次日有人入其家者，見羊老披髮伏劍，睜眼讝語，急出呼眾人看。親眾群擁而入。羊老只說要殺鬼，眾向前奪去其劍，呼其名曰：「你何故如此？」羊老漸漸復甦。人又問之，才知應曰：「吾夢見鬼多，正在此殺鬼，得你們叫我醒也。」及入後室，妻與子皆被殺。羊老大哭曰：「此我記得殺三鬼在此，又趕殺二鬼婆，被僧攔開。」及入房，二婦皆捆在床，乃呼鄰婦來解之。各稱被僧所姦，金銀財帛皆收拾去矣。一家痛恨無窮，一邊收殮三屍，一邊遣人四路趕僧，皆趕上兩日路並不見蹤而還。

按：羊老素慳吝，則為富不仁之事有矣。乃僧悚以怨氣，便信其說，而留以作福懺悔，則心先自疚故也。僧欲行術劫財，而先形於夢。此亦得狐心引夢之術而用之。彼夢謂高僧，而反為劫僧。不信晝所為，而信夜所夢，亦惑矣；不行善於平昔，而求懺悔於修齋，亦愚矣。今人多殘忍不仁，貪暴不義，而欲飯僧供佛，追修懺悔，何異羊老之覆轍哉！甚矣，惡不可為，而僧不可信也。鑒此當為之凜凜。

八十三　摩臉賊拐帶幼童

往年京城中，有幼童出外，嘗被人拐帶去，尋之又無蹤，後累累有之。人多見一僧，摩幼童之臉，則幼童隨之而行。既而尋，已失之。故京城盛傳，謂之摩臉賊。特在京僧釋人多，未察其孰是也。

忽宓富人，止生一子，出外不返，四下跟尋甚急，各處出償帖曰：「有收留得者，償銀二十兩。報信者，償銀一十兩。」四處掛帖出償，終莫得下落。

住宓家小屋人班八，以淘街為生。[32] 一日懶去淘街，往城外晦真庵閒遊，轉入後室，四旁周覽，忽破水障中，一小士露頭來。

班八認是宓家子，忙呼之曰：「家中四處尋你，何故在此？」

宓子曰：「僧閉禁我在此，你快來救我。」

班八看房門已鎖，恐一人難帶此子出，謂之曰：「你小心暫在此，吾報你令尊知，即來取你矣。」飛跑而歸，報宓老曰：「令郎受禁在晦真庵中，速去救之。」

32「婚娶騙」的故事〈婦嫁淘街而害命〉中，出現了一個姓名相似的人物房八，他也是京城中的淘街，正如那裡所解釋的（第二三五頁），「班八」與「房八」這兩個名字以及這兩個人物的職業，都涉及到與性交後喪命的情節有關的文字遊戲。

宓老即招五十餘人，前後到庵。班八引至庵後房中，打開門認出宓子，又搜出十數童輩。即令眾人捆住僧小山，並同庵三人都縛來，狀送到官。

官先審問眾童曰：「汝等如何被引入庵？」

眾童曰：「和尚以手摩我眼睛，便見兩邊、背後，都是猛虎、毒蛇，將來咬人、傷人。惟面前一條路，清淨好行，我輩只向前走，便到此庵，被和尚幽閉住。」

又問曰：「和尚留汝等在庵幹何事？」

眾童曰：「可恨這禿子，不拘日夜，將我等做苦舂，極是疼痛。若不從，便將大杖撻打。眾人怕他，只得從他所為。」

又問曰：「先拐來的，後必長大，都放在何處去？」

眾童曰：「有病者，有長大者，和尚說放他回去，未知後都回家否？」

官再審僧小山曰：「你拐來眾童後病的、長的，都放那裡去？」僧不敢應。

再問同庵三人，都云：「毒死埋訖。」

官聞言大怒，將小山打四十，同庵者各打二十，曰：「此罪不容於死。」令鎖出衙門外，許失童之家群聚手毆，打得身無完膚，有割其陽，塞於僧口者，半日而死。人莫不恨其淫，而快其死。後將其庵焚之，拐帶之禍遂息。

按：好男風者，禽犢之行。此僧必有春意之方，非拐諸幼童，無以快其欲。又習得妖法，摩其眼睛，則昏花見怪，故可誘致童男，其罪浮於天矣。積惡貫盈，眾戮其身，言之羞口舌，書之污簡牘，人誰不切齒之。世有負男子之軀者，其可襲此僧之惡行哉！

第二十四類　引嫖騙

八十四　父尋子而自落嫖

富人左東溪，止生一子少山，常帶千金財本，往南京買賣。既而入院，衏[33]毛月華，一年不歸。東溪問於人，知子以嫖故，因貪歡忘返，累以信促之歸。初猶回音，推托以帳未取完，後信往亦不答。東溪聞其財本，已費過半矣，心中甚怒，欲自往尋之。又思空行費盤纏，乃帶三百金貨物，僱僕施來祿同往京尋子。人貨到京，早有人報知少山云：「爾父帶貨來賣，兼欲尋汝。」

少山聞言甚悶，急呼其麻毛惜卿謀之曰：「家父特來催我歸，爾計能陷他亦嫖，則我在此可久。不然，今須與你別矣。」

惜卿曰：「你但深藏此間，勿與相見，我自有理會。」

即遣人邀前院荀榮嫣來，托他巧為牢籠。榮嫣許諾而去。東溪問在京客夥，知子在毛惜卿家，嫖其女月華，徑尋惜卿家來，欲呼子歸。惜卿出而款待甚恭。

東溪曰：「小頑少山在你家，我到京十餘日矣，可叫他出來見我。」

33 「衏」（ㄩㄢˊ），指妓女。

惜卿悚敬曰：「相公即少山令尊乎？妾幸披雲睹日也。令郎前在寒舍兩、三個月，今月餘前，送別久矣。」即喚女月華出見，指曰：「此而翁也。」

命下拜，東溪不禮之，又命設席，東溪曰：「吾為不肖子而來，豈索汝酒食乎？速叫兒與我歸，亦不消你假意相留。」

月華曰：「果是前月已去，云欲收帳回家。若果在此，何敢相瞞？」

東溪不信，定要究子下落。

惜卿曰：「茅舍只數間，任相公遍搜之。豈能藏得？」

月華領東溪入內，四下覓之無蹤。

東溪大怒曰：「牙人說在此，如何藏開？說這鬼話！若吾兒不見，是你家謀死，必當官告你，著你尋覓！」

月華驚曰：「從來院中，那有謀人者？相公勿輕易怪人。」

東溪詬罵而出。行過院前，窗內一女，將盆水傾出，淋東溪一身，冠服盡濕。時怒未散，問此是誰人家？僕來祿曰：「此一行都是樂戶人家。」東溪即入其門指罵。荀榮嫣出，驚惶問故，知是女荀慶雲誤傾水淋著，即喚出棒打無數。慶雲哀求勸救，東溪亦不睬。

榮媽曰：「你好將新服換與相公，向前叩頭求救，留在此陪個禮，免後日生禍。」

慶雲叩頭訖，引入內房，取一套新衣與更，跪曰：「我等人家最怕得罪於人，萬望海度涵容，恕妾罪過。」

東溪曰：「我原不怪你，只衣濕難行。我今換去，明日即送還矣。」拂衣便起。

慶雲挽曰：「更有杯酒陪禮。若便去，媽又怪責我矣。」

東溪曰：「何消酒？」

時筵已排到，慶雲曲意陪奉，東溪亦放懷樂飲。至晚欲去，慶雲懇留曰：「今半載空房，若不宿而去，真對面不相逢也。但宿則媽歡喜，謂我善留客，此豈費房錢乎？」又飲到二更而睡。東溪思房錢終是還之，且假意不動，以試何如？慶雲偎抱撫摩之曰：「君作柳下惠，坐懷不亂耶？[34]是入寶山空手回也。且暮夜無知，誰獎爾貞節男者？」東溪笑而從之。

次日，近午方起，才梳洗罷，酒席已備。慢慢勸飲，彈唱以奉之。靠晚又欲歸，慶雲留曰：「肯宿，媽媽甚喜。若一宵而別，真是萍水之逢，落花有意，流

34 魯國柳下惠（西元前七二〇—六二一）被認為是坐懷不亂遵守道德禮節的典範。據說，他因擔心女子在天氣嚴寒的夜晚被凍死，從而讓她坐在自己懷中。

水無心也。妾縱奉侍不周，君何不做甘雨濟我半載旱人？」

東溪又為留一夜。第三日，堅要歸，求還舊服。

慶雲曰：「已遣人送往貴寓矣。」

東溪曰：「承賜身上服，明日送還。」

慶雲曰：「只恐不中服，何不收作表記？」

又取出一箱玩物，欲擇一件相贈。東溪見箱中皆珠玉寶玩，僅取一牙扇墜。

慶雲曰：「此不敢奉，此銀的敬奉。」

東溪曰：「只領你意耳，何必送銀物？」

慶雲曰：「此牙的是禮部公子所贈，旁刻有號。凡孤老所賜，惟銀得用。若簪鈿諸玩物，須存留之。後日有會，問及即在，方表不忘之意，故不敢轉贈於人。此銀扇墜乃預打造以回答人者，旁鑄有妾名，故願相贈也。」

東溪受之而歸。明日謂來祿曰：「看妓家極難做，只誤傾一盆水，費盡小心承奉人，惟恐不當人意。我豈可過吃他物？我宿兩晚，又吃四席酒，以銀四兩與之；受一銀扇墜，以金、銀、玉三枝簪答之，並這身衣服，你送去還他，我不再去。」

原來前兩夜，來祿亦得婢桂英伴宿，兩人情意綢繆，更相捨不得。臨行囑咐曰：「主人若再來嫖，又得再會。」故來祿只願得主肯嫖，力勸曰：「前日空手去，也這般相敬。今日有銀、有簪送他，他不留宿，豈不留酒乎？再吃他何妨？」

東溪信之，再與僕往，以銀簪送之。慶雲得了，喜色滿面，持入誇與媽曰：「左相公送我銀四兩、簪三根，非妾取奉得歡喜，豈送許多禮乎？」

荀媽亦大喜，出叩謝曰：「本不當受厚禮，既蒙賜，還在寒舍消耍幾日。」

東溪假辭要回，慶雲挽入內房，酒席已備。

東溪曰：「又煩宴我，後何以報？」

慶雲曰：「前日只是賠禮。今日所賜銀，已准後帳。」

東溪曰：「前銀還前。我若嫖，須從今日算起。」

由是日夜流連，忘其時月。來祿亦得再與桂英會，二人喜不自勝，侍奉加慇懃，使喚加聽命，主僕皆樂而忘歸矣。

東溪時或謂僕曰：「當要知止。銀費去多矣。」

來祿便誘曰：「人有金帛，正要追歡買笑。相公掌許大家，才得此幾月快心，縱此銀用盡，家中何患無吃著？不及此未老時行樂。人生寧有百年，何必作守銀虜也？」

東溪心本迷戀，又累被來祿勸誘，並不知回頭。不覺半年餘，三百金幾盡。桂英時向來祿索衣服、簪珥，來祿轉求於主。

主曰：「亦未知我用多少，須與荀媽算之，然後留盤纏回去。」及算過，已用過三百餘兩，盡貨物還之尚未夠，盤費全無辨。

來祿曰：「小主本多，可去借些。」

東溪曰：「不好開口，你去婉轉言之。」

少山知父本嫖盡，撫掌大笑，令月華設席，請父及慶雲來餞行。然後東溪與子默默同歸，只謂緣遇使然，不知為計所陷也。

按：尤物移人，麗色傾城，自昔慨之，安有入蝹蠖中，而皓然不滓者？東溪非為衍而來，直欲尋子而歸。其深知妓之迷人，與嫖之破家審矣。乃入其中，而淈泥揚波，更甚於子。不邇聲色，不溺情慾者，能幾人哉！孔[35]曰：「吾未見好德如好色者也。」則賢賢易色者，信難矣。故院中語曰：「不怕你來了乖，只怕你乖不來。」則惟勿蹈其地者，可超然樊籠外矣。不然，未有不受其羈迷者。

35 指孔子。下文引自《論語・子罕》，亦見《論語・衛靈公》。

參考書目

《杜騙新書》早期版本

《鼎刻江湖歷覽杜騙新書》，晚明刻本，福建建陽存仁堂刊印。原藏雙紅堂，現藏東京大學東洋文化研究所。各卷卷首有插圖。有抄補。http://shanben.ioc.u-tokyo.ac.jp/main_p.php?nu=D8624000&order=rn_no&no=04481

《鼎刻江湖歷覽杜騙新書》，晚明刻本，福建建陽存仁堂刊印，各卷卷首有插圖。哈佛燕京圖書館藏。缺第一卷頁四七—八。http://nrs.harvard.edu/urn-3:FHCL:26866101

《鼎刻江湖歷覽杜騙新書》，日本江戶初期抄本，據晚明福建建陽居仁堂版抄。有一六一七年熊振驥序；無圖。林羅山（一五八三—一六五七）原藏，後為內閣文庫所藏，現藏日本國立公文書館。檔號 300–054。https://www.digital.archives.go.jp/file/3611079.html

《鼎刻江湖歷覽杜騙新書》，晚明刻本，福建建陽存仁堂刊印。原內閣文庫藏，現藏日本國立公文書館。檔號 300–059。https://www.digital.archives.go.jp/file/1079424.html

《鼎刻江湖歷覽杜騙新書》，晚明刻本。東京尊經閣文庫藏。未見。

《杜騙新書》近代版本

《杜騙新書》，收入《明清善本小說叢刊初編》，第三輯，台北：天一出版，一九八五？。哈佛燕京圖書館藏本影印。

《杜騙新書》，收入《古本小說集成》，第三輯，上海：上海古籍出版社，一九九〇？。哈佛燕京圖書館藏本影印。

《杜騙新書》，收入《古本小說叢刊》，第三十五輯，北京：中華書局，一九九一。哈佛燕京圖書館藏本影印。

《江湖奇聞杜騙新書》，孟昭連編，天津：白話文藝出版社，一九九二。

《江湖歷覽杜騙新書》，北京：團結出版社，一九九三。

《防騙秘典》，康暉宜編，廣州：廣州出版社，一九九三。

《江湖奇聞杜騙新書》，廖東編，鄭州：中州古籍出版社，一九九四。

《杜騙新書》，收入《中國古代珍稀本小說》，瀋陽：春風文藝出版社，一九九四。

《新刻江湖杜騙術：中國古代第一部反詐騙奇書》，紀凡編，石家莊：河北教育出版社，一九九五。

《防騙經：《江湖奇聞—杜騙新書》今譯今解》，丁曉山編，北京：中國文聯出版公司，一九九七。

《騙經》，收入《中國禁毀小說百部》，北京：大眾文藝出版社，一九九九。

《騙經》，桂林：廣西師範大學出版社，二〇〇八。

中、日文引用資料

《大明律例》，一五五四〔明嘉靖三十三年〕，江西布政使司重刊本。

《六祖大師法寶壇經》，收入《大正新脩大藏經》，第四十八冊第二〇〇八號。

《冊府元龜》，收入《文淵閣四庫全書》。

《全唐詩》，北京：中華書局，一九八〇。

《佛光大辭典》：https://www.fgs.org.tw/fgs_book/fgs_drser.aspx

《李筌注孫子兵法》。

《和州志》，一五七五〔明萬曆三年〕版。

《殺狗勸夫》，元抄本，收入《脈望館鈔校本古今雜劇》，收入《古本戲曲叢刊四集》，上海：商務印書館，一九五八。

《新刻時尚華筵趣樂談笑酒令》，建陽：種德堂，刊刻年不詳。

《舊五代史》，北京：中華書局，一九七六。

《鎮州臨濟慧照禪師語錄》，收入《大正新脩大藏經》第四七冊第一九八五號。

《雙花樓》，裕盛堂版，《俗文學叢刊》影印。台北：新文豐，二〇〇二。

〔舊題〕陳繼儒編，《新刻眉公陳先生編輯諸書備採萬卷搜奇全書》，陳懷軒刊，建陽：存仁堂刻本，一六二八。

〔舊題〕陳繼儒編，《新鐫國朝名公神斷李卓吾詳情公案》，晚明存仁堂刊本。

二階堂善弘，〈東アジアの伽藍神信仰〉，《関西大学東西学術研究所紀要》第五〇期（二〇一七年一月），頁四一—五〇。
卜正民著，方駿、羅天佑、王秀麗譯，《縱樂的困惑：明代的商業與文化》，北京：三聯書店，二〇〇四。
卜正民著，陳時龍譯，《明代的社會與國家》，合肥：黃山書社，二〇〇九。
大木康，〈明末「惡僧小說」初探〉，《中正漢學研究》第二〇號（二〇一二年十二月），頁一八三—二一二。
氏岡真士、閻小妹，〈『杜騙新書』の明刊本について〉，《信州大学総合人間科学研究》第一一號（二〇一七），頁二二九—四二。
牛建強，〈晚明短篇世情小說集《杜騙新書》版本考〉，《文獻季刊》第三期（二〇〇〇年），頁二〇〇—一〇。
王先謙編撰，《莊子集解》，北京：中華書局，一九八七。
司馬遷，《史記》，北京：中華書局，一九八二。
伊藤加奈子等，《『杜騙新書』訳注稿初編》，出版地不明，「杜騙新書」の基礎的研究プロジェクト，二〇一五。
西湖漁隱主人，《歡喜寃家》，約一六四〇。
何谷理，《明清插圖本小說閱讀》，北京：三聯書店，二〇一九。
吳朝陽，〈《杜騙新書》福建地方屬性考述〉，《明清小說研究》第三期（總第一一三期），二〇一四，頁一七〇—一。

吳敬梓，《儒林外史》，香港：中華書局，一九九六。
宋應星，《天工開物》，一六三七年刻本。
李昉等編，《太平御覽》，北京：中華書局，一九六三。
李昉等編，《太平廣記》，北京：中華書局，一九六一。
李莎，〈「打秋風」語源考釋〉，《廣西民族學院學報（哲學社會科學版）》，二〇〇一年第二期，頁二三九—四〇。
辛羽，〈「打秋風」小考〉，《咬文嚼字》，二〇一二年第七期，頁四〇—二。
阮思德著，詹前倬譯，〈價值與效度：識破明清中國的白銀〉，《中外論壇》二〇二四年第三期（二〇二四年九月），頁三六五—八九
周暉，《金陵瑣事》，北京：文學古籍刊行社，一九五五。
房玄齡等編，《晉書》，北京：中華書局，一九七四。
林雅清，〈明代通俗小説に描かれた悪僧説話の由来-仏教における「戒律」と「淫」の問題を手掛かりに〉，《京都文教短期大学研究紀要》第四八號（二〇〇九），頁一—一一。
林麗月，〈從《杜騙新書》看晚明婦女生活的側面〉，《近代中國婦女史研究》第三期（一九九五年八月），頁三一—二十。
武緯子撰，熊振宇編，《新刊翰苑廣記補訂四民捷用學海群玉》，建陽：熊振宇種德堂，一六〇七（明萬曆三十五年）。
范曄編，《後漢書》，北京：中華書局，一九六五。

重慶市文化局戲曲工作委員會，《西關渡》，收入《川劇》第三十八號。重慶：重慶人民出版社，一九五六。
凌濛初，《拍案驚奇》，收入《凌濛初全集》，南京：鳳凰出版社，二〇一〇。
唐寅，《唐伯虎先生全集》，一六一四年刻本影印本，台北：學生書局，一九七〇。
徐畛著，俞為民編，《殺狗記》，上海：上海古籍出版社，一九九二。
浪野徹，《中国悪僧物語》，東京：平川出版社，一九九〇。
高啟，《大全集》，收入《文淵閣四庫全書》。
張凱特，〈論明代公案小說集惡僧故事的承衍與改寫〉，《漢學研究集刊》第二十六期（二〇一八年六月），頁三五—六七。
陳奇猷編撰，《韓非子集釋》，北京：中華書局，一九五八。
陸容，《菽園雜記》，北京：中華書局，一九八五。
馮夢龍輯，《警世通言》，南京：江蘇古籍出版社，一九九三。
黃鳳池編，《新鐫五言唐詩畫譜》，收入《集雅齋》，十七世紀初期。
楊伯峻編撰，《列子集釋》，北京：中華書局，一九七九。
楊慎，《古今諺》，收入《四庫全書存目叢書》，濟南：齊魯書社，一九九五。
詹紫葦，〈論《因蛙露出謀娶情》的故事流變〉，《青年文學家》第十七號（二〇一八），頁八二—三。
鄒迪光，《勸戒圖說》，一五九四（萬曆二十二年）安正堂刻本。
雷君曜編，《繪圖騙術奇談》，上海：掃葉山房，一九〇九。

劉安，《淮南子集釋》，收入《諸子集成》，北京：中華書局，一九九八。
劉敬叔，《異苑》，收入《津逮秘書》，上海：博古齋，一九二三。
劉霞，〈明清時期山東廟會研究〉，山東師範大學碩士學位論文，二〇〇六。
韓大成，《明代城市研究》，北京：中國人民大學出版社，一九九一。
韓勝，〈明末《唐詩畫譜》翻刻之盛及其文學意義〉，《文藝評論》二〇一二年第二期，頁一四五—一八。
羅貫中，《三國演義》，北京：作家出版社，一九五三。

西文引用資料

Alpert, Michael, trans. *Lazarillo de Tormes and The Swindler: Two Spanish Picaresque Novels*, rev. ed. New York: Penguin, 2003.

Altenburger, Roland. "Täuschung und Prävention: Ambiguitäten einer Sammlung von Fallgeschichten aus der späten Ming-Zeit." In *Harmonie und Konflikt in China*, edited by Christian Soffel and Tilman Schalmey, 109–127. Wiesbaden: Harrassowitz Verlag, 2014.

Barnum, P.T. *The Humbugs of the World: An Account of Humbugs, Delusions, Impositions, Quackeries, Deceits and Deceivers, Generally, in All Ages*. New York: Carleton, 1866.

Belsky, Richard. *Localities at the Center: Native Place, Space, and Power in Late Imperial Beijing*. Harvard East Asian Monographs 258. Leiden: Brill, 2005.

Bussotti, Michela. *Gravures de Hui: étude du livre illustré chinois (fin du XVIe siècle-première moitié du*

XVIIe siècle). Mémoires archéologiques 26. Paris: Ecole française d'Extrême-Orient, 2001.

Cammann, Schuyler. "The Making of Dragon Robes." *T'oung Pao* 40, no. 4/5 (1951): 297–321.

Chen Jinhua. "A 'Villain-Monk' Brought Down by a Villein-General: A Forgotten Page in Tang Monastic Warfare and State-Saṃgha Relations." In *Behaving Badly in Early and Medieval China*, edited by N. Harry Rothschild and Leslie V. Wallace, 208–230. Honolulu: University of Hawai'i Press, 2017.

Chia, Lucille. *Printing for Profit: The Commercial Publishing of Jianyang, Fujian (11th–17th Centuries)*. Cambridge, MA: Harvard University Asia Center, 2003.

Durand-Dastès, Vincent. "Désirés, raillés, corrigés: les bonzes dévoyés dans le roman en langue vulgaire du XVIe au XVIIIe siècle." *Extrême-Orient Extrême-Occident* 24 (2002): 95–112.

Fei Siyen. "Trafficking Women in *The Plum in the Golden Vase*.," In *Approaches to Teaching* The Plum in the Golden Vase (The Golden Lotus), edited by Andrew Schonebaum, 263–84. Approaches to Teaching World Literature 159. New York: Modern Language Association of America, 2022.

Hanan, Patrick. "The Making of *The Pearl-Sewn Shirt* and *The Courtesan's Jewel Box*," *Harvard Journal of Asiatic Studies* 33, no. 3-4 (1973): 124-153.

He, Yuming. *Home and the World: Editing the "Glorious Ming" in Woodblock-Printed Books of the Sixteenth and Seventeenth Centuries*. Cambridge, MA: Harvard University Asia Center, 2013.

Ivanhoe, Philip J., ed. and trans. *Readings from the Lu-Wang School of Neo-Confucianism*. Indianapolis: Hackett, 2009.

King, Richard, Esq. *The New Cheats of London Exposed; or the frauds and tricks of the town laid open to both sexes, being a guard against the iniquitous practices of that metropolis*. London: W. Clements, J. Sadler, and J. Eves, 1792.

Lai, T. C. *T'ang Yin, Poet/painter, 1470-1524*. Hong Kong: Kelly and Walsh, 1971.

Lauwaert, Françoise. "La mauvaise graine: Le gendre adopté dans le conte d'imitation de la fin des Ming." *Études chinoises* 12, no. 2 (1993): 51–92.

Lee, Haiyan. "When Nothing Is True, Everything Is Possible: On Truth and Power by Way of Socialist Realism." *PMLA* 134, no. 5 (2019): 1157–64.

Lenz, William E. *Fast Talk and Flush Times: The Confidence Man as a Literary Convention*. Columbia, MO: University of Missouri Press, 1985.

Lu, Tina. *Accidental Incest, Filial Cannibalism, and Other Peculiar Encounters in Late Imperial Chinese Literature*. Cambridge, MA: Harvard University Asia Center, 2008.

Maurer, David W. *The Big Con: The Story of the Confidence Man*. 1940; repr., New York: Anchor Books, 1999.

McMahon, Keith. *Saying All That Can Be Said: The Art of Describing Sex in* Jin Ping Mei. Harvard-Yenching Institute Monograph Series 134. Cambridge, MA: Harvard University Asia Center, 2023.

McNicholas, Mark. *Forgery and Impersonation in Imperial China: Popular Deceptions and the High Qing State*. Seattle: University of Washington Press, 2016.

Melville, Herman. *The Confidence-Man: His Masquerade*. London: Longman, Brown, Green, Longmans & Roberts, 1857.

Nappi, Carla. *The Monkey and the Inkpot: Natural History and Its Transformation in Early Modern*

China. Cambridge, MA: Harvard University Press, 2009.

Rea, Christopher. "Hoax as Method." *Prism* 16, no. 2 (October, 2019): 236–59.

Rummel, Stefan M., ed. *Der Mönche und Nonnen Sündenmeer: der buddhistische Klerus in der chinesischen Roman- und Erzählliteratur des 16. und 17. Jahrhunderts: mit einer vollständigen Übersetzung der Sammlung* Sengni niehai. Chinathemen 68. Bochum: N. Brockmeyer, 1992.

Schipper, Kristofer Marinus, and Franciscus Verellen, eds. *The Taoist Canon: A Historical Companion to the* Daozang. 3 vols. Chicago: University of Chicago Press, 2004.

Smith, Richard J. *Fortune-Tellers and Philosophers: Divination in Traditional Chinese Society*. New York: Routledge, 1991.

Sommer, Matthew H. *Polyandry and Wife-Selling in Qing Dynasty China: Survival Strategies and Judicial Interventions*. Oakland: University of California Press, 2015.

______. "Sexual Acts and the Articulation of Norms and Hierarchies in *The Plum in the Golden Vase*." In *Approaches to Teaching* The Plum in the Golden Vase (The Golden Lotus), edited by Andrew Schonebaum, 285–94. Approaches to Teaching World Literature 159. New York: Modern Language Association of America, 2022.

ter Haar, Barend J. *Guan Yu: The Religious Afterlife of a Failed Hero*. Oxford: Oxford University Press, 2017.

Van der Loon, Piet. "A Taoist Collection of the Fourteenth Century." In *Studia Sino-Mongolica*, edited by Wolfang Bauer, 401–5. Münchener ostasiatische Studien 25. Wiesbaden: Franz Steiner Verlag, 1979.

Volpp, Sophie. "The Gift of a Python Robe: The Circulation of Objects in *Jin Ping Mei*." *Harvard Journal of Asiatic Studies* 65, no. 1 (2005): 133–58.

Waltner, Ann. "Widows and Remarriage in Ming and Early Qing China." *Historical Reflections* 8, no. 3 (1981): 129–46.

Youd, Daniel M. "Beyond *Bao*: Moral Ambiguity and the Law in Late Imperial Chinese Narrative Literature," In *Writing and Law in Late Imperial China: Crime, Conflict, and Judgment*, edited by Robert E. Hegel and Katherine Carlitz, 215–233. Seattle: University of Washington Press, 2007.

Zhang, Ying. "Domestic Violence in a Premodern Context in *The Plum in the Golden Vase*." In *Approaches to Teaching* The Plum in the Golden Vase (The Golden Lotus), edited by Andrew Schonebaum, 230–52. Approaches to Teaching World Literature 159. New York: Modern Language Association of America, 2022.

Zhang Yingyu. *The Book of Swindles: Selections from a Late Ming Collection*. Translated by Christopher Rea and Bruce Rusk. Translations from the Asian Classics. New York: Columbia University Press, 2017.

______. *More Swindles from the Late Ming: Sex, Scams, and Sorcery*. Translated by Bruce Rusk and Christopher Rea. Translations from the Asian Classics. New York: Columbia University Press, 2024.

封面介紹

封面圖片為《南都繁會圖卷》的局部，此長卷由一位明代佚名畫家所繪（舊題繪者為仇英（一四九四？—一五五二），現藏於中國國家博物館。封面所選取的場景，呈現了南京的市集，畫面最前方是一排商鋪，包括湧和布莊和錢莊（兩個招牌上的銀錠和銅錢圖案令即便是不識字的人也可以輕易辨認）。一位巡遊的音樂家——江湖中的典型形象——正從畫面左側走過，身背琵琶。街對面，左邊是賣陶瓷的小販，右邊則是一人在賣茶水或者溫好的酒。最引人注目的畫面中央，是一名男子正對著名為「張樓」的飯館作揖。然而，門旁的動物暗示他應該當心店家的攬客行為——這家店可能在「掛羊頭賣狗肉」。這幅街邊景象描繪了由商業機構、流動人物和欺詐行為所構成的文化場景，其中的欺詐行為與我們在張應俞書中所見到的頗為相似。

騙經

晚明中國的江湖騙術與防騙故事集

【杜騙新書．新注校勘全本】

封面圖片／《南都繁會圖卷》局部，
中國國家博物館館藏品，
圖片由中國國家博物館提供

騙經：晚明中國的江湖騙術與防騙故事集
（杜騙新書．新注校勘全本）／
（明）張應俞原著；雷勤風（Christopher
Rea），阮思德（Bruce Rusk）編注．
－一版．－臺北市：麥田出版：
英屬蓋曼群島商家庭傳媒股份有限公司
城邦分公司發行，2025.07
　面；　公分
ISBN 978-626-310-894-3（平裝）
857.16　　114005791

美術設計　黃暐鵬
印　　刷　前進彩藝有限公司
一版一刷　2025年7月

售　　價　台幣480港幣160
ISBN　978-626-310-894-3（紙本書）
ISBN　978-626-310-893-6（EPUB）

編　　注　雷勤風（Christopher Rea）、
　　　　　阮思德（Bruce Rusk）
原　　著　〔明〕張應俞
責任編輯　林虹汝
國際版權　吳玲緯　楊　靜
行　　銷　闕志勳　吳宇軒　余一霞
業　　務　李再星　陳美燕　李振東
副總編輯　何維民
總 經 理　巫維珍
編輯總監　劉麗真
事業群總經理　謝至平
發 行 人　何飛鵬

出　　版
麥田出版
地址：115020台北市南港區昆陽街16號4樓
電話：(02)2500-0888　傳真：(02)2500-1951
網站：http://www.ryefield.com.tw

發　　行
英屬蓋曼群島商家庭傳媒股份有限公司城邦分公司
地址：台北市南港區昆陽街16號8樓
網址：http://www.cite.com.tw
客服專線：(02)2500-7718；2500-7719
24小時傳真專線：(02)2500-1990；2500-1991
服務時間：週一至週五09:30-12:00; 13:30-17:00
劃撥帳號：19863813　戶名：書虫股份有限公司
讀者服務信箱：service@readingclub.com.tw

香港發行所
城邦（香港）出版集團有限公司
地址：香港九龍土瓜灣土瓜灣道86號
　　　順聯工業大廈6樓A室
電話：+852-2508-6231　傳真：+852-2578-9337
電郵：hkcite@biznetvigator.com

馬新發行所
城邦（馬新）出版集團【Cite(M) Sdn. Bhd.】
地址：41-3, Jalan Radin Anum, Bandar Baru
　　　Sri Petaling, 57000 Kuala Lumpur, Malaysia.
電話：+603-9056-3833　傳真：+603-9057-6622